DREAM

UNIDOS POR EL DESTINO

DREAM

UNIDOS POR EL DESTINO

Sarah Lark

Traducción de Andrea Izquierdo

B DE BLOK

Papel certificado por el Forest Stewardship Council®

Título original: *Dream - Frei und ungezähmt*

Primera edición: abril de 2019

© 2018, Bastei Lübbe AG, Köln
© 2019, Penguin Random House Grupo Editorial, S. A. U.
Travessera de Gràcia, 47-49. 08021 Barcelona
© 2019, Andrea Izquierdo, por la traducción

Printed in Spain – Impreso en España

ISBN: 978-84-17424-60-2
Depósito legal: B-5.341-2019

Compuesto en Comptex, S. L.

Impreso en Unigraf
Móstoles (Madrid)

BL 2 4 6 0 2

Penguin
Random House
Grupo Editorial

Un nuevo país

1

—Pues claro que me dejarán mis padres. ¡Segurísimo!
—Emocionada y supercontenta, Sarah abrazó a Jackpot.
Y estuvo a punto de rodear con sus brazos también a la
propietaria del caballo castrado, Eva Betge—. Me voy
corriendo a casa a preguntarlo. Y luego la llamo, ¿vale?

Eva Betge, una mujer menuda y ya no demasiado joven, con el cabello corto y teñido de rojo, sonrió.

—Tómatelo con calma —la tranquilizó—. No corre
prisa que me lo confirmes. Seguro que no se lo pido a
ningún otro auxiliar. No hay nadie que se entienda tan
bien con Jackpot como tú.

—Gracias, señora Betge. ¡Puede confiar en mí!

Sarah apenas si podía contener su alegría. Un par de
días antes ni siquiera se le habría pasado por la cabeza la
idea de llegar a montar a Jackpot. Ya se sentía afortunada
por el simple hecho de que Eva Betge le permitiera cepillar cada día al gran alazán de lucero ancho y crines claras
y llevarlo a pastar. Pero la dueña del caballo la había sorprendido con una noticia increíble: había contratado para
Sarah y Jackpot una hora de clase de equitación para alumnos avanzados y ella correría con los gastos, y ¡encima

también le ofrecía la oportunidad de compartir caballo! Solo por ciento veinte euros al mes. Por un poco más de lo que pagaba por sus horas de equitación, podría montar dos veces a la semana al castrado, una en clase y la otra en el exterior. Casi sentía vértigo ante la perspectiva de salir a galopar por el bosque. No podía permitirse alquilar un caballo para pasear más de una o dos veces al año y, hasta la fecha, esos eran los escasos grandes momentos de su vida de amazona. ¡Pero a partir de ahora saldría de paseo cada semana! ¡Con Jackpot, el caballo más maravilloso que había conocido jamás!

Eva Betge asintió.

—Cuando hables con tus padres, diles que me gustaría reunirme un día con ellos. Hay que aclarar un par de cuestiones técnicas sobre el seguro. Pero ya lo solucionaremos.

Sarah le dio las gracias, sin duda por enésima vez, estampó un último beso en la blanda nariz de Jackpot y se despidió. Subió eufórica en la bicicleta y emprendió el camino de regreso a su casa. La hípica se encontraba en las afueras de la ciudad y necesitaría veinte minutos largos para llegar al edificio de pisos de alquiler del distrito de Wandsbeck, en Hamburgo, donde vivía con sus padres. Un lugar bastante aburrido. Sarah habría preferido una casa con jardín como la que tenían sus abuelos, con los que pasaba mucho tiempo. De hecho, estaba más con la abuela Inge y el abuelo Bill que con sus padres. Estos últimos andaban continuamente atareados, mientras que los abuelos siempre tenían tiempo para ella. Seguro que colaboraban si sus padres no podían o no querían reunir el dinero para que ella compartiese el caballo. Pero a Sarah le resultaba desagradable pedírselo directamente, porque la abuela Inge y el abuelo Bill ya pagaban la mayor parte de sus clases semanales de equitación. Sus padres no podían permitirse financiar ese pasatiempo tan caro, o al menos eso era lo que decían.

Sarah no podía evitar pensar en lo que costarían los cursos de esoterismo a los que asistía su madre regularmente ni los repuestos para las motos que tanto le gustaba armar y desarmar a su padre. Nunca había hablado de ello, pero ese día estaba dispuesta a luchar. Ya tenía trece años y era bastante buena en matemáticas. Si sus padres se negaban, le echaría en cara a su madre lo que se había gastado ella en el curso de telepatía y a su padre la factura del tatuaje que se había hecho la semana pasada.

Ella misma se consideraba sumamente ahorradora. Se gastaba sus ahorros sobre todo en los caballos, les compraba golosinas como zanahorias o manzanas, y el resto se lo guardaba para salir alguna vez de excursión a cabalgar. Dentro de poco, a lo mejor le compraba a Jackpot una nueva cabezada o unas gomas de colores para las crines. Seguro que Eva Betge no se opondría porque malcriara un poco al caballo compartido.

Sarah pedaleaba con más energía que nunca. Estaba impaciente por llegar a casa. Azul cielo... Sí, equiparía a Jackpot en azul cielo, así formarían una auténtica pareja de equitación, ya que ella también tenía una melena rubia y llevaba un casco azul. Luego le pediría a Eva Betge o a una de las chicas que los fotografiase.

Sarah llegó a su casa en un tiempo récord y dejó la

bicicleta en el pasillo. Las seis y media, sus padres ya deberían de estar en el apartamento. ¿Cuál sería la forma más hábil de contarles lo de compartir el caballo? En un principio no les mencionaría que tenían que quedar con Eva Betge para hablar con ella. Seguro que Gesa y Ben no tenían el menor interés en conocer a la propietaria de Jackpot y hablar con ella sobre el papeleo. Los asuntos burocráticos les parecían una lata a los dos y siempre que podían procuraban escaquearse.

Cerró la puerta y avanzó por el pasillo, similar a un tubo, que estaba lleno de pequeños armarios y piezas de decoración del Lejano Oriente. Un par de meses antes, su madre había reformado el apartamento siguiendo los principios del *feng shui*. Por lo visto, la entrada no facilitaba suficientemente el flujo del *qi*, y todos esos objetos redirigirían esa importante energía vital. Sarah no acababa de entenderlo del todo, pero por lo menos ahora tenían mucho espacio para guardar cosas.

Colgó la chaqueta en el armario y guardó las botas de montar. Impaciente, prestó atención a los ruidos que se oían en la casa. De la sala de estar salía el sonido del televisor y también unas voces. Sus padres estaban conversando, pero no discutían. Bien. Últimamente se peleaban con frecuencia y Sarah sabía que no habría sido muy eficaz estratégicamente comunicarles lo que quería cuando el ambiente estaba cargado.

—¿Sarah?

Gesa... Su madre debía de haberla oído, y por su voz se diría que, afortunadamente, no estaba de mal humor. Sarah se armó de valor. Ese era su día de suerte, seguro que todo saldría bien. Entró en la sala donde sus padres estaban sentados a la mesa mirando unos folletos; tal vez estaban planeando unas vacaciones. Muy bien, si de todos modos iban a gastar dinero, no podían decirle que no. Ambos tenían aspecto de estar contentos y animados.

—¡Hola, ma... ay... Gesa!

Sarah recordó a tiempo que su madre prefería que se dirigiese a ella por su nombre de pila. Lo explicaba diciendo que cuando la llamaba «mamá» le hacía sentirse vieja. Pero a Sarah le costaba acostumbrarse. Sobre todo porque Gesa no tenía aspecto de ser una mujer muy mayor, y además era muy guapa. Como su hija, era rubia y tenía los ojos azules, aunque era algo más baja y más bien llenita. Sarah debía su altura, su figura estilizada y sus rizos a su padre.

—¡Hola, papá! —saludó—. ¡Tengo... tengo que contaros algo! ¡No... no os imagináis lo que me ha pasado hoy! —Tal vez habría sido mejor hacer una breve introducción, pero era incapaz de contenerse. Sin tomarse tiempo ni para respirar, les habló de Eva Betge y de la oferta que le había hecho—. ¡Tenéis que darme permiso! —acabó diciendo—. Solo son veinte euros más al mes. ¡Y yo... y yo no quiero que me aumentéis la paga hasta que cumpla dieciocho años! —Esto se le había ocurrido en ese mismo momento y encontró que el trato que les proponía era francamente bueno.

Su madre sonrió.

—Es una magnífica oferta, cariño. Y por supuesto no tendríamos nada en contra. ¿Verdad, Ben? —El padre negó con la cabeza, pero no parecía muy interesado. Sarah estaba atónita. ¿Realmente iba a ser tan fácil?—. Lo que ocurre es que... Tenemos que darte un par de noticias. ¡Unas noticias estupendas! ¿Qué dirías si al final abriera la tiendecita con la que he estado soñando tanto tiempo?

Sarah se encogió de hombros. ¿Qué tenía ella que opinar sobre eso? Su madre llevaba años hablando de abrir un tienda en la que vender piezas de artesanía y artículos esotéricos: barritas de incienso y velas, esculturas de Buda y colgantes de ángeles, atrapasueños, calendarios lunares, tarots y péndulos. Ella pensaba que todas esas cosas eran innecesarias. Pero su madre trabajaba dos días a la semana en un comercio de ese tipo, y por lo visto funcionaba bien. Así que si Gesa quería intentarlo, adelante. Ella no tenía nada en contra.

—Qué guay, ma... ¡Gesa! —respondió Sarah—. ¿Has... has encontrado un local que... que no sea demasiado caro?

—Hasta el momento, los precios de los alquileres habían sido la causa de que el sueño de su madre no se hiciera realidad.

Gesa volvió a sonreír. Qué misteriosa estaba. ¿Qué le pasaba?

—¡No me ha hecho falta buscarlo! —contestó—. Ha sido como una coincidencia..., un golpe de suerte. Tenemos una casa...

—¿Tenemos una casa? —Sarah frunció el ceño.

—La casa que Ben ha heredado —respondió su madre dándole una pista—. Ya sabes, la de Nueva Zelanda.

Ah, se refería a esa. Sarah asintió. Su tío abuelo, que había emigrado a Nueva Zelanda hacía un montón de tiempo, había legado a su padre hacía un par de años su vivienda y creado con ello cierto desconcierto, pues hacía una eternidad que su familia no tenía noticias del tío Pete. Al principio, Ben no quería aceptar la herencia porque le asustaba el papeleo. Pero el abuelo lo ayudó a arreglarlo todo y el albacea también fue muy amable con él. Desde entonces, la casa estaba alquilada, lo que para los Singer representaba una ayuda económica muy valiosa.

—¿La vais a vender? —preguntó Sarah.

En realidad era una buena idea. Su madre haría realidad su sueño con ese dinero y seguro que había suficiente para que ella pudiera compartir el caballo con Eva Betge.

La madre se echó a reír.

—No, cariño. ¡Mucho mejor! Abriré mi tiendecita allí mismo. Tiene un local en la planta baja. ¡Me podré instalar estupendamente!

Sarah arrugó la frente. No entendía en absoluto lo que estaba planeando su madre. ¿Una tienda en Nueva Zelanda? ¿Cómo iba a ir cada día allí?

—¿No queda demasiado lejos? —preguntó con prudencia, esperando una respuesta descabellada.

No le habría extrañado que su madre le hubiera contestado que quería llevar el negocio solo *online*. Gesa también había hecho una vez un curso sobre viajes mentales.

—Venga, cuéntaselo bien de una vez —intervino su padre—. Espera un momento... —Se fue a la cocina, cogió una cerveza de la nevera, abrió la botella, tomó un trago y se sentó para dar una explicación—. Lo que ocurre, Sarah, es que el inquilino de nuestra casa en Waiouru se ha marchado. Y por el momento no hay nadie que esté interesado en alquilarla. Así que eché un vistazo al lugar por Google y comprobé que había un negocio de alquiler de vehículos en venta. —¿Un negocio de alquiler de coches? ¿Qué tenía que ver eso con la casa? A Sarah le zumbaba la cabeza—. No es demasiado caro y además el propietario está de acuerdo en que le paguemos a plazos. Si vendo la Harley... —Mientras su padre seguía hablando, Sarah empezó a comprender.

—¿Queréis mudaros a Nueva Zelanda? —preguntó horrorizada—. ¿Vamos... vamos a irnos a vivir allí? ¿A esa casa? Nosotros...

Hacía mucho que Sarah no veía tan feliz a su madre.

—¡Eso mismo, cariño! ¡Emigramos! Llevamos tiempo pensándolo, pero queríamos decírtelo cuando estuviéramos seguros del todo. Y ahora Ben ha recibido la confirmación para comprar el negocio de alquiler. ¿A que es increíblemente emocionante? ¿Tú qué piensas?

Sarah se quedó muda al principio. Tenía la sensación de que iba a desmayarse.

—Pero... pero yo tengo que ir a clase —murmuró.

Ben se echó a reír.

—Claro, Sarah. En Waiouru hay un escuela muy buena que no está demasiado lejos de nuestra casa. El idioma no es ningún problema.

El padre de Ben, el abuelo Bill, era estadounidense, y aunque hacía muchos años que vivía en Alemania siempre hablaba en inglés con su familia. Y Sarah, que pasaba tanto tiempo con sus abuelos, era prácticamente bilingüe.

—¡Waiouru es precioso! —añadió Gesa—. Está en el centro de la isla Norte. ¿Cómo se llama la región? Los montes Kaimanawa. ¡El paisaje es maravilloso! ¡Tú siempre has querido vivir en el campo! —Miró a su hija esperando su aprobación.

Sarah movió la cabeza.

—Pero... pero no en Nueva Zelanda —titubeó—. Y no justamente ahora. Jackpot...

—¿Jackpot? —Su padre frunció el ceño.

—El caballo —explicó la madre—. El caballo del que acaba de hablarnos. El que puede montar... Sarah, cariño, nos da mucha pena, claro. Pero todavía pasaremos un par de meses aquí y, por supuesto, podrás...

—¿Un par de meses? ¡Yo no lo quiero solo para un par de meses! —exclamó Sarah, abatida—. ¡Lo quiero para siempre! Y tampoco quiero dejar la escuela, ni a mis amigas, ni la hípica..., ni a la abuela y al abuelo...

¿Tenía que abandonarlo todo? ¿Para siempre?

—En Nueva Zelanda también hay caballos —señaló el padre—. Es posible que montar sea más barato. Y si realmente nos ganamos bien la vida...

—¡Ahora no le prometas un caballo! —lo interrumpió la madre—. No queremos presionarte, Sarah, y tampoco sobornarte. Tú también tienes que querer...

—¡No quiero! —protestó ella—. Quiero quedarme aquí, quiero estar con Jackpot.

Gesa no se dejó intimidar por ese arrebato.

—Lo entenderás —insistió—. Escucha, Sarah, esto es como un regalo del universo...

Su padre gimió.

—¡Déjate de tonterías, Gesa! —intervino—. Sarah, en realidad no se trata de que tú puedas tomar una decisión. Tu madre y yo estamos de acuerdo. No vamos a volver a alquilar la casa, sino que la vamos a ocupar nosotros. Gesa abrirá la tienda y yo me encargaré de alquilar motos. Siento que te hayamos cogido tan desprevenida. Pero una oportunidad así no se presenta cada día y no queremos dejarla escapar. Si no nos sale bien, siempre podemos volver. Y tú... tú vas a tener una experiencia única en la vida, por la que todas tus amigas te envidiarán.

—¿Y la abuela Inge y el abuelo Bill? —A Sarah se le llenaron los ojos de lágrimas. Bastante malo era ya imaginarse la vida sin Jackpot. Pero le resultaba impensable separarse de sus abuelos—. ¿Qué... qué dicen ellos de esto? ¿No puedo quedarme con ellos?

Ben y Gesa se miraron.

—Todavía no lo saben —admitió Gesa—. Mañana se lo contaremos. Seguro que se alegran por ti. Que te quedes con ellos no entra en consideración. En Nueva Zelanda por fin podré dedicarte más tiempo. Por otra parte, Inge y Bill ya no son tan jóvenes.

—Y además siempre hemos hablado de que estudiarías un año en Estados Unidos... —intervino de nuevo su padre.

Sarah se mordió el labio. Según su parecer, entre pasar un año estudiando en el extranjero y emigrar a otro país había una diferencia considerable. Pero si los abuelos todavía no estaban al corriente, tal vez quedaba una chispa de esperanza. Con un poco de suerte, el abuelo Bill y la abuela Inge disuadirían a Ben y Gesa o los convencerían incluso de que era mejor que ella se quedara con ellos en Alemania.

2

—Me temo que no hay nada que hacer. Tus padres están muy decididos.

La abuela Inge parecía tan afectada por la noticia como su nieta. Había dado un fuerte abrazo a Sarah cuando esta llegó a su casa directamente de la escuela para comer y hacer los deberes. La bienvenida no solía ser tan emotiva, así que enseguida entendió lo que significaba. Sus abuelos ya se habían enterado de lo de Nueva Zelanda, Gesa y Ben debían de habérselo contado por la mañana.

—Bueno, no parece tan mala idea —observó el abuelo Bill—. Al menos desde el punto de vista de tus padres. Ben siempre ha querido dedicarse a las motos y Gesa lleva años deseando vender budas. Ahora bien, ya veremos si todo funciona tal como ellos se lo imaginan...

—En cualquier caso, no hay peros que valgan. —La abuela gimió. Era una mujer menuda y grácil, con unos vivarachos ojos castaños. Al lado de su fuerte y alto marido (a Sarah el abuelo Bill siempre le recordaba un oso dulce y amable), tenía un aspecto casi aniñado. Por otro lado, era una mujer con carácter, y seguro que sus razonamientos habían sido vehementes—. Me temo que tenemos que asumirlo. Os mudáis a Nueva Zelanda.

—¡Si al menos no estuviera tan lejos! —murmuró Sarah—. Nueva Zelanda está... está como mínimo tan lejos como Estados Unidos.

—Más —señaló con tristeza el abuelo Bill—. Mira... —Condujo a Sarah hasta el globo terráqueo que tenía en su estudio—. Aquí está Alemania y allí está América del Norte. Las dos en el hemisferio norte. Pero para encontrar Nueva Zelanda tenemos que girar completamente el globo terráqueo. Está justo en el otro lado.

Sarah miró a su abuelo como si acabara de morder un limón.

—¿Te refieres a que si caváramos un túnel a través del planeta saldríamos por Nueva Zelanda?

La abuela Inge rio y el abuelo Bill frunció los labios.

—Casi —respondió—. Deberías empezar a cavar en España, el túnel mediría más de doce mil kilómetros de largo. Y eso está a dos pasos, comparado con la distancia que hay entre Hamburgo y Nueva Zelanda. Es de más de dieciocho mil kilómetros.

—No entiendo qué voy a hacer yo tan lejos —se lamentó Sarah—. ¿Qué país es ese tan raro? Sé que hablan inglés, pero... El sitio a donde nos mudamos se llama Waiouru. ¡Eso no es inglés!

El abuelo Bill negó con la cabeza.

—No, es maorí —contestó—. Los maoríes fueron los primeros habitantes de Nueva Zelanda. Ya vivían allí antes de que llegaran los ingleses en el siglo XIX. Pero a diferencia de las otras colonias del mundo, se produjeron menos enfrentamientos entre ellos y los colonos blancos. Por eso se adoptaron muchos nombres locales de la lengua maorí y también algunos de sus usos y costumbres. ¿Has visto alguna vez un partido de rugby? El equipo de Nueva Zelanda suele representar una danza guerrera maorí antes del pitido inicial.

—Qué chorrada —observó Sarah, cabezona.

—En realidad, es una costumbre la mar de bonita —la contradijo el abuelo Bill—. Los maoríes todavía ejercen mucha influencia en Nueva Zelanda, en ese país sucede lo contrario que en Estados Unidos, donde se ha segregado a los indios en reservas. Y por lo visto es un país extraordinariamente hermoso. Mi hermano al menos estuvo muy a gusto allí.

—¡Pero yo no quiero irme! —insistió Sarah—. ¡Qué mala suerte! ¿Por qué tuvo que dejarle el tío Pete la casa de Nueva Zelanda a papá? Podría habértela dejado a ti de herencia...

El abuelo se encogió de hombros.

—Quería que se la quedara el más joven de la familia, con la esperanza de que emigrara allí y la casa siguiera siendo propiedad de la familia. Nosotros ya somos demasiado viejos para marcharnos para siempre.

Sarah frunció el ceño.

—La más joven de la familia soy yo —replicó—. Así que me la tendría que haber quedado yo y entonces...

—Hasta que no llegaras a la mayoría de edad también serían tus padres quienes decidirían —le recordó la abuela Inge—. Y en lo que respecta a Pete: quería que la heredase «el» más joven. Tú eres una niña. —Hizo una mueca de disgusto.

—¿Qué? —preguntó Sarah—. ¡No me lo creo! ¿Nos mudamos a un país atrasado y estúpido en el que las mujeres ni siquiera pueden heredar?

El abuelo Bill negó con la cabeza.

—Claro que no. Mi hermano seguro que era... hum... algo excéntrico, pero Nueva Zelanda es un estado muy moderno. Además, es el primero en Occidente en el que las mujeres obtuvieron el derecho a voto. En 1893. Ya ha tenido varias primeras ministras. Así que seguro que no te sentirás oprimida allí.

Sarah suspiró.

—Pero yo no quiero irme a ese Waiouru... ¿Dónde está exactamente? Gesa ha dicho algo de una isla Norte. Tengo que buscar en Google...

—Ya lo hemos mirado en el atlas —señaló la abuela Inge, cogiendo de la mesa un grueso libro—. Mira, aquí está. Nueva Zelanda se compone de dos islas grandes separadas por el estrecho de Cook. La isla Norte está más poblada que la isla Sur, pero en total únicamente hay cuatro millones y medio de habitantes. Cuando uno piensa que solo en Hamburgo hay dos millones... La mayoría de los neozelandeses viven en las grandes ciudades. En el campo, sobre todo hay ovejas y vacas.

El abuelo sonrió.

—¿También en Waiouru? —preguntó horrorizada Sarah.

—Waiouru tiene unos mil quinientos habitantes —explicó el abuelo Bill—. Lo he comprobado antes. Originalmente se establecieron allí criadores de ovejas, pero ahora esa localidad vive de una base militar. Hay un gran campo de maniobras para reclutas. Y un museo militar. Pero, aparte de eso, no hay mucho más...

—¿Una hípica, a lo mejor? —preguntó esperanzada Sarah.

El abuelo se encogió de hombros.

—Ni idea. Un par de caballos sí debe de haber por ahí. ¡Por todas partes hay caballos! —Sonrió—. Y quien de verdad quiere montar, lo consigue, Sarah. Sentimos muchísimo que tengas que dejar a Jackpot, pero estoy seguro de que en Nueva Zelanda te espera otro caballo.

A Sarah se le saltaron las lágrimas. Se refugió en el abrazo de oso de su abuelo. Él, a lo mejor no podía ayudarla, pero al menos la comprendía. El abuelo Bill se había criado en una granja, en Wyoming. Por aquel entonces, los caballos formaban parte de su vida y, si bien había dejado de montar, no se había olvidado de los mustangos que corrían salvajes por la tierra de su padre.

Ya avanzada la tarde, Sarah se dirigió entristecida a la hípica. Tenía que rechazar la oferta de Eva Betge. Seguro que lo entendería y quizá incluso se compadecería de ella. Pero, sorprendentemente, la propietaria de Jackpot reaccionó con euforia, y casi parecía sentirse celosa cuando Sarah le habló de Nueva Zelanda.

—¡Es un país maravilloso! —exclamó—. Mi hermana estuvo una vez allí y qué vídeos hizo... Yo no me cansaba de verlos. ¡Emigrar a Nueva Zelanda! Madre mía... Si yo fuera veinte años más joven..., ¡sería un sueño!

Para Sarah, sin embargo, era más bien una pesadilla.

Cuando vio a Jackpot, se echó a llorar entre sus suaves crines. Tampoco la consolaba el que pudiera montarlo hasta las vacaciones de verano, cuando emprenderían el viaje. Eva Betge ni siquiera quería cobrarle.

—Si montas gratis mi caballo, eres como una invitada y no necesitamos ningún seguro adicional. Bastante liados están ya tus padres... Y son solo dos meses.

Esos dos meses transcurrieron demasiado deprisa para Sarah, que a menudo deseaba tener la capacidad de detener el tiempo. Mientras sus padres se preparaban encantados para el viaje, ella únicamente se preocupaba por todo lo que veía y experimentaba por última vez en Alemania. La última fiesta de verano, el último trabajo de alemán, la última salida al cine con su amiga Maja. La echaría muchísimo de menos. Sarah no tenía muchas amigas —en la hípica reinaba una gran competencia entre las auxiliares y nunca había entablado amistades—, pero Maja y ella eran inseparables desde el parvulario. Su vivaracha amiga se superaba dando sugerencias para que Sarah no se fuera.

—A lo mejor tus padres te dejarían quedarte aquí si pudieras vivir con nosotras —le dijo—. Seguro que mi madre no tendrá nada en contra.

La madre de Maja la había criado sola y era muy liberal.

Sarah negó con la cabeza. Por supuesto, a ella ya se le había ocurrido esta idea después de conversar sobre el tema con sus abuelos Inge y Bill. Uy, no podía ni pensar en lo mucho que los echaría en falta... Aunque, por supuesto, ellos le habían prometido ir a visitarla.

Su padre también había rechazado categóricamente la segunda propuesta de Sarah de quedarse en Alemania en un internado.

—¿Estás mal de la cabeza, Sarah? ¿Sabes lo que cuesta eso? —la había increpado—. Eres nuestra hija y te vienes con nosotros a Nueva Zelanda. Ya te acostumbrarás a vivir allí. Dentro de medio año, tendrás la sensación de no haber vivido nunca en otro lugar. Y cuando cumplas dieciocho años ya decidirás por ti misma.

Llegado a ese punto, Sarah había reconocido que no tenía ninguna posibilidad de hacer cambiar a sus padres de opinión. Así que pasaría los próximos años como mínimo en un país situado en el otro extremo del mundo.

Finalmente, transcurrieron los últimos días y Sarah se preparó para despedirse de Jackpot. El avión salía para Nueva Zelanda el lunes siguiente por la tarde y el domingo anterior Eva Betge le hizo un magnífico regalo. Un grupo de jinetes con caballos particulares había planeado un paseo de varias horas por Heidkoppelmoor y Betge renunció a salir con ellos para que lo hiciera Sarah en su lugar. La chica y Jackpot cabalgaron con el grupo al principio por anchos y largos caminos de herradura, a través de prados y por unos angostos senderos, y luego por un romántico paisaje pantanoso. Era un maravilloso y cálido día, el cielo azul se reflejaba en los estanques. El sol se filtraba entre el follaje del bosque, y cuando los caballos trotaban entre los árboles parecía como si jugasen con la luz y las sombras. Un sendero de arena que trascurría por un prado natural de hierbas altas invitó a los jinetes a galopar. Cruzaron arroyos y descansaron en un bosquecillo.

Para Sarah eso habría significado ver todos sus sueños hechos realidad de no ser por esa vocecilla que en su interior una y otra vez repetía: «Nunca más, nunca más». Al compás del trote, con el suave balanceo del paso. Solo cuando Jackpot galopó ligero como el viento en un extenso prado, se olvidó por un momento de sus penas.

De vuelta en la hípica, secó por última vez al gran alazán y lo llevó por última vez a pastar.

Por la noche se quedó dormida llorando.

3

El lunes por la mañana, Sarah preparó de mala gana la mochila para el largo vuelo. Lo último que metió en ella fue el móvil y la tableta con los juegos y películas más recientes, y dos libros sobre caballos, aunque seguro que estaría demasiado triste para leerlos. Se enclaustró en su habitación vacía mientras sus padres limpiaban la casa para entregarla y discutían una vez más. Últimamente, el tema de controversia siempre era el mismo: qué cosas llevar a su nuevo hogar y de qué cosas desprenderse. Ben había alquilado un contenedor dentro del cual enviarían por barco sus muebles y enseres a Nueva Zelanda. Lo que no había cabido lo habían subastado por eBay, lo habían regalado o lo habían tirado. Sarah y su madre habían tenido que separarse de muchos y muy queridos cachivaches, pero la niña había logrado conservar su bicicleta, a pesar de que su padre protestó diciendo que les saldría más barato comprar allí una nueva. Pero su bici le traía tantos recuerdos que no quería separarse de ella.

Al final, la abuela Inge y el abuelo Bill llegaron para acompañarlos al aeropuerto. El padre de Sarah ya había vendido el coche. Durante el viaje, Sarah se sintió inmersa en una atmósfera extraña e irreal. Todos reían y bromeaban como si se fueran simplemente de vacaciones. Gesa y Ben parecían impacientes por emprender esa aventura y sus abuelos participaban en ese juego, aunque al menos la abuela tenía los ojos tan llorosos como su nieta. De hecho, poco antes de llegar al aeropuerto se produjo un embotellamiento y Sarah se hizo la ilusión de que a lo mejor perdían el avión. Pero llegaron puntuales, aunque sin tiempo para una larga despedida. Sus padres corrieron a facturar el equipaje y ella abrazó por última vez a sus abuelos, luego también se fue al control de seguridad y de allí enseguida a la puerta de embarque.

Una hora y media más tarde, el avión despegó. Sarah esperaba poder ver desde lo alto Hamburgo y quizá los terrenos de la hípica por última vez. Pero no lo consiguió, lo que casi la hizo llorar de nuevo.

Su madre la rodeó con el brazo.

—No estés tan triste, cariño —dijo dulcemente—. ¡Será bonito, seguro! Nueva Zelanda es un país estupendo, y estoy convencida de que pronto encontrarás otro caballo que te guste.

Sarah se separó obstinada de ella. La estaba consolando como si fuera una niña pequeña que había perdido un juguete... Como si Jackpot pudiera remplazarse sin más por otro caballo. Por muy comprensiva que quisiera ser su madre, no estaba preparada para tomarse en serio a su hija y la pena que esta sentía.

Sarah tuvo que admitir que volar la primera parte del viaje con un Airbus de dos pisos y observar durante el vuelo nocturno de seis horas largas a toda esa gente tan interesante y de distintas nacionalidades era emocionante. Lo que no consiguió fue dormir. Se levantó, paseó por el pasillo hasta la cabina de pilotaje y volvió, se entretuvo jugando con la tableta, vio una película y esperó a que el sueño por fin la venciera... Sus padres se habían dormido justo al empezar el viaje. Pero antes de que a ella se le cerraran los ojos, el avión aterrizó en Dubái, la ciudad más grande de los Emiratos Árabes Unidos.

El *skyline* era fascinante, Sarah se había enterado de que algunos pasajeros que iban camino de Nueva Zelanda permanecían un par de días ahí. Una estancia así podía constituir una oportuna pausa en el largo viaje, pero ella y sus padres continuaron. No tenían dinero suficiente para visitar la ciudad.

—El nuestro no es un viaje de placer —advirtió con gravedad Ben—. En rigor no vamos de viaje, sino que volamos a nuestra casa.

—Estoy impaciente por saber si ya habrán llegado los muebles... —dijo Gesa bostezando.

Se había debatido largo tiempo sobre el envío del contenedor. Lo ideal era que llegara a Nueva Zelanda al mismo tiempo que la familia, pero ya les habían avisado que eso no siempre ocurría.

El aeropuerto de Dubái era enorme, colorido y con mucha luz, y parecía como un parque de atracciones de otro planeta. Sarah y su madre pasaron el tiempo de espera hasta cambiar de avión dando una vuelta por las muchas y carísimas tiendas. Al final embarcaron, y esta vez Sarah también se durmió en cuanto despegaron. Una suerte, porque el vuelo desde Dubái hasta Auckland, la ciudad más poblada de Nueva Zelanda, según le había contado el abuelo Bill, duraba casi dieciséis horas. Naturalmente, dormir sentada no era demasiado reparador, así que al aterrizar tampoco estaba muy en forma. Y el tiempo en Auckland no contribuía a levantar los ánimos: hacía frío y llovía.

—¿Te acuerdas? Ahora aquí es invierno, cariño. Las estaciones en Nueva Zelanda van a la inversa de las nuestras —explicó su madre, mientras buscaba los jerséis y anoraks que previsoramente habían guardado en el equipaje de mano—. ¡Pero a cambio en Navidad podremos ir a la playa!

Sarah se preguntó qué importancia tenía eso. Ella lo que quería era hacer muñecos de nieve en Navidad y galopar con Jackpot por una espléndida capa de nieve. Le gustaba bañarse en julio y agosto. Se subió malhumorada al autobús que los llevaba a la terminal, y sus padres se pusieron a discutir de nuevo. Ya era entrada la mañana y Ben creía que podían continuar con el viaje.

—Vayámonos enseguida a Waiouru. No está a más de cuatrocientos kilómetros y seguro que se recorren fácilmente antes de que anochezca —propuso lleno de dinamismo—. Aunque las carreteras no sean muy buenas y tengamos que descansar varias veces.

La madre de Sarah, por el contrario, estaba hecha polvo después del vuelo y sugirió buscar un hotel cerca del aeropuerto donde pasar la noche.

—Ahora es peligroso sentarse detrás del volante —advirtió—. Llevamos veinticuatro horas viajando. Aunque no te des cuenta, estás agotado. Y, además, aquí se circula por la izquierda y no estás acostumbrado...

En efecto. Sarah cayó en la cuenta de que los coches transitaban allí por el lado «equivocado». De todos modos no intervino en la discusión. Ella podía dormir en el coche. Y la mar de bien. Encontraba que los viajes en coche eran superrelajantes.

Sus padres se pusieron de acuerdo en salir rumbo al sur y buscar un motel por el camino cuando Ben se cansara. Él fue a alquilar un coche mientras Sarah y su madre recogían el equipaje para pasar la aduana. Cargaron un carro con tres grandes maletas. No era demasiado para empezar una nueva vida, pero más equipaje habría encarecido el vuelo, así que los padres de Sarah se habían conformado con lo mínimo hasta que llegara el contenedor.

Todo salió bien con el coche de alquiler. Ben solo se quejó porque tenían que devolverlo en Wanganui, una ciudad costera que estaba a algo más de cien kilómetros de distancia de Waiouru. En esta última no había ninguna oficina de alquiler de vehículos.

—A lo mejor deberíamos de haber intentado ir en el tren —dijo la madre de Sarah al ver el contrato de alquiler del coche, y Ben aprovechó para recordarle que necesitarían sin falta un coche en Waiouru.

—Compraremos uno de segunda mano lo antes posible —anunció—. Pero sin precipitarnos.

Sarah no entendía por qué no podía apañárselas los

primeros días con una moto. A fin de cuentas, había comprado diez para alquilarlas. Y las compras más importantes se resolverían a pie. Se suponía que la casa estaba en el centro de la población.

De todos modos, se alegró cuando se puso cómoda en el asiento trasero del coche, en lugar de tener que ir desde el aeropuerto, que estaba un poco a las afueras, hasta la estación de Auckland y esperar allí un tren. Y mientras sus padres trataban de averiguar cuál era la salida correcta para tomar la autovía 1, se durmió.

Sarah se despertó poco antes de llegar a Waiouru. Ya anochecía y hacía un tiempo tan desapacible como en Auckland.

Atravesaron terrenos de granjas, unas veces, y de bosques, otras. Y su madre mencionó algo sobre el bosque lluvioso. Hasta ese momento, Sarah siempre se lo había imaginado en la Amazonia, pero, a la vista del tiempo que hacía —según el abuelo Bill, el invierno neozelandés siempre era lluvioso—, tampoco le habría extrañado que aquí a la gente le creciera una membrana entre los dedos como a los patos.

Y por fin apareció la señal con el nombre de la población. Daba la bienvenida a los visitantes de Waiouru, pero eso parecía ser válido solo de día. A esas horas, ya entrada la tarde, la calle estaba desierta, las tiendas estaban cerradas y solo en un café brillaba una luz mortecina. Sarah habría querido pararse allí. Tenía hambre y le habría gustado comprobar si en ese sitio realmente vivían seres humanos. A bote pronto, se diría que Waiouru era una pequeña ciudad fantasma.

—La casa está justo al lado de la autovía —señaló el padre, mientras el coche giraba junto a un Subway. ¡Estaba abierto! A Sarah de inmediato se le hizo la boca agua.

—¿No podemos parar para comer algo? ¡Tengo mucha hambre! —dijo.

Pero sus padres solo tenían ojos para la casa, que esperaban que apareciera en cualquier momento. Ya habían hablado en Alemania del hecho de que estuviera ubicada justo al lado de la autovía, y Sarah, afligida, se había imaginado una casa detrás de un muro protector contra el sonido justo al lado de la carretera. Pero ahora se percataba de que la palabra «autovía» tenía en Nueva Zelanda otro significado. Aunque la autovía 1 era una de las carreteras más importantes de la isla Norte, solo era de un carril dentro de la población, y a esa hora no parecía tener ni mucho menos el tráfico de una autovía.

—¡Ahí está, el número catorce!

Sarah no se explicaba dónde había visto su madre el número del portal, pero, excepcionalmente, su padre giró sin protestar para tomar el breve acceso que conducía, junto a una superficie cubierta de césped, hasta una casa de dos pisos. La chica reconoció el local de la planta baja que ya había visto en las fotografías. Encontró un poco raro que no estuviera más cerca de la calle. En Alemania se solía entrar en las tiendas directamente desde la acera. Aunque, por otra parte, ahí tampoco había una acera propiamente dicha.

—¡Ya hemos llegado! —exclamó alegremente su padre, bajando del coche—. ¡Bienvenidas a nuestro nuevo hogar!

—Ahora debemos ir a por la llave... —dijo la madre. Tiritaba de frío bajo la llovizna—. El inquilino dijo que la dejaría en casa de los vecinos. Los Foster. ¿Veis por aquí algún vecino?

Su nueva vivienda no formaba parte de una hilera de casas, como en las ciudades europeas. De hecho, la casa vecina se hallaba algo alejada y rodeada de un jardín un poco más grande. Sarah observó aliviada que había luz. Parecía que había gente dentro.

—Voy un momento a ver —dijo Ben, y unos minutos más tarde volvió acompañado de dos personas.

—¡Hola! ¡Bienvenidos a su nuevo hogar! —La señora Foster, una mujer bajita, vivaz, redondita y con el cabello muy claro los saludó con entusiasmo—. ¡Me llamo Maryellen y él es Bernard! —dijo, presentándose a sí misma y a su marido—. No os esperábamos hasta mañana. Madre mía, ¿habéis venido hasta aquí desde Auckland después de ese vuelo tan largo? ¡Es increíble, pues sí que tenéis aguante! Una vez que estuve con Bernard en las Islas Cook, y eso que no están ni mucho menos tan lejos, me...

—Maryellen, ¡espera a que se instalen antes de contarles la mitad de tu vida! —la interrumpió su marido, que tenía pinta de bonachón—. Sois Ben y Gesa, ¿verdad? ¿Lo pronuncio bien? ¿Y Sarah?

Les sonrió. Bernard era más alto que su esposa, pero igual de llenito. Sarah se preguntó si ella sería una cocinera especialmente buena. Por el momento, solo era capaz de pensar en comer.

Maryellen sacó un manojo de llaves del bolsillo.

—¡Vamos adentro! —propuso—. Con esta lluvia no es agradable estar aquí fuera...

Cierto. Pero la casa no daba la impresión de ser muy acogedora. Llevaba un mes sin habitar y, por descontado, no tenía muebles.

—¿Dónde vamos a dormir? —preguntó Sarah afligida, y a continuación repitió la pregunta en inglés. A lo mejor a Maryellen y Bernard se les ocurría alguna idea.

Él miró perplejo a sus nuevos vecinos.

—¿Queríais dormir aquí esta noche? Pensaba..., bueno, la compañía del contenedor ha llamado antes, les habíais dado nuestra dirección para contactar aquí. Vuestras cosas ya han llegado. Pero todavía están en la aduana en Auckland. En cualquier caso..., bueno, creo que esta noche deberíais dormir en un motel. Habéis pasado al lado de uno. Junto al Subway hay...

—En realidad, yo esperaba poder instalarnos hoy mismo ya... —El padre de Sarah no estaba nada entusiasmado ante la perspectiva de tener que pagar también por pernoctar en un motel después de haber conseguido llegar reventado a su objetivo—. ¿No podríamos...? Nos apañaríamos con un par de colchones o algo similar... ¿Unas colchonetas hinchables? ¿Unas hamacas?

Miró inquisitivo a los Foster. Pero ellos no hicieron ningún gesto de ir a buscar entre sus muebles de jardín. Y, por otro lado, la madre de Sarah también se mostró enérgicamente partidaria del motel.

—Tampoco es demasiado caro —observó Bernard—. Ya entiendo que no queráis desprenderos de vuestros dólares, emigrar a otro país sale caro. Pero tenéis que pensar en la pequeña. Parece muerta de hambre. ¿Tú qué opinas, Sarah? Seguro que te gustaría comerte una pizza o un bocata, ¿a que sí?

Ella le hubiera dado un abrazo a su nuevo vecino. Suspiró aliviada cuando finalmente su padre cedió. Pero antes de marcharse quiso echar una ojeada a la casa. Los Foster los siguieron interesados; sobre todo, Maryellen, que parecía sentir bastante curiosidad.

Primero pasaron por el local de la planta baja.

—¿Qué tipo de tienda había aquí hasta ahora? —preguntó Gesa.

Bernard adelantó el labio inferior.

—Aparatos eléctricos —contestó—. Pero no funcionó demasiado bien. Peter y Jane lograban vender algún artículo pequeño muy de vez en cuando, un secador de pelo o un robot de cocina. La gente suele ir a Wanganui para comprar cosas más grandes. Allí en los comercios hay una mayor selección y tienen mejores ofertas.

Gesa miró el local con atención. Una habitación rectangular con grandes escaparates, y detrás, un almacén, un despachito y un baño.

—¿Qué es lo que queréis vender? —preguntó Maryellen, interesada—. Tenéis pensado abrir una tienda, ¿verdad?

—Mi esposa —respondió Ben—. Yo me haré cargo de la oficina de alquiler de coches. La de los Beasley.

—Ah, ¿en serio? —Bernard y Maryellen intercambiaron una mirada breve y difícil de interpretar—: ¡Jim y Julie se alegrarán de ello! Llevan mucho tiempo intentando venderla...

Sarah arrugó la frente. No sabía nada de negocios, solo había leído y escuchado hablar sobre la compra y venta de caballos, y sabía que los caballos buenos se vendían enseguida, pero que, cuando eran animales difíciles, no era tan sencillo encontrar compradores. ¿Pasaría lo mismo con las motos y los *quads*?

—¿Y qué tipo de tienda vas a abrir? —Maryellen no arrojaba la toalla, se volvió directamente hacia Gesa.

La mujer sonrió transfigurada, como siempre que pensaba en sus cachivaches espirituales.

—Oh..., venderé cosas bonitas —contestó—. Todo lo que ilumina... la vida...

—¿Qué? —Bernard la miró escéptico—. ¿No será un *sexshop* o algo así?

A Sarah casi se le escapó una carcajada. La expresión estupefacta de su madre era demasiado divertida.

—¡Claro que no! —protestó Gesa, ofendida—. Será una tienda de artículos de decoración, esencias, adornos, remedios... También ofrezco asesoramiento sobre *feng shui*...

Quedó claro que los Foster nunca habían oído hablar del *feng shui*, pero ya no profundizaron más acerca de los enigmáticos sueños espirituales de la recién llegada.

Sarah y sus padres continuaron la visita por la planta baja, en cuya parte trasera había dos almacenes más, y también una escalera que conducía al piso superior, donde se encontraban la sala de estar y los dormitorios. Para entonces, Sarah ya estaba lo suficientemente despierta como para interesarse por su habitación. Resultó ser un cuarto bastante pequeño con vistas a la carretera. Las paredes estaban cubiertas de un horroroso papel pintado de flores de tonos lilas descoloridos. Tampoco las otras habitaciones eran especialmente impresionantes. La cocina y la sala de estar se comunicaban, había un dormitorio algo más grande para sus padres y un baño. Todo necesitaba una renovación a fondo.

—Aquí hay trabajo que hacer —observó también Gesa—. Tal vez sea mejor que reservemos habitación en el motel para una semana.

El motel era sencillo, como la mayoría de los alojamientos de ese tipo. Anunciaba que disponía de acceso gratuito a internet, pero, aparte de esto, poco más tenía que ofrecer. Ni siquiera contaba con un comedor para desayunos, así que ni hablar de restaurante.

—Pero al lado hay un Subway y enfrente una pizzería —explicó la joven de la recepción.

Esa noche, los Singer se decidieron por el Subway. Sarah devoró un bocata enorme. Tenía el mismo sabor que los alemanes (al menos en este aspecto podía estar tranquila). Además, servían rápido, aunque, bueno..., Sarah y sus padres eran los únicos clientes.

Después de comer, se sentía algo mejor, pero la lluvia le bajaba los ánimos. ¿De verdad que hacía tres días estaba recorriendo a caballo un bosque estival? Pensó en enviar un triste correo electrónico a sus abuelos y a Maja, pero luego cambió de opinión. La perspectiva de meterse en una cama era demasiado tentadora. Y a lo mejor al día siguiente lo veía todo de otro modo.

4

A la mañana siguiente todavía se cernían unas oscuras nubes sobre Waiouru, pero había dejado de llover. Los Singer encontraron una cafetería en la que desayunar. Gesa insistió en ir a tomar café y bocadillos, mientras Ben hubiera preferido comprar algo en la panadería y comérselo en su propia casa.

—¡No antes de que tengamos una cocina y una cafetera! —puntualizó la madre de Sarah, a quien tampoco la atraía demasiado la idea de sentarse en el suelo de una casa fría y húmeda—. Lo mejor es que vayamos enseguida a la tienda más próxima de materiales de construcción —propuso— y nos pongamos a trabajar en la cocina.

—Hay que pintar urgentemente mi habitación —señaló Sarah—. O cambiarle el papel pintado. Yo ahí no me meto...

Ben hizo una mueca. Estaba deseando ir a ver su nueva tienda, ya que había comprado las motos y los *quads* sin haberlos examinado. Cerraron un trato.

—Tú te vas a ver a los Beasley, y Sarah y yo empezaremos a dar los primeros retoques a la casa —sugirió Gesa—. Arrancaremos el papel de las paredes, a lo mejor pondremos la calefacción y comprobaremos qué pintura, papel pintado o lo que sea necesitamos. Y tarda lo menos posible. Hoy tenemos que ir a comprar y en Waiouru no parece que haya una buena tienda de materiales de construcción.

Mientras recorrían otra vez el lugar, Sarah contó que en Waiouru había dos talleres de coches, dos gasolineras y siete cafés y restaurantes de comida rápida. No vio ni un supermercado, pero pensó que a lo mejor no estaría ubicado en la carretera principal. Su madre también se dio cuenta enseguida de que había muy pocas tiendas.

—Realmente, este lugar es diminuto —comentó algo desilusionada.

Ben se encogió de hombros.

—Míralo así: donde hay pocas tiendas también se gasta menos.

Eso no se podía negar. Pero ¿querrían invertir los lugareños en tarots y figurillas de Buda el dinero que habían ahorrado? Sarah no podía imaginar que en esa aburrida ciudad alguien necesitase un atrapasueños.

Maryellen los esperaba en la casa. Bernard ya se había ido.

—Como la mayoría de la gente de aquí, trabaja en la base militar —les explicó—. Es contable. Los militares no son muy duchos en la materia. Muchos civiles trabajan en la administración.

Y su nueva vecina tenía buenas noticias. El contenedor había salido de la aduana y a eso de las diez lo cargarían y lo llevarían a Waiouru.

—¡Entonces podremos amueblar la casa esta misma tarde! —dijo optimista la madre de Sarah.

—Bernard y yo os ayudaremos, por supuesto —le prometió Maryellen—. Llamaremos a nuestros hijos. Si tienen tiempo, se pasarán por aquí. ¡Entre todos acabaremos en un abrir y cerrar de ojos!

Sarah encontró que era un gesto muy generoso. Los neozelandeses eran muy amables.

—¿Dónde está el supermercado más próximo? —preguntó. Seguro que también averiguaría enseguida cómo entrar en internet.

—El supermercado y la escuela están al lado de la base militar —explicó Maryellen—. Es donde vive la mayor parte de la gente. Desde aquí se llega a pie sin ningún problema.

En Wanganui también estaba la tienda de material de construcción o al menos lo más parecido a eso en la Nueva Zelanda rural. Sarah esperaba aprovechar la compra para conseguir conectarse a internet.

Gesa empezó a medir la casa, mientras Sarah libraba su batalla con el papel pintado con florecitas antes de que a su padre se le ocurriera que ella podía instalarse durante un tiempo en la habitación tal como estaba. Por suerte, el papel se desprendía fácilmente y ya casi había acabado cuando Ben regresó al cabo de una hora larga. Lamentablemente, no estaba ni mucho menos de buen humor.

—¡Esas motos no son más que chatarra! —explicó furioso a su esposa—. No hay ni una que tenga menos de diez años, y no han tenido un mantenimiento profesional. Hay una o dos que todavía funcionan, pero alquilarlas... ¡es totalmente imposible! Tendré que revisarlas una a una antes de que se puedan utilizar...

El padre de Sarah era especialista en mecatrónica. En Alemania había trabajado en un gran taller de reparación de vehículos y su pasión eran las motos. En los últimos años se había dedicado a comprar Harleys antiguas, repararlas, tunearlas y volverlas a vender. Seguro que era capaz de evaluar el estado de los vehículos de los Beasley y repararlos. Pero eso le costaría tiempo y dinero.

—¿No quieres renunciar a la compra? —preguntó nerviosa la madre de Sarah—. Es que... te han timado. ¿No te habían dicho esos Beasley que las motos y los *quads* estaban en buen estado? Tal vez sea mejor que te busques un trabajo en un taller de coches.

Ben negó decidido con la cabeza.

—No. No, de ninguna de las maneras. ¡Ahora no voy a rendirme! Pero tendré que volver a hablar del precio con el viejo Beasley. Tendrá que rebajármelo...

El padre de Sarah siguió quejándose del mal estado de las motos y de los *quads*, mientras conducía su coche hacia Wanganui. Sarah había pensado que se trataba de un trayecto corto, de unos veinte minutos, ¡pero entre las dos ciudades había más de cien kilómetros! El viaje por la carretera nacional duró casi dos horas. Wanganui, sin embargo, resultó ser una ciudad relativamente grande y moderna, en la que se podía comprar todo lo que la familia Singer necesitaba para hacer pronto habitable su casa. El único problema residía en que no tenían que olvidarse de nada, pues no era tan fácil volver enseguida a la tienda.

Sarah se decidió por un papel de fibra gruesa y por el color amarillo claro para su habitación. También necesitaba una cama, la suya se había quedado en Alemania. Para sus adentros soñaba con una cama con dosel, pero como su habitación era tan pequeña se decidió por un sofá cama. Además tenía que elegir un escritorio y una silla a juego. Sus padres buscaban muebles de cocina baratos (afortunadamente en la casa había un par de armarios empotrados). Todo tenía que ser económico, pero la factura subió mucho y encima hubo que añadir unos cuantos dólares más por la entrega. Lo necesitaban todo lo antes posible.

Gesa recordó a Ben que era indispensable abrir una cuenta en un banco de Nueva Zelanda, así como darse de alta del teléfono y de la línea de internet. Y de nuevo había que hacer un montón de papeleo. Ya lo habían dejado casi todo arreglado cuando regresaron a Waiouru, donde, entretanto, había llegado el contenedor.

Vaciarlo esa misma tarde era impensable. Ben indicó a los operarios de la empresa que lo colocasen en la entrada y les dijo que ya los llamaría cuando estuviera vacío. Naturalmente, ampliar el período de alquiler conllevaba más gastos adicionales y, con ello, más quejas de Ben. Y pasar otra noche en el motel también tenía su coste, por supuesto. Pero por lo menos, a esas alturas, Sarah ya se sentía allí casi como en casa. Esa noche envió sus correos electrónicos. Sus abuelos tenían que saber cuánto añoraba su antigua vida.

Los días que siguieron exigieron mucho trabajo. A la mañana siguiente mismo, Gesa y Ben emprendieron con ímpetu la renovación de la casa y, como había anunciado Maryellen, la familia Foster al completo les echó una mano. Los dos hijos mayores eran extraordinariamente activos. De lo primero que se encargaron fue de la habitación de Sarah. Como el papel pintado ya estaba arrancado, los chicos la empapelaron de nuevo en un santiamén, sin que ella apenas se diera cuenta. Luego esperó un par de horas para que se secara y al final de la tarde ella misma empezó a pintar. El amarillo claro quedaba muy bien y conjugaba de fábula con el azul del sofá cama y la silla del escritorio, también azul. Al día siguiente les llevarían los muebles y todo lo que habían comprado en la tienda.

La renovación básica del local, la cocina sala de estar y el dormitorio de matrimonio también se resolvió enseguida. Se instalaron los aparatos de cocina y pudieron vaciar el contenedor. Para alegría de Sarah, su bicicleta estaba delante de todo, y justo detrás de ella se encontraban las cajas con los primeros artículos para la tienda de su madre. Ben y Bernard las descargaron y las metieron en la casa. Gesa quería empezar lo antes posible a arreglar el local, y Maryellen se ofreció a ayudarla.

Sarah descubrió dos cajas con su nombre y consiguió sacarlas del contenedor tras escalar por los muebles y otros objetos domésticos. De nuevo derramó unas lagrimitas al ver junto a sus libros favoritos las fotos más bonitas de Jackpot y al colgar en la pared las acuarelas que había pintado de él. Consideraba que, aunque no tenía demasiado talento, los retratos de Jackpot estaban bastantes logrados.

Los Singer pasaron otra noche más en el motel antes de seguir con la rehabilitación de la casa a la mañana siguiente. Sarah colaboró en todo lo posible y lamentó no poder seguir poniendo orden hasta que los operarios le montaran la cómoda por la tarde. Pero esa noche dormiría por primera vez en su nueva habitación.

Deslizó una vez más la mirada por las imágenes del caballo que colgaban en la pared y se preguntó si sería una traidora si ponía en práctica la idea que acababa de pasársele por la cabeza. Excepcionalmente, no llovía, antes al contrario, el sol brillaba con timidez sobre Waiouru y confería al lugar un aspecto más amable. Es decir, se daban las condiciones ideales para coger la bicicleta y salir a dar una vuelta. En algún lugar debía de haber caballos. Los Foster, sin embargo, no habían podido responderle cuando les preguntó por una hípica, pero en ese entorno había tanta superficie sin edificar que seguro que encontraría una granja o una casa en las afueras con un extenso prado cuyos propietarios tuvieran caballos.

Así que Sarah dejó su habitación y bajó al local en el que su madre intentaba explicarle los principios básicos del *feng shui* a una perpleja Maryellen.

—¡Voy a dar una vuelta! —avisó.

Gesa apenas si se enteró. Saludó distraída a su hija y volvió a dedicarse a sus artículos. La colección de surtidores de interior que acababa de desempaquetar pareció gustar más a Maryellen que los budas y los cuencos de cristal que estimulaban el flujo del *qi*...

Cuando Sarah se subió a la bicicleta, estuvo a punto de meterse en el carril equivocado, pero se acordó a tiempo de que en su nuevo hogar se circulaba por la izquierda. Era desconcertante y el cambio todavía sería más duro para los conductores de coches. Por suerte, las calles laterales estaban poco transitadas. Había estudiado la ciudad en Google Maps y había comprobado que estaba ubicada a los dos lados de la autovía como una cuadrícula. Había dos o tres calles paralelas y limitaba al oeste con una línea ferroviaria. La mayor parte de la ciudad, la base militar, estaba al este de la autovía. Ahí se encontraban también la escuela, el supermercado y el museo, así como áreas residenciales, zonas verdes y polideportivos. Sarah decidió recorrer de forma sistemática las calles al oeste de la autovía, y al final, si todavía no había encontrado lo que buscaba, rodearía la base militar. Ahí dentro seguro que no habría nadie que tuviera caballos.

Enseguida comprobó que las viviendas de esa área urbana se asemejaban a su casa y a la de los Foster. La mayoría eran casas unifamiliares de dos pisos con un jardín más o menos grande. Algunas personas tenían perro, pero por ningún sitio vio establos o pastos. Sin embargo, no se desanimó. Primero recorrió los caminos de la zona posterior del motel, los talleres de coches y las gasolineras que bordeaban la carretera principal. Los patios traseros de los comercios eran desoladores. Ahí se amontonaban neumáticos y chatarra. En el extremo sur, cruzó la calle Mayor y encontró una vía sin pavimentar que partía de la pequeña calle asfaltada. ¡Y descubrió en ella las huellas de unos cascos!

Sarah se internó por allí, pedaleando entre pastizales rodeados por cercas eléctricas. ¿Serían para caballos? Seguro que no eran para guardar ovejas, pues estas podían escaparse por debajo de ese cercado, ya que la lana las aislaría de las descargas eléctricas. Pasó junto a un taller de automóviles y, a doscientos metros, vio una puerta sobre la que colgaba un rótulo. Se parecía un poco a la entrada de los ranchos de las películas del Oeste.

TAKOTO TRAINING STABLES. A derecha e izquierda del cartel alguien había colocado unas herraduras. Sarah bajó emocionada de la bicicleta y pasó bajo el arco de entrada empujándola. Podía ser la hípica local, pero también era posible que allí solo se entrenaran caballos de particulares. No todas las hípicas ofrecían clases y paseos puntuales a caballo.

Sarah siguió avanzando y descubrió los primeros caballos en unos terrenos vallados empapados por la lluvia. Observó atentamente a los animales y comprobó que eran más pequeños y ligeros que los caballos de sangre caliente de Hamburgo. Pero no eran ponis. La variedad de colores de las capas era interesante. Si bien dominaban los alazanes, los caballos blancos y los castaños, también los había píos y atigrados. Los animales no se interesaron en absoluto por Sarah. No respondieron a sus llamadas, sino que permanecieron en grupos tranquilamente al sol, de cuya calidez era evidente que disfrutaban. No era extraño, en el cercado no había ningún lugar donde refugiarse. Si los caballos también habían pasado allí los últimos días, se debían de haber calado y muchos habrían pasado frío.

Al final aparecieron unos edificios: una pequeña granja, un pajar y unos establos. Delante había un picadero y una pista circular para trabajar a la cuerda. Dentro, un hombre entrenaba a un pequeño alazán. Sarah se fue acercando como hechizada. Lo que estaba contemplando no tenía nada que ver con el tipo de doma que se practicaba en Hamburgo. El animal llevaba una silla *western*; el jinete, tejanos, zahones y botas camperas, y montaba el caballo con bocado y las riendas flojas.

—¡Eh! ¿Qué estás buscando por aquí?

Sarah se dio media vuelta sobresaltada al oír aquella voz a sus espaldas. Sobre la valla del cercado, a la sombra de un gran árbol que dominaba el patio, estaba sentado un chico que la miraba fijamente. Se ruborizó.

—No... no te había visto —dijo, disculpándose—. Te habría saludado. No quería colarme a escondidas.

El chico sonrió. Tenía el rostro ovalado y la nariz ancha, los labios finos y las cejas gruesas. Sus rasgos eran algo exóticos, le recordaba a Winnetou, un personaje televisivo. Además, llevaba el pelo negro largo recogido descuidadamente en la nuca con una cinta de cuero, igual que él.

—Te cuelas tan discretamente como un buldócer —observó—. Bien..., ¿qué estás buscando? Te has quedado mirando a mi padre como si nunca hubieses visto a un hombre sobre un caballo.

Sarah sonrió.

—No los veo muy a menudo —reconoció—. En mi país casi todas las que montan a caballo son mujeres. Y normalmente no en sillas *western*. Siento haberme quedado mirando tan fijamente.

El joven hizo una mueca con la boca.

—De acuerdo. ¿Y? ¿Qué es lo que la trae por aquí, señorita? —El tono de la pregunta era burlón.

Sarah seguía sin poder despegar la vista del picadero, donde entretanto el hombre había empezado a hacer ejercicios a galope. Tenía que hacer un esfuerzo para dedicarse al chico. Y eso que no era feo, la mayoría de las chicas de su clase se habría enamorado de él. Como el jinete, que era su padre, llevaba tejanos y botas camperas, además de una chaqueta encerada sobre un pulóver gastado. En la mano sostenía un perforador y una vieja cabezada que al parecer estaba arreglando. Pero Sarah encontraba mucho más fascinantes el caballo y el jinete al estilo *western*.

—¿Se puede montar aquí a caballo? —preguntó.

El chico apretó los labios.

—Ya lo ves —observó, señalando con un gesto el lugar.

Sarah hizo una mueca.

—Me refiero a si... ¿podría montar yo aquí? —volvió a intentarlo—. Me gustaría...

—¿Ya has montado alguna vez? —quiso saber el chico.

Asintió.

—Oh, sí, he ido a clases de equitación durante tres años. Doma y un poco de salto. Tenía... Estuve a punto de tener un caballo propio en Alemania... —Pensar en Jackpot volvió a ponerla triste.

—Eres la chica de Alemania —constató el joven—. La hija del que se va a encargar del negocio de alquiler de vehículos.

Así que ya había corrido el rumor. Sarah se sorprendió, porque no llevaban ni una semana allí. Pero, claro,

Waiouru era una ciudad muy pequeña y seguro que cualquier novedad corría como reguero de pólvora.

—Me llamo Sarah —se presentó.

—Tuma —dijo el chico.

Ella frunció el ceño.

—¿Es un nombre? —preguntó.

Él asintió.

—Soy maorí —respondió con orgullo—. Tumatauenga Takoto. Mi padre conserva la tradición, no quería llamar a su hijo Paul o Steve. Solo se opone un poco a los tatuajes. A mí me gustaría hacerme algunos en la cara, como los guerreros. Pero no me deja, todavía no. Cuando cumpla dieciocho años...

Sarah no sabía qué opinar al respecto. Había visto en internet imágenes de maoríes tatuados y encontraba su aspecto un tanto intimidatorio. Además, no le solían gustar los tatuajes en general, al contrario que a su padre.

—A mi padre también le gustan los tatuajes —dijo.

Esto pareció alegrar al joven.

—Ya me lo imaginaba —comentó—. Tu padre tiene pinta de motero. Seguro que es guay. En realidad, es raro que se haya dejado engatusar por el viejo Beasley.

Sarah se mordió el labio inferior.

—Se ha llevado una decepción —reconoció—. Las motos y los *quads* están todos bastante mal.

Tuma volvió a sonreír.

—El viejo Beasley es un zorro —dijo—. Aquí no le habría vendido ningún cuento a nadie. Pero tu padre sabe lo que se trae entre manos, volverá a poner las motos a punto.

Así que también eso era la comidilla del lugar. Pero al menos hablaban con cierto respeto de Ben, y eso que acababa de empezar con las motos.

—Pásate a verlo —le propuso Sarah—. Bueno, si también te gusta la mecánica... Yo... le puedo decir que le harás una visita, te dejará echarle una mano. —De hecho, su padre no necesitaría que Sarah le advirtiera nada. Le encantaba el contacto con las personas afines a sus gustos. En cualquier caso, seguro que aceptaría encantado la ayuda de Tuma. Este siguió la mirada de Sarah hacia el picadero. Frunció el ceño.

—Como compensación... —comenzó.

—Le preguntas a tu padre si puedo ayudarlo con los caballos —completó Sarah.

—¿Ayudar? —Tuma parecía sorprendido—. Pensaba que querías montar.

Ella no había querido ir tan directamente al grano.

—Me gustaría hacer algo como compensación —se ofreció—. Limpiar los establos, cepillar los caballos..., ayudar. Si a cambio pudiera montar alguna que otra vez, sería estupendo. ¿Se lo preguntarás a tu padre?

Tuma saltó del cercado.

—No se lo tengo ni que preguntar —contestó tranquilamente—. ¡Ven!

Encuentro

5

Sarah no se lo podía creer, pero aquel chico que acababa de conocer, Tuma, se metió en el cercado más próximo, cogió un par de cabezadas que colgaban de la puerta colgaba y le lanzó una.

—Toma. Coge ese caballo pío. Es muy dócil.

Señaló a un pequeño castrado marrón y blanco que estaba al lado de una tina de agua junto a un caballo negro. Sarah se acercó a él avanzando con cuidado por el barro con sus zapatillas deportivas. El terreno pedía a gritos unas botas de goma, pero no iba a desperdiciar de ninguna de las maneras la oportunidad de sentarse aquí y ahora sobre un caballo.

El pío se dejó coger obedientemente. En comparación con Jackpot, era diminuto. Sarah calculó que como mucho mediría metro cincuenta a la cruz, algo más que un poni.

Tuma, entretanto, se buscó un alazán que no se lo puso fácil. Al principio, se escapaba, y el chico tuvo que dar tres vueltas tras él antes de poder ponerle la cabezada. Pero al fin el animal se conformó y lo siguió obediente fuera del cercado. Sarah fue tras ellos con el pío hasta un amarradero cercano al picadero. Fue entonces cuando el padre de Tuma se dio cuenta de su presencia y le dirigió un breve saludo, pero sin hacer ningún gesto de querer interrumpir el ejercicio con el caballo.

A Sarah la sorprendió el modo relajado en que iba sentado en la silla. Según las normas de la doma clásica, ese no era el mejor asiento, pero tal vez era distinto en la doma que se practicaba en Nueva Zelanda. También le pareció que sería difícil acostumbrarse a las largas espuelas vaqueras del señor Takoto. Naturalmente, sabía que era así como las llevaban los jinetes americanos, pero por lo que ella había visto en ferias o espectáculos ecuestres, nunca las utilizaban. El padre de Tuma, sí, y a veces también tiraba bastante de las riendas.

—¿Tu... tu padre entrena caballos de otros? —preguntó con cautela.

Tuma negó con la cabeza.

—Pocas veces —respondió—. Bueno, de tanto en tanto ocurre que nos llega un caballo para entrenar, pero la mayoría de las veces compramos lotes, los domamos y luego los vendemos. Ese es medio kaimanawa. El pío también.

—¿Medio qué? —preguntó Sarah. Nunca había oído hablar de esa raza.

—Es un caballo salvaje —precisó Tuma—. Viven en las montañas. A veces se nos escapa algún caballo doméstico, y, claro, en caso de que sea yegua, cuando la vuelves a encontrar está preñada.

—¿Un caballo salvaje? —Sarah no daba crédito—. ¿Me estás diciendo que hay aquí... mustangos?

—Kaimanawas —corrigió Tuma—. Pero viene a ser lo mismo.

Pasó rápidamente un cepillo por el lomo de su alazán y se dispuso a colocarle la silla. Sarah comprendió de repente por qué no la había entendido cuando ella se había ofrecido a ayudar a cepillar a los animales. Por lo visto, aquí no lo hacían. Tuma repitió el mismo proceso con el caballo negro y también le lanzó sobre el lomo una voluminosa silla *western*.

—¿Cómo se llama? —preguntó Sarah, que se sentía inútil. No estaba acostumbrada a que le ensillaran el caballo.

—Browny —respondió Tuma.

Los Takoto no parecían dejar volar en exceso su imaginación a la hora de poner nombre a los caballos.

—¿Y el tuyo?

—Red.

Tuma les colocó con destreza el bocado. Sarah se sintió un poco incómoda. Nunca había montado en una silla *western* ni tampoco había utilizado otras bridas que las de filete. Preguntó prudentemente cómo manejar las riendas.

El chico arrugó la frente.

—Pensaba que sabías montar. —Luego se esforzó en darle unas indicaciones. Cogió las riendas con una mano y las sujetó relajadamente entre los dedos—. Soltar, frenar, a la derecha y a la izquierda —dijo lacónico al tiempo que movía la mano hacia delante, hacia atrás, hacia la derecha y hacia la izquierda.

De nuevo, Sarah se quedó muda. En la doma clásica,

todas estas órdenes se comunican al caballo con la ayuda del sacro y los muslos.

Tuma se sentó en la silla como si lo hubiera hecho en un sofá para ver la tele.

—¡Venga! —animó a Sarah—. Si no, nunca nos iremos.

Ella había pensado que primero montaría a Browny en el picadero para familiarizarse con él y demostrar a los Takoto que realmente tenía experiencia como amazona. Pero Tuma condujo a Red directamente por un camino sin pavimentar en dirección a la base militar.

—¡Adiós, papá! —le gritó a su padre, quien, de hecho, no hizo ningún comentario acerca de que su hijo invitara a una total desconocida a salir a dar un paseo a caballo.

Pese a que no estaba acostumbrada a la silla, Sarah enseguida se sintió cómoda sobre el pequeño caballo negro. Browny se movía con suavidad y era muy manso. Seguía a Red tranquilamente por un terreno montañoso al noreste de Waiouru, donde se encontraba el campo de maniobras militar, atravesado por una red de caminos anchos. Se distinguían las huellas de vehículos pesados. La intervención militar en el paisaje era visible. Salvo por ello, era muy bonito. Con colinas cubiertas de hierba que, aunque ahora en invierno estaba amarilla, no se veía descolorida, sino que parecía resplandecer al sol.

Tuma la llevó a un lago, y lo rodearon galopando. El chico prefería el galope al trote, lo que para Sarah se explicaba por su asiento. Al parecer, en la silla *western* no se solía practicar el trote levantado, al menos Tuma no parecía dominar el levantarse y sentarse en la silla para evitar los impactos de ese aire. Naturalmente, Sarah intentó hacer el trote levantado y lo consiguió, pero se dio cuenta de que en una silla *western* era mucho más difícil que en las inglesas que se utilizaban en la hípica de Hamburgo.

Por suerte, apenas era impulsada con el trote de Browny. Bastaba con reunir un poco al caballito negro para trotar cómodamente sentada. Reunir, es decir, el arte de conseguir que el caballo lleve su propio peso y el del jinete sobre las fuertes patas posteriores y que no cargue las delanteras, que son más débiles, era un concepto que Tuma también desconocía. Él cabalgaba con las riendas colgando y dejaba que el caballo se preocupara por sí mismo de su equilibrio. Sarah encontraba todo eso muy extraño, pero decidió atenerse a la premisa de «otros países, otras costumbres» y disfrutar simplemente de la cabalgada.

Cuanto más se alejaban de Waiouru, menos alterado estaba el paisaje. Tuma la llevó a veces por unos estrechos senderos y a veces campo a través. Ante sus ojos se desplegaban unas vistas espléndidas.

—¿Ves los montes Kaimanawa? —preguntó, señalando la cordillera cubierta de nieve.

Sarah se sentía un poco como en las grandes praderas de un *western* americano, si bien no habría podido asegurar si en el fondo había unas montañas.

—¿Y se supone que aquí hay caballos salvajes? —preguntó escéptica.

Tuma asintió.

—Estoy mirando todo el rato a ver si veo alguno —contestó—. En esta época del año bajan con frecuencia. En verano están más arriba, en las montañas.

Sarah no podía ni imaginárselo, pero entonces Tuma le hizo un gesto para que guardara silencio y movió la cabeza en dirección a una colina que había delante de ellos. La chica no habría visto los caballos de no ser por su indicación. Eran castaños y alazanes, el camuflaje ideal para estar mordisqueando relajadamente esa hierba dorada.

Para no asustar a la manada, Tuma se dirigió con lentitud hacia ellos. Sarah contó seis caballos en el grupo. Un semental, tres yeguas y dos potros de algo más de medio año.

Tuvo que reprimir un grito de admiración cuando los animales levantaron la cabeza. Algo había despertado su atención, pero era evidente que no se trataba de los jinetes. Miraban hacia una dirección totalmente distinta, una especie de camino hueco que descendía de las montañas. De allí salieron en ese momento dos caballos con otra intención que la de pastar pacíficamente al sol. Retozaban uno al lado del otro, se mordisqueaban y se empujaban jugando: dos jóvenes sementales con ganas de divertirse. Sarah contemplaba fascinada cómo rodeaban la manada mientras daban brincos y coceaban.

Las yeguas, entretanto, habían vuelto a bajar la cabeza, solo el semental vigilaba a esos traviesos alborotadores. ¡No fuera a ser que a alguno de ellos se le ocurriera raptar a una de sus yeguas!

Sarah no podía apartar la vista de los dos jóvenes animales, sobre todo el más alto, con una capa color chocolate y la crin plateada, casi blanca, la maravillaba. Aunque conocía ese tipo de caballos por los libros, nunca había visto ninguno en carne y hueso. Se los encontraba sobre todo en Islandia. Pero ese semental era más liviano que los pequeños caballos nórdicos, tenía una cabeza noble y las patas largas. Cuando galopaba, parecía como si tan solo rozara el suelo, corría con ligereza y elegancia. El otro joven semental, un alazán, no era, ni mucho menos tan bonito, pero también mostraba una pisada segura y exhibía unos aires intimidatorios.

De repente los dos jóvenes animales descubrieron los caballos de Sarah y Tuma y se dispusieron al instante a sondear el terreno. Se acercaron al galope y se detuvieron desconfiados a una distancia de unos cincuenta metros para observar qué o a quién llevaban Browny y Red sobre el lomo. Luego empezaron de nuevo a trotar... y entonces también Tuma reaccionó.

—¡Adelante! —gritó—. ¡Vamos allá! —Y puso a Red al galope.

Browny los siguió, y Sarah vio entusiasmada que los dos jóvenes sementales los acompañaban. Animados por los caballos de silla corrían junto a los jinetes, coceaban, los adelantaban y era evidente que se lo pasaban en grande. El semental color chocolate se acercó tanto a Sarah que pudo verle la cara. Los ojos eran grandes y tenían unas deslumbrantes pestañas blancas como la nieve. Le pareció como salido de un cuento, un caballo de cuento de hadas... ¡Un sueño!

El galope tendido con los jóvenes sementales no duró más de unos minutos, pero nunca en su vida se había sentido Sarah tan unida a la naturaleza. Y ese caballo que se acercaba a ella totalmente por propia iniciativa, que corría a su lado... Era casi como si la hubiera escogido, elegido.

Justo después, Sarah se reprendió por fantasear de ese modo. El joven semental simplemente disfrutaba del galope, se hubiera acercado a cualquier otro jinete, y además no la siguió hasta la hípica de los Takoto, sino que enseguida se dio media vuelta. Era probable que los dos pertenecieran a la manada que acababan de ver. Los sementales adultos solían expulsar a sus hijos cuando alcanzaban la madurez sexual, pero en general los jóvenes se quedaban cerca de su familia.

El abuelo Bill se lo había explicado. A menudo le hablaba de los mustangos de Wyoming y ella lo escuchaba con interés. Pero ver a los caballos salvajes en carne y hueso era algo distinto. Sarah estaba como extasiada.

—Qué bonito el pequeño semental, ¿verdad? —observó también Tuma cuando volvieron al paso para que los caballos pudieran descansar un poco después de la galopada y antes de emprender el largo camino de regreso—. Un color de capa especial.

—En Alemania se llaman colores de viento —dijo Sarah—. Es una traducción del islandés.

—Aquí se los llama *silver dappel* —explicó Tuma—. Informaré a mi padre. A lo mejor lo controlamos...

—¿No lo querréis capturar? —preguntó Sarah horrorizada—. ¿Es que tu padre captura los caballos que vende?

Tuma rio.

—Qué va —respondió—. Los cogen otros. Nosotros solo los entrenamos. Para los *challenges*.

Un *challenge* era una competición. Sarah se preguntaba en qué tipo de torneos participarían estos hermosos pero realmente pequeños caballos. Ella habría preferido que nadie los montase. Le bastaba con verlos en libertad.

—¿Me repites el nombre de la raza? —pidió a Tuma.

—Kaimanawa..., como la cordillera. En su origen eran caballos domésticos asilvestrados, pero ahora ya llevan un montón de tiempo viviendo en libertad en las montañas. Y los maoríes y los *pakehas* se pelean por determinar a quién pertenecen. —Sarah tuvo que pensar unos segundos sobre el significado de la palabra *pakeha*, y al final recordó que se refería al blanco que había migrado a Nueva Zelanda—. Venga, démonos deprisa —aconsejó Tuma—, de lo contrario oscurecerá antes de que hayamos llegado.

En efecto, ya era bien entrada la tarde cuando llegaron a la granja de los Takoto. El padre de Tuma había desaparecido.

A Sarah le habría gustado frotar con la rasqueta y cepillar a Browny. En Alemania seguramente hasta habrían cubierto con una manta al caballo mojado de sudor tras la cabalgada y lo habrían metido en el establo para que pasara allí la noche. Pero Tuma se limitó a desensillarlos y los volvió a dejar en su cercado. Ni siquiera les dio una porción adicional de comida. Sarah decidió que al día siguiente les llevaría unas zanahorias. Pero primero dio las gracias efusivamente.

—Ha sido súper, Tuma. Galopar con los caballos salvajes ha sido... ha sido... es que no lo puedo ni describir.

El maorí sonrió.

—No tienes nada que agradecer, yo también me lo he pasado bien. Ya repetiremos otro día.

—¿De verdad que puedo volver? —preguntó sin aliento Sarah.

Tuma asintió.

—Cuando quieras —convino.

Por primera vez desde que se había separado de Jackpot, Sarah estaba entusiasmada mientras pedaleaba camino de su casa al anochecer. ¡Tenía que contarle a su abuelo Bill lo de los caballos salvajes! Se quedó absorta en una ensoñación en la cual volvía a ver al semental color viento y él la reconocía y se acercaba a ella. Le pondría un nombre... Por supuesto, ninguno tan simplón como Browny o Red. Ese caballo necesitaba un nombre especial.

Sarah se sentía un poco ridícula, aun así bautizó para sus adentros al pequeño y salvaje semental de los montes Kaimanawa con el nombre de Dream, Sueño.

6

Al día siguiente, durante el desayuno, el primero en su propia casa, Sarah habló diligente con su padre acerca de Tuma. Tal como ella esperaba, no tenía nada en contra de que alguien le ayudase a reparar sus vehículos. Así que dijo que estaría encantado de que Tuma fuera a verlo.

Justo después, Sarah comprobó que la conexión con internet por fin funcionaba en la casa. El día anterior había tenido que enviar sus mensajes electrónicos a Maja y sus abuelos desde el Subway, que ofrecía acceso gratis a la red. Comprobó entonces rápidamente su buzón. Maja había contestado enseguida.

«Todo esto parece muy emocionante —escribía—, pero supongo que tienes claro que el padre de ese Tuma es un tratante de caballos, ¿no? Así que no te enamores de Browny, de Red o de ningún otro caballo suyo, o después volverás a ponerte triste. —Maja había tenido que escuchar a menudo las penas de Sarah cuando vendían su caballo favorito del momento—. En caso de duda, vale más que te enamores del chico —le aconsejó—. Si realmente se parece a Winnetou... y además monta a caballo... Tendrías que notar que salta la chispa...»

Maja siempre hablaba del mismo tema, pero Sarah nunca había conseguido enamorarse de un chico. A los de la escuela los encontraba aburridos, y en la hípica casi no había ninguno. Solo había conocido, entre los propietarios de caballos, a uno o dos jóvenes jinetes que practicaban el salto y por los que suspiraban todas las amazonas de la escuela. Pero a Sarah nunca le había impresionado su temeridad, y consideraba que no eran demasiado amables con los caballos.

También esto último pesaba en contra de Tuma. Mientras iba en bicicleta al supermercado y luego hacia la casa de los Takoto —con la cesta de la bici llena de manzanas y zanahorias—, recordó los acontecimientos de la pasada tarde. Tuma había sido muy amable con ella después de haberse comportado al principio con bastante arrogancia, pero en lo concerniente a los caballos... Había tratado a Browny y Red como si fueran motos. Cogerlos, ensillarlos, montarlos y de vuelta al cercado, sin ningún elogio, sin darles un premio o decirles algo agradable. Montando tampoco es que fuera un genio, incluso su padre, que a fin de cuentas lo hacía de forma profesional, tampoco la había convencido del todo en el picadero.

En el momento en que entraba en el patio de la hípica, el señor Takoto trabajaba con un caballo en la pista circular o *roundpen*, como lo llamaría su abuelo Bill. Él también le había hablado de un picadero redondo en el rancho de sus padres donde había trabajado y domado mustangos. Lo que el señor Takoto hacía allí tenía poco que ver con el trabajo a la cuerda que Sarah conocía. Cuando ella había hecho ejercicios con Jackpot, lo había provisto de unas riendas alemanas cuya función era que cediera la frente hasta la vertical y que entrara más los cuartos posteriores. Lo había atado a una cuerda larga y ella se había colocado con una fusta de dar cuerda en la mano en el centro de la pista mientras el caballo daba vueltas en torno a ella. El padre de Tuma dejaba correr libremente al animal —un fuerte caballo negro— y lo azuzaba lanzándole un lazo. El caballo se sobresaltaba cuando la cuerda se precipitaba en su dirección y no se movía de forma regular y relajada como Jackpot, sino que daba saltos hacia delante, cambiaba del galope al trote y al revés. El señor Takoto no parecía controlar estos cambios, mientras que Eva Betge siempre había puesto mucho cuidado en que Jackpot solo cambiase de aire obedeciendo a la voz.

Sarah lo saludó tímidamente. Tuma no estaba. ¿Se habría ido ya al taller y ahora estaría hablando con su padre de mecánica? Le había dicho que sería bien recibido, y él no era tímido. Se preguntó en ese momento cuántos años tendría Tuma; en cualquier caso, más que ella. No sabía calcular si tenía quince o ya habría cumplido los dieciséis. En fin, ya lo averiguaría más tarde, cuando empezara la escuela.

En esa época, también en Nueva Zelanda estaban de vacaciones. El año escolar se dividía en cuatro trimestres, entre los cuales había de dos a tres semanas de vacaciones. Solamente en verano, que ahí coincidía, claro está, con las Navidades, hubo seis. Las vacaciones de invierno habían empezado el 9 de julio, una semana y media antes. Así que Sarah conocería a sus nuevos compañeros al cabo de tres días. Si Tuma todavía iba a la escuela, seguro que se lo encontraría; en un lugar tan pequeño coincidirían todos los estudiantes.

El señor Takoto le devolvió el saludo despreocupadamente. No parecía molestarle su presencia y tampoco dijo nada cuando ella sacó las manzanas y las zanahorias. A pesar de todo, Sarah decidió pedirle permiso antes de llevar esas golosinas a los caballos.

—Para Browny —explicó, señalando la fruta y la verdura—. Como pequeño agradecimiento por el paseo de ayer. ¿Puedo... puedo dárselo?

El propietario de la hípica la miró extrañado y luego asintió de forma tan indiferente como la había saludado poco antes.

—Sí, haz lo que quieras —dijo.

Sarah decidió interpretar literalmente sus palabras y buscó los utensilios de limpieza antes de meterse con los caballos en el cercado. Llamarlos desde la valla resultó inútil. Los animales no le hicieron ningún caso, y la bolsa que llevaba en la mano no parecía decirles nada —para Jackpot, sin embargo, era un estímulo para acercarse esperanzado a por golosinas—. De hecho, Browny olisqueó sorprendido cuando Sarah le tendió una manzana. ¿Acaso no se había comido nunca una? No obstante, el pequeño pío y también los otros caballos que se atrevieron a aproximarse a ella —Red se mantuvo distante aunque vio que sus intenciones eran buenas— enseguida demostraron que les gustaba lo que les traía y devoraron las golosinas mientras Sarah les cepillaba el pelaje.

Browny lo necesitaba urgentemente. El día anterior

se había ensuciado mucho al haber sudado y haberse revolcado luego en el barro. Sarah también cepilló a un par de caballos más, que, agradecidos por ese masaje inesperado, levantaban encantados el belfo superior.

Entretanto, el padre de Tuma ya había capturado con el lazo al caballo negro y estaba a punto de endosarle una pesada silla *western* sobre el lomo. El animal intentaba evitarla asustado y quería escapar, pero el entrenador no cejó en su empeño y al final el caballo se resignó. Estaba tenso como un muelle a punto de saltar, Sarah no habría podido montarlo en ese momento. El señor Takoto tampoco, así que empezó a trabajar a la cuerda con él. En cuanto soltó al animal en la pista circular, este comenzó a dar saltos.

Sarah se preguntó si sería la primera vez que cargaba con una silla. En cualquier caso, su propietario no parecía encontrar nada fuera de lo normal. Hizo dar vueltas al caballo negro hasta que este se cansó, dejó de dar botes, galopó con normalidad y al final se puso a trotar. Solo estaba cansado. Cuando al final se puso al paso, el padre de Tuma lo cogió, lo desensilló y lo llevó al cercado que compartía con otros dos caballos. Ni una palabra de reconocimiento ni una recompensa. El entrenador puso la cabezada a otro caballo al que condujo a la pista para someterle al mismo trato que al negro.

Sarah estaba deseando saber para qué servía todo eso. Dejó a Browny y los demás y se fue hacia la pista para observar. Al padre de Tuma no parecía molestarle. Pasado un rato, se atrevió a hablar con él.

—¿Son... caballos jóvenes? —preguntó—. ¿Los está domando?

El comerciante asintió.

—Sí —afirmó lacónico—. En primavera estarán listos para venderse.

Puso al segundo caballo, uno castaño, directamente al galope. Cuando se había calentado, repitió el proceso de colocarle la silla para que se acostumbrase, pero este no se asustó tanto como el anterior. A lo mejor ya había pasado por esa experiencia antes.

Sarah no sabía muy bien qué opinar de todo eso. Supuso que el abuelo Bill había hecho exactamente lo mismo de joven en la granja, pero esta práctica estaba muy lejos de semejarse a lo que había leído sobre cómo acostumbrar a un caballo a la silla. En sus libros se actuaba lenta y prudentemente, se familiarizaba al caballo con la silla y la brida halagándolo y con mucha tranquilidad, y, naturalmente, antes se trabajaba con él a la cuerda. Los caballos no debían dar botes como en el Oeste, sobre todo cuando un jinete ligero se sentaba por primera vez en la silla. Bajo el peso de este, se guiaba y se seguía hablando y halagando al animal continuamente. Durante ese proceso no tenía que sentirse asustado en ningún momento.

Los caballos del señor Takoto le daban pena. Pensaba que los ejercicios a los que el hombre los sometía no debían de resultarles nada divertidos. No era extraño que Red huyera de Tuma y que no se hubiera acercado a las golosinas que ella había llevado.

Cuando Sarah se marchó a su casa, decidió que, en principio, no iba a volver a esa hípica. Por muy maravillosa que hubiera sido la cabalgada con Tuma, el trato que daban a los caballos la disgustaba. Seguro que las compañeras de su nueva escuela conocían otros lugares donde ir a montar. Debía de haber cuadras donde se tratara mejor a los caballos.

De ahí que en los días siguientes Sarah prefiriese ocuparse más de la casa; además, llovía de nuevo. Ayudó a vaciar cajas y desempaquetar la vajilla, y echó una mano a su madre en la tienda. Sorprendentemente, estaba muy concurrida. Por lo visto, todos los habitantes de Waiouru o, mejor dicho, todas las habitantes querían echar un vistazo al nuevo comercio. Los hombres no se dejaban ver por tiendas como la de su madre, lo que no se diferenciaba demasiado de lo que ocurría en Alemania. Sin embargo, las mujeres de Waiouru se sentían mucho más desconcertadas frente a los artículos de Gesa que las clientas de Hamburgo. Incluso se quedaron perplejas ante el nombre del local: Good Vibrations. Como consecuencia, compraban poco.

—Y eso que yo había pensado que los maoríes eran espirituales —comentaba asombrada Gesa—. Al menos eso es lo que siempre se lee. En Hamburgo teníamos a la venta un libro con su arte de sanación tradicional. Pero estos... —Una mujer de origen maorí con el uniforme del ejército había estado echando un vistazo a la tienda sin sentir interés por nada—. A lo mejor debería incluir unos cuantos amuletos de jade o algo similar.

—¡Aquí los vende todo el mundo! —observó Sarah.

En todas las tiendas de souvenires, incluso en los supermercados y en las gasolineras de Waiouru, había unos bonitos colgantes de jade u orejas de mar que simbolizaban la amistad, la fidelidad o la fuerza, y las figurillas de dioses que los maoríes llamaban *hei tiki*.

—No me refiero a artículos del montón —protestó ofendida Gesa—. Debe de haber *tohungas* que todavía los elaboren de forma tradicional.

Sarah asintió impresionada. Su madre ya dominaba el vocabulario necesario de la espiritualidad maorí. *Tohunga* significaba algo así como sacerdote o sanador. Podía tratarse tanto de una mujer como de un hombre. Gesa había adquirido antes de la partida un pequeño diccionario maorí y Sarah lo había estado hojeando durante el vuelo. Lo había encontrado muy interesante y todavía se acordaba de muchos de los vocablos. Si estaba obligada a vivir en un país tan especial, quería familiarizarse con sus costumbres y su lengua.

El último día de la semana antes del final de las vacaciones, los Singer viajaron de nuevo a Wanganui, entre otras cosas para comprar el uniforme de la escuela para Sarah. Ella encontraba bastante extraño que se esperase que todos los alumnos llegasen a clase con camisetas rojas o sudaderas azules y pantalones o faldas de cuadros azules. Por fortuna, esas prendas le quedaban la mar de bien y la idea en sí tampoco era tan mala: nadie tenía que presumir de llevar ropa de marca y la discusión sobre lo ceñida que debía ir la parte superior de la ropa de las chicas se solucionaba por sí misma.

Sarah encontró muy relajante no tener que romperse la cabeza el lunes pensando qué ponerse para no llamar la atención en su nueva clase. Se limitó a combinar un polo rojo con una sudadera azul oscuro, la falda a cuadros y unas medias azul oscuro. Se hizo una trenza con su pelo rubio y, para dar un toque a su vestimenta, se puso los pendientes azul turquesa de orejas de mar que había comprado con su dinero en Wanganui. Tenían la forma de unos kiwis, el animal emblemático de Nueva Zelanda, y a Sarah le parecían muy divertidos. Esas pequeñas aves corredoras, incapaces de volar, estaban en todas las tiendas de souvenires y cachivaches. Las había como muñecos de peluche, como llaveros e incluso como adornos para los árboles de Navidad.

Pero Sarah todavía no había visto un auténtico kiwi. Esperaba que sus padres pronto dispusieran de tiempo para visitar con ella un zoo o un criadero. Hasta el momento, Gesa no había cumplido con su propósito de dedicarse más a su hija. Así que tal vez fuera mejor esperar a que organizaran alguna excursión en la escuela...

Emocionada ante la perspectiva de conocer a sus nuevos compañeros de clase, Sarah se subió a la bicicleta.

7

La escuela de Waiouru era realmente diminuta. Cinco profesoras daban clase a ciento quince alumnos de entre seis y dieciséis años; es decir, desde primaria, que llegaba hasta octavo, hasta secundaria. Después, si querían seguir estudiando, los chicos y chicas tenían que irse a una escuela que estaba en Ohakune, casi a treinta kilómetros de distancia.

Ese lunes por la mañana, Sarah tuvo que acudir primero al despacho de la directora. Para su sorpresa, era una maorí que se presentó con el nombre de Aputa. Era muy simpática y se quedó agradablemente sorprendida de lo bien que la nueva alumna hablaba el inglés.

—¿He de repetir octavo? —preguntó Sarah.

En una asesoría especial para inmigrantes, les habían explicado a sus padres que los niños y adolescentes alemanes no siempre pueden hacer el curso que les corresponde por edad. A menudo, para ayudarlos a integrarse en el nuevo sistema escolar, se les pone en un curso inferior o se les hace repetir.

Aputa sonrió.

—Aquí cambiamos de curso con el cambio de año

—contestó—. Y puesto que nuestra escuela es tan pequeña, juntamos dos cursos en las aulas. Séptimo y octavo reciben las clases juntos. Vamos a ver qué tal te va. Si no tienes problemas, después de Navidad cambiarás a secundaria; de lo contrario, te quedarás un año más con los Dreamcatchers.

—¿Dónde? —preguntó perpleja Sarah.

Aputa se echó a reír.

—Las clases se ponen nombres, es más personal que los números. Y los estudiantes de séptimo y octavo este año han elegido el nombre de Dreamcatchers, «cazadores de sueños». —Sarah se enteró de que algunas clases llevaban también nombres maoríes, muchos alumnos tenían al menos uno de sus padres maorí, e incluso se podía aprender su lengua—. Pero es optativo —la tranquilizó la directora cuando Sarah preguntó—. Tenemos muchas actividades extraescolares, la mayoría disciplinas artísticas o deportivas, que duran todo el año. En cuanto tengas tu horario, podrás elegir alguna. ¡Estoy convencida de que te lo pasarás estupendamente aquí!

Y dicho esto, despidió a la nueva alumna y la envió a su clase, que, incluida Sarah, solo se componía de catorce estudiantes: ocho chicas y seis chicos. La saludaron muy amablemente. La tutora se llamaba Sally y, como en el caso de la directora, podían dirigirse a ella por el nombre de pila. Sally aprovechó la llegada de la nueva estudiante de Alemania para hablar un poco de la colonización de Nueva Zelanda. Uno tras otro, los alumnos explicaron de qué país habían llegado sus antepasados a la isla y cuándo, aproximadamente, había ocurrido eso.

Sarah estaba sorprendida. Cuatro adolescentes tenían antecesores maoríes y explicaron orgullosos que sus antepasados habían llegado a Nueva Zelanda hacía setecientos años procedentes de una isla legendaria llamada Hawaiki. Los otros alumnos hablaron de sus tatarabuelos ingleses o irlandeses, y una chica era de origen escocés.

—Como tú, mis antepasados llegaron de Alemania —explicó otro.

—¿Lo ves?, no eres nada especial. —Sally sonrió—. Enseguida te integrarás aquí. Nos alegramos de tenerte entre nosotros.

Sarah no tuvo el más mínimo problema en seguir la clase, precisamente porque el reducido número de alumnos permitía que el profesor se dedicara de forma más individualizada a ellos. Sally, así como los profesores que Sarah fue conociendo a lo largo de la mañana, estuvieron muy pendientes de la nueva alumna y, ante la más mínima sospecha de que no entendiera algo, se dirigían a ella y se lo explicaban una vez más. Era más cansado que estar en la clase de Alemania, donde uno podía pasar más fácilmente desapercibido entre el alto número de alumnos; pero sin duda, más efectivo. Durante el descanso, su compañera de pupitre se ocupó de ella y le mostró el tablón de anuncios donde se informaba de todas las actividades extraescolares.

Había varios tipos de deporte —por descontado, el principal era el rugby, el deporte favorito de la nación—, pero lamentablemente faltaba la equitación. Aun así, Sarah aprovechó la oportunidad para preguntarle a Geena por alguna hípica que estuviera cerca. Su compañera de clase no estaba muy enterada al respecto.

—La hípica más cercana creo que está en Ohakune —contestó—. Pregunta a Sunny, tiene caballo.

—¿Una chica de la clase tiene caballo? —preguntó sorprendida Sarah. Por la expresión de Geena, no parecía que eso fuera nada del otro mundo.

—Sunny está en sexto —dijo—. En nuestra clase no hay ningún loco por los caballos. Pero hay varias personas más que tienen. Aquí no es algo especial. Los kaimanawas corren en libertad y cuando se hacen los Musters te los dan casi regalados. O se los compran a Takoto. Su hijo está en secundaria...

Así que Tuma asistía a esa misma escuela. Una de sus preguntas ya tenía respuesta. Pero... ¿qué era eso de que regalaban caballos? ¿Y qué significaba los *musters*? En fin..., Geena no era la interlocutora adecuada, ya que no estaba especialmente interesada en la equitación. Además, Sarah tenía que ocuparse ahora de su horario. Estudió las ofertas de actividades extraescolares: teatro, estudios maoríes —a saber lo que era—, coro, orquesta de la escuela... Al principio no encontró nada que realmente la atrajese, pero su mirada se quedó prendida en un curso: manga con Denise. Denise, ahora ya lo sabía, era la profesora de arte.

—¡La clase de arte tiene buena pinta! —dijo.

Geena asintió.

—¡Hay una o dos personas que son superbuenas! —le comentó.

Sarah suspiró.

—Yo me temo que no soy una de ellas —admitió.

Geena se echó a reír.

—No ponen nota. Sobre todo es una actividad para pasar un buen rato. Así que, venga, apúntate. Hoy mismo por la tarde puedes participar.

Sarah no creía que fuera tan fácil. Seguro que se necesitaban unos lápices especiales o un papel particular, pero de todos modos se alegraba de asistir a ese curso. Se impartía después de la comida (en el comedor de la escuela se ofrecían platos a buen precio) en la sala de arte. Necesitó algo de tiempo para encontrarla y, como consecuencia, llegó tarde. Pese a ello, la profesora la saludó amablemente y dio la bienvenida a ella y a dos nuevos integrantes del grupo. En total, Sarah contó que eran seis: tres chicas y tres chicos; es decir, otra vez una clase con muy pocos alumnos, y todos adolescentes. Algunos eran mayores que Sarah, por lo que supuso que los de secundaria también podían apuntarse a esta clase.

Denise anunció que repetiría las bases del dibujo manga para los nuevos. Sarah pensó que los «antiguos» alumnos, para los que eso sería aburrido, darían muestras de descontento. Sin embargo, no fue así, parecían alegrarse de la llegada de los nuevos, aunque bajaran el nivel. A lo mejor era porque se exigía un mínimo de alumnos en los cursos extraescolares para que se llevaran a término.

La profesora les habló primero sobre la estructura básica del manga y las particularidades de sus figuras.

—Ayúdame, Jenny —dijo a una chica que de inmediato se dirigió solícita a un ordenador y deslizó un lápiz especial sobre una especie de lámina táctil.

En la pantalla apareció al instante un personaje manga y Sarah quedó impresionada de la presteza y naturalidad con que Jenny dibujaba su característico cabello en punta y sus enormes ojos. Denise indicó el mejor modo de representar una figura realista esbozando primero el cuerpo, los brazos y las piernas.

—Podéis probarlo todos —indicó, señalando tres ordenadores más en los que los alumnos podían ejercitarse trabajando por parejas—. Enseguida os hablaré un poco sobre el género manga, pero primero... Un par de alumnos del año pasado han aprovechado las vacaciones para terminar sus mangas. Lucas, ¿querías enseñarnos algo?

Un chico delgado, que estaba sentado al lado de Jenny, asintió serio.

—Es un *jidaigeki* —puntualizó—. Aunque neozelandés.

Denise explicó que los *jidaigekis* clásicos trataban de la historia japonesa. Había muchos más géneros mangas dirigidos a lectores de cómics de distintas edades e intereses diversos, desde culinarios hasta eróticos.

—Bien, pues vamos a verlo —animó la profesora a Lucas, quien se levantó enseguida y sacó tranquilamente una gran carpeta.

Sarah observó entonces al joven con mayor atención. Calculó que debía de tener unos quince años y encontró que parecía un héroe del manga. Llevaba el pelo castaño y liso escalado y el flequillo tan largo que podía esconder su rostro detrás. Cada dos minutos se apartaba el pelo de la cara y dejaba a la vista unos grandes ojos castaños y soñadores. Eran un poco rasgados, y la forma de su cara era algo exótica, pero su tez no era tan oscura como la de Tuma. Los labios eran finos y la nariz ancha. Sarah pensó que tal vez llevara sangre maorí en sus venas, aunque no tenía un nombre de pila típico. Apoyaba esta hipótesis el colgante de jade que llevaba. Aunque mostraba una cabeza de caballo estilizada y no los motivos tradicionales maoríes. Sarah encontró el colgante precioso. El joven sonreía tímidamente mientras abría la carpeta.

—De acuerdo. A ver, esta es la historia del ngati tuma whiti, un *hapu* o clan de la tribu tuwharetoa. El título es *Kaitiaki...* «Guardianes.»

Las primeras imágenes mostraban una canoa en la que un grupo de maoríes, hombres y mujeres, navegaban por el mar. Habían abandonado su hogar en Hawaiki y se apretujaban los unos contra los otros, angustiados porque su embarcación se veía agitada por las tormentas y rodeada por espíritus del agua que guardaban un lejano parentesco con ballenas y delfines.

Al final surgía en el horizonte una imponente nube blanca y uno de los navegantes decía: «Aotearoa». Era el primer bocadillo. Lucas se atenía a la norma de que en los mangas debe primar la imagen y no el diálogo.

En los dibujos siguientes se veía a los maoríes en tierra, pescando y cazando, y luego en su recorrido hacia el interior de la isla, durante el cual se cruzaban con diversos seres animales en parte mitificados, que los ayudaban y los guiaban hasta que llegaban a las tierras en torno a los montes Kaimanawa y se asentaban allí. Los animales adoptaban el papel de guardianes: *kaitiaki*. Tres lados de la frontera de la región estaban protegidos por un pájaro o una especie de murciélago, únicamente la frontera septentrional estaba desprotegida, lo que infundía mucho miedo a los miembros de la tribu. A Sarah la impresionó el modo en que Lucas lo expresaba, con las luchas de los ngati tuma whiti contra espíritus y tormentas.

Generación tras generación, se fueron asentando sin que nada cambiase. Hasta que un día aparecieron los colonos blancos y empezaron a comprar tierras en la región colindante y a construir granjas. Con ellos llegaron los caballos, venidos de sus lugares de procedencia, y ocurrió algo excepcional: mientras los blancos se mantenían distanciados de los maoríes, los *tohunga* de los ngati tuma whiti establecían contacto con los animales. Y entonces apareció de repente una yegua en la frontera septentrional del territorio de la tribu...

En el dibujo siguiente, el propietario blanco de la yegua se paraba enfadado delante de la valla rota. Otros animales no tardaban en reunirse con la yegua. Lucas dibujó un caballo que tiraba a su brutal jinete y huía a las montañas; otro que saltaba por encima de la valla de su cercado, otro más que se escapaba de un mercado de caballos y nunca más se dejaba capturar. Todos ellos se juntaban en los montes Kaimanawa y, cuando los espíritus volvieron a aparecer para echar a la tribu de los tuma whiti, se opusieron a ellos en la frontera septentrional.

Las imágenes posteriores plasmaban cómo los maoríes mostraban su agradecimiento a los *kaitiaki* y les rendían homenaje, y al final Lucas había reflejado escenas de la vida de los caballos salvajes, jóvenes machos jugando y hembras con potros. Unas preciosas e idílicas imágenes.

Sarah estaba entusiasmada. Y no menos lo estaba Denise.

—¡Realmente estupendo, Lucas! —lo elogió—. ¿Has presentado la serie al museo? Encaja totalmente con la exposición.

El chico frunció el ceño.

—He presentado otro manga —respondió disgustado—. Este no lo querían.

—¿Lo han rechazado? —preguntó Denise sorprendida—. Pero si...

—Han aceptado las acuarelas que tú propusiste —observó Lucas, aunque daba la impresión de que no se alegraba especialmente de ello.

Denise sonrió.

—Siempre propongo un par de trabajos de mis alumnos —explicó dirigiéndose a Sarah—. Porque... algunos chicos son demasiado discretos...

Lucas apretó los labios.

—Yo no soy discreto —protestó—. Solo... —se interrumpió.

—¿Qué tipo de exposición es? —preguntó Sarah antes de que la profesora pudiera contestar algo—. ¿Se... se trata de un museo de arte?

En la Wikipedia no se mencionaba ninguno bajo el concepto de «cultura», y eso que no era precisamente un lugar que abundara en puntos de interés turístico. Seguro que no se lo habrían olvidado.

Denise negó con la cabeza.

—No, aquí solo tenemos el Museo Nacional del Ejército, que documenta la historia militar de Nueva Zelanda. Pero de vez en cuando se organizan exposiciones especiales sobre nuestro patrimonio nacional. El tema de este año son los caballos salvajes. Lo que me recuerda que mañana es la inauguración. Estaría muy bien que nuestros alumnos estuvieran bien representados, especialmente porque muchos de los artistas son...

—Alumnos de la escuela... —le susurró Jenny a Sarah. Se había sentado a su lado después de la exposición del trabajo de Lucas—. Waiouru no es que sea un importante centro cultural, así que, aparte de los estudiantes de la escuela, son pocos los que pintan. Y Lucas es la estrella.

Sarah se creyó al instante esto último. Nunca había visto en alguien joven unos dibujos tan profesionales como los del manga de Lucas. Y, sin embargo, él no parecía estar tan convencido. De lo contrario no habría presentado un trabajo más flojo al museo. A lo mejor necesitaba un poco de reconocimiento de alguien de fuera. Seguro que en Waiouru habían descubierto su talento para el dibujo en el parvulario y ya nadie creía necesario alabarlo como se merecía.

Sarah hizo de tripas corazón tras la clase y se dirigió a Lucas. Estaba guardando los dibujos en la carpeta mientras los otros chicos y chicas emprendían el camino de regreso a sus casas.

—¿Es cierta esa historia que has contado...? —preguntó—. Bueno, quiero decir si sucedió realmente así.

Lucas esbozó una sonrisa torcida. El flequillo le ocultaba de nuevo el rostro. No era alguien que estableciera contacto por propia iniciativa.

—Es una leyenda —contestó—. Con un fondo auténtico. Es cierto que los kaimanawas son descendientes de caballos domésticos asilvestrados. ¿De dónde iban si no a proceder? Antes de la llegada de los maoríes no había prácticamente mamíferos en Nueva Zelanda. Y los ngati tuma whiti declararon que los caballos eran *kaitiaki* y protegían la frontera septentrional de su territorio tribal.

—El manga es increíblemente bueno —dijo Sarah—. Tan lleno de vida... Yo no conseguiré dibujar así nunca.

—Gracias. —El chico cerró la carpeta. Entonces la mirada de Sarah se posó una vez más en el colgante de jade que llevaba al cuello.

—Esto también es superbonito —observó, señalándolo—. ¿Dónde lo has comprado? A mi madre seguro que le gustaría ofrecer algo así en su tienda. Aquí siempre se encuentran los mismos motivos...

—Lo he hecho yo mismo —dijo él lacónico—. No es tan difícil. Voy al curso de estudios maoríes, y allí te enseñan a hacerlo.

Y dicho esto, salió. Sarah lo siguió sorprendida con la mirada. Ese era el tipo de chico que realmente la fascinaba.

Maja dio unos saltos virtuales cuando Sarah le habló de Lucas. Encontrar un rato en que las dos estuvieran despiertas y no en la escuela no era tan fácil, pues la diferencia horaria era de diez horas en ese momento. En otoño, cuando en Alemania los relojes se retrasaban una hora, en Nueva Zelanda era primavera y los relojes se adelantaban una hora. Entonces la diferencia horaria llegaba a ser de hasta doce horas. En casa de Maja eran las siete de la mañana cuando Sarah regresó a la suya.

—¿Cuánto tiempo llevas aquí? ¿Dos semanas? ¿Y ya has conocido a dos chicos supermonos? Increíble. ¡A partir de hoy voy a ahorrar para el billete de avión. ¿Irás a la exposición?

—¡Claro! —contestó Sarah—. Pero esto no tiene nada que ver con Lucas. Iría de todos modos. A fin de cuentas, trata de caballos.

8

La fiesta de inauguración de *Kaimanawa Heritage Horses: la conservación y cuidado de nuestro patrimonio* se celebraba a última hora de la tarde. Sarah fue al museo directamente al terminar las clases. Cuando pasó junto al taller de su padre, Tuma salía en ese mismo momento. Había estado ayudando, lo que a esas alturas hacía siempre que tenía un minuto libre, como informaba contento el padre de Sarah. El chico tenía talento para la mecánica.

—¡Hola! —Sarah se bajó de la bicicleta y lo saludó.

Tuma le dirigió una de sus muecas características.

—¡Hola! ¿Qué haces tú por aquí? ¿Quieres cambiar tu bici por algo más rápido?

Señaló las motos. Ya había un par delante del taller, listas para ser alquiladas.

—Todavía no puedo llevar motos —respondió sin mucha pena Sarah—. Como mucho los *quads* por la montaña. —Suponía que también necesitaría un permiso de conducir si quería circular en esos grandes vehículos con cuatro neumáticos anchos por la carretera—. ¿Qué tal están los caballos?

Tuma, desinteresado, se encogió de hombros.

—Están por ahí, comiendo, como siempre. Puedes pasarte cuando quieras. Ahora ya ha dejado de llover. —En los últimos días no había parado de llover, e incluso Sarah había perdido las ganas de ir a montar a caballo. Pero ese día estaba despejado.

—Fui una vez, pero tú no estabas —le explicó—. A lo mejor estabas aquí. Te llevas bien con mi padre, ¿verdad?

A Tuma se le iluminó el rostro.

—¡Ben es estupendo! Muchas gracias por mediar. Escucha, en cuanto a ir a caballo... Si ahora te apetece... Todavía queda una hora de luz. —Al parecer sentía que estaba en deuda con Sarah.

Ella negó con la cabeza.

—Voy a la exposición. La de las imágenes de los kaimanawas, ya sabes...

El chico gimió.

—¿Es hoy? Mierda, en realidad debíamos ir todos. —No parecía apetecerle mucho.

—Bueno, tal como yo lo he entendido, es voluntario —intentó tranquilizarlo Sarah, pero Tuma torció la boca malhumorado.

—Cuando alguien no tiene unas notas demasiado buenas y le llega una «invitación» de estas..., es mejor hacer acto de presencia —observó.

La directora daba clases a los de secundaria y no había dejado la menor duda respecto a que quería ver el mayor número posible de alumnos en la inauguración.

—Entonces vente conmigo —lo animó Sarah, un poco a desgana, esperando que no la malinterpretase. No estaba realmente interesada por él, pero hasta el momento era uno de los pocos chicos de Waiouru con quienes había tenido algo más de contacto.

Tuma masculló algo, volvió un momento al taller para lavarse las manos y se fue con ella.

Cuando entraron en las salas de exposición del museo —no había que pagar entrada—, Aputa, la alcaldesa y un hombre del comisariado del museo se dirigían a una tribuna provisional. Los espectadores, escolares en su mayor parte con expresión aburrida, se agruparon alrededor.

—Espero que no estén tres horas hablando —comentó una chica al lado de Sarah.

Ella esperaba que hablaran de caballos, ya que eran el tema de la exposición, y aprender algo más sobre ellos, pero ni los mencionaron en sus discursos.

El comisario se refirió a la tarea general de conservación del patrimonio nacional, tanto maorí como *pakeha*. Afirmó que los kaimanawas pertenecían a ambas culturas, por lo que se sentía especialmente satisfecho de inaugurar esa exposición en la que habían colaborado artistas de ambos orígenes.

Aputa aludió de nuevo al patrimonio nacional y habló de los esfuerzos de la escuela por su mantenimiento. Repitió el lema escolar: «¡El honor por encima de todo!» en inglés y maorí, que en este idioma era: «*Ko te mana te mea nui*». Sarah ya se lo sabía de memoria. La directora de la escuela lo relacionaba con los objetivos de la escuela de fomentar la cohesión, el espíritu abierto y el respeto hacia los seres humanos y los animales.

La alcaldesa repitió casi lo mismo y luego fueron llamados a la tribuna los artistas cuyos trabajos se habían seleccionado para la exposición. Lucas salió la segunda vez que lo llamaron y se escondió detrás de su flequillo cuando la alcaldesa elogió sus aportaciones. Llevaba tejanos y una camisa de leñador, así que no se había puesto nada especial para la ocasión. Se notaba que la ceremonia cuando menos lo incomodaba, si es que no lo enfurecía. A Sarah, que lo observaba con mucha atención, le pareció ver brillar sus ojos de irritación mientras la alcaldesa hablaba de sus estudios sobre el comportamiento de los caballos de los montes Kaimanawa.

Además de Lucas, otros tres alumnos de la escuela de Waiouru exponían sus obras, entre ellos, Jenny, del curso de manga; una joven del lugar que casi reventaba de orgullo, y un hombre mayor.

Una vez elogiados todos como correspondía, la alcaldesa dio por inaugurada la exposición. Lucas abandonó manifiestamente aliviado la tribuna y la mayoría de los alumnos se marcharon enseguida. Tuma, sin embargo, se quedó para ver los cuadros de los caballos o para que los profesores tomaran nota de que no se había escaqueado. Paseó con Sarah por la sala.

Los dibujos, pinturas al óleo y acuarelas, así como algunas fotografías artísticas mostraban grupos de caballos delante del impresionante telón de fondo de las montañas. A veces en primavera, en un océano de hierba verde; otras veces en verano, dormitando al sol. El otoño se imponía con sus colores dorados y, al final, los caballos estaban parados con los espolones cubiertos de nieve o vagaban por la montaña helada.

«A lo mejor, el año que viene yo también puedo exponer», pensó Sarah.

En ese momento llegó a la pared dedicada a las obras de Lucas y descubrió que se apellidaba Terrison. Tampoco eso indicaba que procediera de maoríes. Pero Sarah enseguida dejó a un lado esos pensamientos en cuanto vio los cuadros. No estaban estilizados, como era propio del estilo manga, sino que demostraban que también era capaz de trabajar de forma naturalista. Era como si los caballos fueran a salir de sus acuarelas, como si miraran a quienes los contemplaban, casi parecían fotorrealistas. Eran imágenes llenas de vida, vibrantes. Sarah experimentó la misma emoción que cuando se encontró con los auténticos kaimanawas durante su excursión con Tuma.

¡Y entonces vio al pequeño semental que había bautizado con el nombre de Dream! No había error posible, Lucas había plasmado a la perfección el color, la forma de la cabeza, las patas largas y las pestañas blancas como la nieve, y el caballito irradiaba la misma energía que poseía en la realidad. Aunque en el cuadro se veía algo melancólico. Estaba apartado de la manada, y contemplaba con añoranza las yeguas y potros. Sarah se dio cuenta de que parecía más joven que cuando ella lo había visto. A lo mejor Lucas lo había pintado cuando el semental de la manada lo había alejado de su madre.

—¡Mira, el *silver dapple*! —señaló Tuma—. ¡También el bueno de Lucas se ha fijado en él! Un bonito ejemplar, realmente. Llama la atención. De hecho, es raro que...

Sarah ya no lo escuchaba. Había descubierto otro retrato de Dream. Ahí el semental parecía más contento.

Con su amigo el alazán se precipitaba pendiente abajo hacia su espectador. Sarah sintió de repente el ardiente deseo de tener ese cuadro. ¿Vendería Lucas sus obras? ¿Y cuánto costaría una acuarela así? Seguro que ella no podía permitírsela...

Entretanto, Tuma había descubierto a un conocido y se había retirado a hablar con él. Lucas, a su vez, se aproximó a Sarah. Debía de haberse fijado en que contemplaba los cuadros durante mucho tiempo. Ella esperó a que le hablara, pero no lo hizo. Observaba inmerso en sus pensamientos el óleo de otra artista.

Al final, Sarah tomó la iniciativa.

—Ese semental —empezó, señalando el cuadro de Dream—, yo... yo lo conozco... Bueno, no lo conozco, lo he visto. En las montañas.

Lucas volvió a esbozar una sonrisa torcida. Podría haber parecido arrogante si no hubiese sonreído también con su mirada. Así que más bien parecía tímido, por mucho que él sostuviera que no era reservado.

—Has tenido suerte —contestó—. No se deja ver demasiado.

—¿Tú ya lo has visto varias veces? —preguntó Sarah, emocionada—. ¿Vas a menudo a las montañas? —Hasta entonces, había pensado que Lucas solo había escogido los caballos como motivo a causa de la exposición. Había oído decir que en los últimos años la habían dedicado a los pájaros y plantas autóctonos y, en una ocasión, al *haka*, la danza maorí. Lucas también había pintado cuadros de todo ello—. Yo solo he estado una vez ahí arriba —siguió hablando ella, cuando Lucas guardó silencio, pero se apartaba el flequillo para mirarla bien—. Cuando nos mudamos aquí no sabía que había caballos salvajes. Y luego... Son increíbles... Me refiero a que los caballos son bonitos de cualquier modo, pero en libertad tienen un atractivo especial. Y el pequeño semental... parecía... era... tan vital, tan... feliz... Me sentí como si pudiera correr con él. —Sarah intentó describir con palabras lo que sintió al ver al caballo, pero no lo consiguió del todo.

Lucas seguía sin contestar nada, y de repente ella se sintió fatal por ese arrebato de emociones. Esperaba que el chico no pensara que estaba chiflada.

Pero entonces advirtió que asentía. Su fascinación por los caballos parecía conmoverlo más que los elogios que pudiera dirigir a sus cuadros. En realidad, ella habría esperado que ahora le sonriera, pero él permaneció serio.

—Es realmente extraordinario —dijo él casi con devoción—. El único *silver dapple* que yo sepa. Su hermana solo es castaña. Y sí, es... Es como si fuera totalmente abierto, como si nos permitiera compartir sus estados de ánimo. Yo también tuve esa sensación. Es como si te hiciera partícipe de un sueño...

Sarah se lo quedó mirando con los ojos como platos. ¿Era posible que hubiera puesto al semental el mismo nombre con que ella lo había bautizado?

—Lo conoces bien —dijo con cierta envidia.

Lucas se encogió de hombros.

—Lo observo desde que era un potro. Ahora tiene tres años. En verano subo con frecuencia a las montañas. Monto la tienda, me llevo mi material de dibujo y pinto. Los caballos ya me conocen. A veces se acercan mucho a mí.

—¿Les has puesto nombre? —se le escapó a Sarah.

Lucas negó con la cabeza.

—No. No, no podría. Si les pusiera un nombre, sería... sería todavía peor al...

Se interrumpió. Sarah se preguntó si quizá él desearía tan fervientemente tener un caballo propio como ella y si sus perspectivas para conseguirlo serían igual de malas que las suyas.

—¿Por qué no han escogido el manga del que hablaba Denise? —preguntó para cambiar de tema—. Me refiero a que habría sido algo distinto. Estos cuadros son todos muy parecidos.

Lucas emitió un sonido similar al de una risa despectiva.

—No les gustó —dijo decepcionado—. No encajaba... en la imagen...

—¡A mí me encantaría verlo! —exclamó Sarah—. Si es tan genial como el manga que has presentado en la clase...

Él volvió a encogerse de hombros.

—A ti tampoco te gustará —respondió—. Pero está bien... Mañana lo puedo llevar al colegio. ¿A la una en la cafetería? —Los estudiantes de primaria y secundaria compartían la cafetería.

Sarah asintió con vehemencia. Se alegraba. Por el cómic y por Lucas. Quería saber más acerca de él. Nunca habría creído que fuera posible hablar así de caballos con un chico. Al menos esta sería la razón que le daría a Maja de por qué estaba impaciente por volver a ver a Lucas. Pero si tenía que ser sincera consigo misma, también deseaba saber la causa de la tristeza que asomaba en sus ojos cada vez que hablaba de caballos. De los caballos que en realidad amaba. Además, quería borrar esa tristeza de su mirada.

Al día siguiente, cuando Sarah fue a la cafetería después de clase, volvió a cruzarse con Tuma. Él repitió su invitación.

—A lo mejor te va bien el fin de semana —dijo—. Tendríamos tiempo para ir a las montañas.

—¿Puedo volver a montar a Browny? —preguntó Sarah. Tenía sentimientos encontrados. Por una parte, no le gustaban en absoluto los métodos de doma del padre de Tuma y no quería montar ningún caballo que tuviese miedo de la gente. Por otra parte, el paseo había sido tan estupendo y el caballito pío tan dócil...

El joven negó con la cabeza.

—Pues no. Está vendido. A una chica de Ohakune. Estaba loca por él.

—Oh... —exclamó Sarah afligida—. Pero allí estará bien.

Tuma asintió.

—Pues claro, ¿por qué no iba a estarlo? Si quieres, puedes montar uno de los caballos jóvenes. Te sujetas bien en la silla...

Sarah sonrió.

—Gracias —dijo turbada. Se alegraba de ese elogio dicho como de paso, pero no se imaginaba montando uno de los caballos que estaba entrenando el padre de Tuma.

Desde luego no hasta las montañas. Los más jóvenes no estaban en condiciones de dar un paseo tan largo.

Pero antes de que pudiera darle a Tuma su parecer, él se separó de ella. Había visto a un amigo.

—¡Hasta luego! —dijo despidiéndose de Sarah con la mano mientras se alejaba.

Ella distinguió a Lucas en una mesa y sonrió, pero él no le devolvió la sonrisa cuando se aproximó.

—¿Es amigo tuyo? —preguntó señalando a Tuma.

Sarah arrugó la frente.

—No —respondió, sorprendida por su tono hostil—. Lo conozco, sí. Ayuda... ayuda a mi padre en el taller. El suyo tiene una hípica donde doma caballos.

—¿Donde los doma? ¡Menuda forma de llamarlo! —exclamó Lucas despreciativo—. ¡El viejo Takoto es un tirano! —Sarah no lo habría expresado de forma tan dura, pero, naturalmente, el chico conocía desde hacía más tiempo a los Takoto—. Entrena a los caballos para competir —explicó—. Y lo hace bien, eso no se puede negar. Pero les roba el alma.

Ella había tenido exactamente esa impresión. En el fondo, estaba de acuerdo con Lucas, pero pensó que tenía que defender a Tuma.

—Yo también encontré horrible al padre de Tuma —reconoció—. Pero Tuma, en cambio, es muy amable. Mientras buscaba caballos en Waiouru, aterricé en su centro de equitación. Llevo dos semanas viviendo aquí y echo de menos mi hípica, ¿sabes? Yo... Sin caballos me parece todo horrible. En fin, y Tuma me invitó enseguida a dar un paseo.

Lucas se apartó el flequillo de la cara.

—Ah, así fue como llegaste a las montañas —observó—. Ya me extrañaba. Un paseo tan largo en invierno... e incluso antes de que supieras que allí arriba hay caballos. Pero claro, Tuma ha unido el placer con el provecho... ¡Oh, mierda, maldita sea, ha visto al *silver dapple*! —Se pasó la mano por el cabello.

Sarah no entendía nada. ¿Qué provecho podía sacar Tuma de ese paseo, salvo que ella le había puesto en contacto con Ben? Pero Lucas no sabía nada de ello.

—¿Qué hay de malo en que haya visto a Dream?

Lucas la miró con tristeza. Luego abrió su carpeta de dibujos.

—El semental nunca ha aparecido en los Musters —respondió—. A saber dónde debe de haberse escondido. Pero ahora que Tuma sabe de su existencia, su padre lo querrá. Informará a los pilotos y ellos lo buscarán y..., mierda, ¡lo encontrarán! —Cerró los puños.

Sarah sentía un zumbido en la cabeza. ¿Los pilotos? Y otra vez esa palabra cuyo significado desconocía.

—¿Los Musters? —preguntó.

—¿No sabes lo que es? —inquirió Lucas—. Entonces, mira.

Le tendió su cómic. Sarah abrió la carpeta.

Lucas había escogido para esa serie de cómics una técnica narrativa especial que solía utilizarse en los mangas. Dibujaba desde el punto de vista de uno de los protagonistas de la historia, en ese caso el de una yegua castaña. El caballo vivía en una pequeña manada en las estribaciones de los montes Kaimanawa junto a un semental negro, una yegua blanca y su hija añal. Las yeguas adultas estaban preñadas. Lucas mostraba al lector cómo los caballos pasaban hambre durante el invierno y en primavera se atiborraban de hierba fresca, y cómo los vientres de las yeguas se iban redondeando. La castaña daba a luz una noche de luna llena a un potrillo semental. La yegua blanca traía al mundo un pequeño alazán. Sarah sonrió al ver jugar a los potros, disfrutó con los caballos del cálido sol estival, paseó con ellos por las montañas y cruzó anchos e impetuosos ríos.

Pero un día un avión pasó volando por encima de la manada. La yegua castaña levantó desconfiada la vista hacia él, parecía lanzar algo. Los caballos contemplaban desde lejos a unos hombres que clavaban carteles en los árboles. Lucas había dibujado uno de ellos. Mostraba una calavera sonriente y debajo de ella se leía:

ATENCIÓN
¡VENENO 1080! ¡NO TOCAR LOS
CEBOS DE FLUOROACETATO DE SODIO!
¡MANTENER A LOS NIÑOS BAJO VIGILANCIA!
¡NO COMER LA CARNE DE NINGÚN
ANIMAL CAZADO EN ESTA ZONA!
¡LOS CEBOS SON MORTALES PARA LOS PERROS!

Sarah sintió que un escalofrío le recorría la espalda. Sospechaba lo que iba a pasar, pero los caballos no podían leer el aviso, claro. Justo después se veía que el potro de la yegua blanca mordisqueaba un par de pellas verdes que parecían forraje. En la siguiente viñeta, el animal enfermaba. Luego yacía muerto sobre la hierba. Sarah estaba horrorizada, pero lo peor estaba por llegar.

El potro semental de la yegua castaña, un caballo negro precioso siguió creciendo y las yeguas volvieron a tener potrillos. El semental adulto intentó expulsar del grupo a su hijo, pero el pequeño se mantenía cerca de la manada, pues todavía solía mamar de vez en cuando de las ubres de la madre. Un día, corrió a su lado asustado cuando en el cielo aparecieron unos helicópteros.

Esta vez, los pilotos no arrojaron nada, sino que sembraron con sus vuelos rasantes el miedo y la angustia entre los animales. Los kaimanawas corrían, perseguidos por sus enemigos procedentes del aire, se unían a otras manadas de caballos..., veían más helicópteros... La yegua castaña buscaba aterrada a sus crías, pero las dos, el potro añal y el lactante, seguían con el grupo. Al final llegaron a un valle, pasaron por un desfiladero y fueron a parar a un sólido cercado, que era demasiado pequeño para tantos animales. Los sementales estaban especialmente nerviosos, se golpeaban e intentaban escapar. Un par de ellos trataron de saltar por encima de la cerca y se cayeron y se rompieron las patas. Llegaron unos hombres y los mataron de un tiro.

La viñeta siguiente mostraba camiones y coches con remolques. Unos hombres conversaban, incluso discutían entre sí, y luego seleccionaban unos caballos del grupo. Los separaban en unos cercados más pequeños, algunos los cazaban con lazos y los metían a la fuerza en los camiones de transporte... La yegua castaña relinchaba desesperada llamando a su hijo, del que los hombres la habían separado. Este acabó con otros caballos en un cercado pequeño. Hombres y mujeres los observaban, hablaban y gesticulaban. Una de las mujeres lloraba. Se acercó un camión y metieron en él los caballos, apretujándolos. Algunos intentaron pelear y de nuevo corrió la sangre... Sarah se sentía como atrapada en una pesadilla. Después unos hombres se acercaron al gran cercado y contaron cuántos animales había.

«Trescientos», dijo uno de ellos

La pesadilla terminaba. Los hombres abrían el vallado, dejaban en libertad los caballos que quedaban. La yegua castaña volvía a encontrar al semental negro que guiaba su manada. Con el potrillo lactante a su lado, huía hacia la montaña y bajaba la vista para observar a los hombres que ahora derribaban el cercado. Los últimos camiones se pusieron en marcha. En uno de ellos estaba su hijo.

La viñeta final mostraba la pequeña manada volviendo abatida a las montañas. En los ojos de la yegua había tristeza y miedo. Acariciaba a su potrillo más joven. ¿Cuándo regresarían los helicópteros?

Sarah cerró el cómic.

Lucas la miró.

—Esto —dijo impertérrito— son los Musters.

9

—¿Quién es capaz de hacer esto? —preguntó horrorizada Sarah—. Quiero decir... ¿Quién envenena a potros? Y esa cacería con helicópteros...

Lucas entrecerró los ojos. Por lo visto, la historia todavía lo conmovía.

—Nuestro honorable Ministerio de Protección del Medio Ambiente —respondió lleno de desprecio—. Precisamente, la gente que no se cansa de hablar de la conservación de nuestro patrimonio nacional... —Sarah comprendió al instante por qué Lucas no daba ningún valor al honor de exponer sus cuadros en el Museo Militar—. Nuestro Departamento de Conservación —siguió explicando Lucas— tiene como objetivo librar a Nueva Zelanda de todos los seres vivos que no existían aquí cuando inmigraron los maoríes y luego los blancos. A excepción del ganado vacuno y de las ovejas y otros animales similares que rinden beneficios. Se considera que los caballos salvajes amenazan la flora y la fauna autóctonas del país.

—¿Esto no se refiere solo a las martas y zarigüeyas? Sarah ya había oído decir que querían aniquilar a esos pequeños predadores para proteger a los kiwis y otras aves.

—Cierto. Especialmente, el objetivo son ellas —convino Lucas—. Pero hay otros animales que se comen los cebos envenenados que se lanzan desde los helicópteros. Perros, gatos... y, eventualmente, las aves necesitadas de protección. Por desgracia, esto no lo admite nadie. Muchas aguas ya están contaminadas. Por lo que respecta a los caballos... Los adultos no mueren a causa del veneno. Este se acumula en sus tejidos, sí, pero eso no es suficiente para matarlos. Sin embargo, la mortandad entre los potros es elevada...

—¿Y no está prohibido? —preguntó Sarah, desconcertada—. Las martas, por ejemplo, también pueden cazarse con trampas.

Él suspiró.

—¿Por qué iban a prohibirlo? A ellos les va de perlas. Así no tienen que sacrificar después a los potros que han crecido.

—¿Sacrifican caballos? —Sarah estaba a punto de morder su bocadillo. Era el descanso del mediodía. Pero perdió el apetito en ese momento—. ¿Cómo... cómo cuadra esto con la exposición? Hablan de los caballos como seres dignos de protegerse, como una parte de la historia...

Lucas hizo una mueca.

—Los caballos llevan doscientos años viviendo en los montes Kaimanawa. Los maoríes los han venerado como espíritus protectores, ya lo sabes, de eso trata mi otro cómic. A los granjeros blancos no les importaban mientras no se comieran el pasto de sus ovejas, pero los caballos no son tontos. Pronto reconocieron que estaban amenazados y se quedaron en las montañas. Luego llegaron los militares. Se instaló y se amplió el campo de prácticas. Los caballos estorbaban. Ahora interviene la Agencia del Medio Ambiente...

—Pero ¿por qué? —insistió Sarah—. Los caballos no comen los huevos de kiwi.

—Pero sí hierba —dijo Lucas—. Y mira: de repente se encuentran en los montes de Kaimanawa cantidades ingentes de hierba y otros tipos de plantas que merece la pena proteger y que se verían amenazadas con extinguirse si los caballos se dejaran en libertad. Entre otras, el tussok, kilómetros cuadrados del cual se ha eliminado en otros lugares para poder sembrar otros tipos de hierbas más productivas para vacas y ovejas. Antes se quemaba, pero afortunadamente no se puede destruir. En ningún lugar de Nueva Zelanda, y seguro que no porque un par de caballos estén pastando.

Sarah se frotó la frente. Se encontraba realmente confusa.

—Entonces, ¿quieren... exterminar a los caballos? —preguntó en voz baja.

—Querían —respondió Lucas—. Pero entonces intervenimos nosotros, los maoríes.

—¿Eres maorí?

En realidad, eso no tenía importancia, pero esa pregunta inocente la distrajo un poco del horror.

—Tengo una tatarabuela maorí. Pero, de todos modos, esto no tiene nada que ver con la sangre de cada uno, sino que es una cuestión de «sentimiento personal de pertenencia», como lo llaman. Y visto de este modo, sí, yo me veo como miembro de los ngati tuma whiti. —Parecía incluso un poco orgulloso.

—Es la tribu que convirtió los caballos en guardianes, ¿verdad? —se interesó Sarah.

Lucas asintió.

—Los vemos como una parte de nuestro patrimonio nacional, algo que reivindicamos. Al final se llegó a un compromiso. Permitieron que los caballos se quedaran, pero limitaron su número. Al principio a quinientos, pero ahora solo a trescientos. Ya ves, van ganando terreno. Si no ocurre nada, pronto serán doscientos..., y en un momento dado alguien comprobará que el patrimonio genético no es suficiente para conservar la raza. Así que podrán sacrificar los animales que queden. —Estrujó la servilleta y la lanzó furioso sobre la mesa.

Sarah se sentía impotente.

—¿Los sacrificarán a todos? —preguntó desconsolada—. ¿A todos los que cojan en esas cacerías? —Esto contradecía los temores de Lucas respecto a que Dream podía acabar en manos del padre de Tuma.

El chico negó con la cabeza.

—No —dijo—. Significa que el Departamento preferiría matarlos a todos, la carne de caballo se vende bien. La exportan con sello de calidad.

—¿Después de que hayan estado ingiriendo veneno? Dijiste que se acumula en su carne. —Sarah no entendía nada.

Lucas sonrió.

—No divulgan esta información, por supuesto. Pero si te soy sincero, me da bastante igual que los sibaritas de todo el mundo se envenenen con nuestra carne de caballo. Yo lo que quiero es que los caballos sigan vivos. Y por suerte no soy el único. Hay una organización que los protege, la Kaimanawa Heritage Horses, que se esfuerza en reducir los daños. Ha conseguido establecer que los caballos que sobran (cada año son aproximadamente ciento cincuenta animales jóvenes) puedan ofrecerse a particulares. Por desgracia, solo según unas severas condiciones. Por ejemplo, la organización no puede buscar con toda tranquilidad futuros propietarios de los animales justo después de su captura, sino que ya antes la gente tiene que ofrecerse para adoptar uno o dos caballos y luego presentarse con el remolque para llevárselos inmediatamente.

Eso explicaba las escenas del cómic en las que se cargaba a los animales salvajes sin el menor miramiento. Un instante antes Sarah había sentido pena por ellos, pero ahora entendía que eran los animales más afortunados porque pasaban a manos de un propietario particular. Los camiones, por el contrario, llevaban su mercancía directamente al matadero.

—¿Qué ocurre entonces con los *challenges*? —De repente Sarah pensó en otro concepto relacionado con los caballos salvajes. Ahora quería saberlo todo.

—Es una idea de los proteccionistas de animales —explicó Lucas, para alivio de Sarah—. En realidad, se llama Stallion Challenge, y su fin es motivar a la gente para que adopte sementales adultos. Estos son los más difíciles de colocar porque no se doman fácilmente.

Sarah asintió. Eso no la sorprendía. En Alemania apenas se utilizaban sementales como caballos de silla porque su trato era más complicado que el de las yeguas y los castrados.

—La oferta está destinada a profesionales como el padre de Tuma. Acuden a los Musters para recoger los sementales y tienen ciento cincuenta días de plazo para castrarlos, domarlos y entrenarlos lo mejor posible. Entonces se celebra una competición y se premia a los mejores. En el fondo, no es mala idea: se hace publicidad de la raza como caballos de silla y se salva la vida de los sementales... Si los entrenadores no fueran tan brutos como los Takoto...

—Ciento cincuenta días no es mucho —dijo Sarah—. No son ni cinco meses...

—Eso mismo —convino Lucas—. Y en ese plazo tan corto los caballos han de estar perfectamente domados; no les queda otro remedio. Con frecuencia, los entrenadores no solo se dedican a preparar a los caballos, sino que llevan a cabo otras actividades, y además no quieren presentar solo un ejemplar, sino tres o cuatro jóvenes sementales al mismo tiempo. Y para eso se necesita algo más que paciencia y amor.

—¿Y crees que los Takoto tienen el ojo puesto en Dream? —Se sonrojó—. Me refiero al... *silver dapple*.

Lucas sonrió.

—Le has puesto nombre —susurró—. Me temo que esto acabará mal. Para él y para ti. ¿O tienes por casualidad un carnet de entrenadora o al menos un jardín grande con establo o algo parecido para rescatarlo?

Sarah negó con la cabeza.

—¿Y tú?

—Tampoco. Yo... en realidad nunca he querido un caballo. O en cualquier caso un caballo salvaje. Yo... me sentiría fatal por haberle arrebatado la libertad. —Sonrió—. Para mí sería como traicionar a los espíritus.

—Tú eres maorí —constató ella con un suspiro—. Es cierto. Se me ocurre otra pregunta al respecto... ¿Qué opinan los ngati tuma whiti de los Musters? ¿Ha aprobado la tribu este acuerdo?

Lucas lo negó.

—No. O en cualquier caso, solo como un trámite provisional. Hay una demanda en el Tribunal de Waitangi, que es una institución que ayuda a los maoríes a proteger sus derechos. Ya sabes..., el Tratado de Waitangi.

—Sí, más o menos... Mi abuelo me leyó algo de internet antes de marcharnos —contestó Sarah.

En el acuerdo de Waitangi, los maoríes y los ingleses establecieron juntos sus derechos y obligaciones mutuas en la convivencia. Pese a ello, se produjeron posteriormente algunos malentendidos e interpretaciones erróneas. Y todavía en la actualidad se discute acerca de algunas formulaciones. Fuera como fuese, el tratado fue importante y garantizó a los maoríes el control de los tesoros de la naturaleza de la isla. De ellos también formaban parte, en opinión de los ngati tuma whiti, los kaimanawas.

—De hecho, tenemos la esperanza de que la sentencia sea positiva —dijo Lucas—. Por desgracia, el Tribunal de Waitangi sufre de sobrecarga crónica. La lista de espera no tiene fin. Y si depende del Ministerio del Medio Ambiente y del Ejército, ya no quedarán más caballos cuando se declare la sentencia.

Esa tarde, Sarah apenas pudo concentrarse en clase. Estaba deseando regresar a su casa y encender el ordenador. Quería saberlo todo, absolutamente todo, sobre los caballos salvajes.

A la mañana siguiente estaba impaciente por que llegara el primer recreo y salir en busca de Lucas. Al final lo encontró junto al tablón donde se colgaban los anuncios para los estudiantes de los dos niveles de enseñanza.

—Esos Musters —empezó a decir sin detenerse a saludarlo—. ¿Quieres volver a ir? Me refiero a que... entendería que no quisieras volver a ver uno. ¿Estabas ahí la última vez, verdad?

Lucas asintió.

—Sí. Por decirlo de alguna manera los pillé. No está explícitamente prohibido observar, pero es difícil averiguar dónde se harán, porque los espectadores no son bien recibidos.

—En internet hay vídeos... —dijo Sarah.

Entre los ojos de Lucas apareció una arruga de enfado.

—Sí. Muy bonitos. Panorámicas de caballos corriendo. Por supuesto el zum no se acerca lo suficiente para mostrar el pánico que hay en sus ojos.

Sarah asintió.

—¿Me llevarás? —preguntó—. Quiero estar allí.

Quiero verlo con mis propios ojos. Quiero estar cuando Dream...

—Te darás un hartón de llorar —profetizó Lucas.

—¿Y si prometo no llorar? —le propuso ella.

Sonrió. Otra vez una sonrisa algo torcida, los ojos medio escondidos detrás del flequillo.

—Eso he de verlo para creerlo —respondió—. Pero está bien, cuando me entere de que se van a hacer, te informaré. Para entonces tienes que conseguir una tienda. Y deberías estar un poco en forma. Una cosa es ir a la montaña a caballo y otra totalmente distinta caminar por ella.

Sarah se mordió el labio. Había leído que normalmente los Musters se celebraban en el mes de abril. Todavía faltaban nueve meses. Pero había un asunto que la preocupaba. Tuma había vuelto a preguntarle esa mañana cuándo quería salir a montar con él. Tenía sentimientos contradictorios. ¿Era coherente salir a pasear a caballo con un chico cuya intención tal vez solo era buscar entre los kaimanawas el animal apropiado para el Challenge?

Sarah decidió preguntárselo a Lucas. El día anterior había sido tan amable... Tal vez entendería que ella no podía vivir sin caballos.

El chico hizo de nuevo una mueca cuando ella le contó el dilema en el que se encontraba.

—Haz lo que mejor te parezca —dijo—. Tanto si sales un par de veces de excursión con Tuma como si no, eso no cambiará nada para los caballos. Lo de... Dream... fue una desafortunada coincidencia. En realidad, los entrenadores no eligen previamente qué animales van a llevarse de los Musters. Así que si ese tío no te saca de quicio...

Lucas no parecía tener una buena opinión de Tuma. Pero Sarah suspiró aliviada por el hecho de que él le había dado, por decirlo de algún modo, su aprobación. Y todavía la hizo por unos minutos más feliz el hecho de que hubiera llamado a Dream por su nombre.

10

En las semanas que siguieron, Sarah salía a veces de paseo por las montañas con Tuma, si bien el clima permitía cubrir largos recorridos en escasas ocasiones y ella tampoco disponía de tiempo para excursiones de varias horas. La escuela de Nueva Zelanda le exigía mucho. Debido al escaso número de alumnos de su clase, constantemente se examinaba a los estudiantes, se controlaban todos los deberes, a todos les tocaba el turno un montón de veces en cada clase. Despreocuparse y esperar a que el profesor se dirigiera a otro estudiante no entraba en consideración. Así que Sarah solo se acercaba algún que otro fin de semana en bici a las cuadras de los Takoto y, si en tales ocasiones llovía o nevaba, el chico no tenía ganas de cabalgar.

Sarah siempre montaba en caballos distintos. El padre de Tuma los vendía antes de que pudiera enamorarse de ellos. En cierto modo, eso estaba bien porque se ahorraba la pena, pero por otra parte sentía un vacío en el corazón. A ella no le gustaba limitarse a montar, ella quería conocer y amar al caballo. Cada vez soñaba más a menudo con Dream, el pequeño kaimanawa.

Con Lucas solo coincidía en la clase de arte. Seguía pasándoselo muy bien en el curso de manga, pero encontró decepcionante que él no estableciera ningún vínculo con ella. En realidad, había esperado que se hicieran amigos, puesto que compartían la preocupación por los caballos salvajes, pero aunque era amable e incluso la ayudaba a veces con sus dibujos o le daba consejos, no parecía interesado por ella. No obstante, tampoco tenía otra amiga y raramente se le veía con otros chicos. Era un solitario.

«Admítelo, ¡estás enamorada! —le escribió Maja, a quien contó lo que sucedía—. Esto no tiene nada que ver con los caballos. Lo que quieres es simplemente que te invite a ir al cine.»

«Aquí no hay cines —respondió Sarah—. Y no estoy enamorada. Únicamente...»

Casi había tecleado «estoy sola», y eso no habría descrito mal del todo su estado de ánimo. Excluyendo a Tuma y Lucas, no había entablado en su nueva escuela ninguna amistad. No era algo nuevo, en Alemania también le había costado hacer amigos. Pero al menos tenía a Maja. Y a los abuelos. Y a Jackpot. En su actual escuela, sin embargo, solo había chicas que ya tenían amigas a las que conocían desde parvulitos. Sunny y las otras amazonas tenían sus propios caballos. Se conocían desde que acudían al Pony Club, que solo se podía visitar si se tenía un caballo de propiedad. En el Pony Club se daban cursos de equitación y se celebraban competiciones, las chicas hablaban durante horas de ello, pero por supuesto Sarah no tenía nada que decir.

Tuma puso los ojos en blanco cuando ella le habló del club.

—Todo chicas, sus risitas son insoportables. En cualquier caso, se habla más que se monta.

Aun así, Tuma no habría tenido en el fondo nada en contra de prestarle un caballo para que fuera al Pony Club. Al contrario, que Sarah se hubiera presentado con un animal dócil habría servido de publicidad para su padre. Posiblemente, los padres de alguna chica lo habrían comprado inmediatamente. Sin embargo, los encuentros se realizaban en Ohakune. Así que Sarah tenía que buscarse a alguien que los llevara a ella y al caballo hasta allí. Lamentablemente, chocó contra un muro cuando preguntó cautamente a Sunny si no había un sitio libre en su remolque o en el de alguna amiga suya.

—¿Para un caballo de Takoto? ¿Estás loca? A saber qué enfermedades tendrá. En su establo, los caballos cambian continuamente, y cuando uno tiene tos, se la contagia a todos los demás. Si tuvieras tu propio caballo bien cuidado, entonces tal vez habría una posibilidad. Pero así, no.

Sarah podía entender sus razones. Ella misma ya había estado pensando en las consecuencias que tendría el que en las cuadras de los Takoto estuvieran entrando y saliendo caballos sin parar. En cualquier caso, ya podía olvidarse del Pony Club. Y también de la idea de hacerse amiga de alguna loca como ella de los caballos.

Quedaban las compañeras del curso de manga, pero la miraban con desconfianza desde que la habían visto un par de veces con Lucas después de la exposición en el museo. Era imposible ignorar que todas estaban enamoradas de él. Tal vez esa fuera la razón de que Lucas fuese tan reservado.

Naturalmente, estaban además sus padres. Gesa seguía sin cumplir sus propósitos de atender más a la familia en Nueva Zelanda, y Sarah tenía que espabilarse por sí misma. Y Ben pasaba el día y la noche en su taller. El ambiente entre los dos pronto volvió a estar igual de tenso que en los últimos meses en Alemania. Incluso más, pues en Nueva Zelanda se añadió la preocupación por el dinero a los desacuerdos que Sarah ya conocía. Ni la tienda ni el alquiler de coches rendían tanto como sus padres habían esperado.

El interés de los habitantes de Waiouru por los artículos de carácter esotérico de Good Vibrations descendió al cabo de pocos días y luego se enquistó casi totalmente. Los neozelandeses eran demasiado realistas. Solo de vez en cuando se asomaba una mujer por allí para adquirir corriendo un regalo para una amiga. En tales casos, Gesa vendía una pieza de decoración o un par de velas.

Los hombres del lugar se interesaban algo más por las motos. El padre de Sarah enseguida se hizo con un gran círculo de conocidos, pasaban moteros por el taller para charlar, cambiar piezas de recambio y alquilar herramientas. La mayoría de las veces llevaban un paquete de cervezas, lo que constituía otro punto de desacuerdo entre Gesa y Ben, pues este llegaba con frecuencia a casa oliendo a alcohol.

Fuera como fuese, había sacado a flote su selección de motos y *quads*. Allí estaban, tentadores delante del taller, reparados y algunos pintados de nuevo. Por desgracia, casi no había clientes que quisieran alquilarlos. Los habitantes de Waiouru o no tenían interés o no tenían dinero o ya tenían su propia moto o *quad*, y los turistas rara vez acababan en esa pequeña población. Como mucho, los miembros del ejército que estaban haciendo allí una instrucción o una formación de reclutas planeaban de vez en cuando una excursión en moto. Entonces solían decidirse por motos todoterreno y se iban a las áreas de maniobras o a las montañas. Sarah se preguntaba si con esa actividad no acababan con más plantas protegidas de las que podían comerse los caballos.

Así que Ben estaba contento cuando a final de mes podía cerrar en el umbral de la rentabilidad. Naturalmente, de ese modo le era imposible devolver el crédito. Encima, la Oficina de Inmigración daba más problemas. Sarah no lo entendía del todo, pero al parecer sus padres habían hecho algún chanchullo o renunciado a pedir un permiso de trabajo y habían entrado simplemente con un visado de turistas. Ahora continuamente llegaban cartas de distintos departamentos. Ben necesitaba un abogado para poner orden en todos esos asuntos y, por supuesto, eso también era muy caro.

Tras largas discusiones en las que se iban colgando el muerto el uno al otro, Gesa tomó al fin una decisión.

—Cerraré por las tardes la tienda y me buscaré un trabajo de media jornada —dijo un día, y enseguida encontró un puesto en un café.

Ben, en cambio, no quería ceder y ponerse a trabajar en un taller de coches.

—Ten un poco de paciencia —le dijo a Gesa cuando ella se lo propuso—. Pronto llegará el verano y tendré clientes.

De modo que había pocas perspectivas de salir de excursión en familia; Gesa y Ben no tenían ni ganas ni dinero. Pese a ello, Sarah salió de Waiouru con la escuela, viajes en los que disfrutó mucho, pues pudo conocer las bellezas naturales de Nueva Zelanda. En una salida de varios días llegó hasta la bahía de las Islas, en el extremo septentrional de la isla Norte, donde vieron delfines y ballenas. Los profesores organizaron una travesía en un barco de observación durante la cual Sarah no se cansó de contemplar los saltos de esos mamíferos marinos que acompañaban la embarcación. En la bahía de las Islas también se encontraba Waitangi, la ciudad donde se había firmado el famoso tratado. Una exposición documentaba ese evento y Sarah admiró las casas de las asambleas y una imponente canoa de guerra.

En otra excursión con alumnos de otros cursos, estudiaron una gruta de luciérnagas. Estos insectos emiten luz a través de una reacción química, la llamada bioluminiscencia, y cuando miles de ellos cuelgan del techo, en la cueva parece haber un cielo estrellado. Fue una experiencia maravillosa, aunque algo enturbiada por Tuma, quien se empeñó en no dejarla en paz. Ya durante el último paseo a caballo le había parecido que quería flirtear con ella, pero ahora era evidente. En la cueva, se puso pesado intentando cogerla de la mano o ayudarla en los caminos difíciles. Si bien en un principio Sarah se sintió halagada, después estuvo todo el día evitando al chico.

Además, las miradas burlonas que Lucas le lanzaba no ayudaban para nada.

«Cierto, pero hay que mirárselo por el lado bueno —escribió Maja, cuando Sarah le contó lo ocurrido en un correo electrónico—. A lo mejor sí se interesa por ti. Ponlo un poco celoso en Winnetou.»

No había nada más lejos de su intención que crear rivalidad entre los dos chicos. No quería ser una intrigante ni tampoco estaba deseando enamorarse. Simplemente, le habría gustado pasar de vez en cuando un buen rato con alguien que compartiera sus intereses y la comprendiera un poco.

El verano llegó por fin, y Sarah cada vez entendía mejor lo que a la gente tanto le fascinaba de Nueva Zelanda. Los prados de un verde jugoso, las montañas, los lagos, el agua increíblemente clara, el cielo nocturno con miríadas de estrellas.

Los caballos iban acompañados de potros y Sarah se habría sentido muy feliz de no ser por el horrible futuro que pensaba que los esperaba. Las vacaciones de verano habían empezado a mediados de diciembre y ella salía con frecuencia de paseo por las montañas con Tuma. Era probable que el señor Takoto también le hubiera permitido montar sola. No conversaba con ella, pero la había dejado probar un caballo en la pista y, aunque no había pronunciado ningún elogio, había movido la cabeza en señal de aprobación. Pero Tuma insistía en ir con ella, lo que a Sarah le fastidiaba un poco el paseo. Durante las salidas hacía comentarios picantes y cuando descansaban intentaba acercarse más a ella. Una vez que llegaron a un lago de aguas claras que invitaban a bañarse en él, se desvistió despreocupadamente y se lanzó desnudo al agua.

—Soy maorí, ¡entre nosotros esto es normal! —afirmó cuando Sarah se mostró molesta—. Métete tú también. ¡Está fresquita!

Naturalmente, rechazó la invitación. No tenía la menor intención de quedarse desnuda delante de Tuma. Además, no se olvidaba de lo que Lucas había comentado sobre el veneno. «Muchas aguas ya están contaminadas»... Prefería no nadar allí.

Poco antes de la Navidad (la chica encontraba el ambiente de Nochebuena totalmente irreal, le parecía que no era normal estar cantando *Noche de paz* mientras fuera brillaba un sol de verano), Sarah cumplió catorce años. A sus nuevos conocidos de Nueva Zelanda no les había dicho nada y tampoco podía invitar a Tuma y Lucas para hacer algo juntos. Así que se puso muy contenta al recibir un paquetito de parte de Maja que contenía un libro: *El principito*, de Antoine de Saint-Exupéry. «Una de las historias más bellas del mundo —había escrito Maja en su interior—. Especialmente para ti y tus caballos salvajes. Léete el capítulo del zorro...»

Así que Sarah empezó al leer, al principio con cierta distancia, pero luego cada vez más fascinada se sumergió en la historia del pequeño extraterrestre que desde su solitario asteroide bajaba a la Tierra en busca de amigos.

Al final, llegó al capítulo del zorro que Maja le había aconsejado y leyó con el corazón palpitante el modo en que el animal comunicaba al principito su deseo de que lo domesticara. Tres fragmentos la cautivaron especialmente.

«Si me domesticas, nos necesitaremos el uno al otro. Tú serás para mí único en el mundo, y yo lo seré para ti.»

«Si me domesticas, mi vida se llenará de sol y distinguiré el sonido de tus pasos del de los demás.»

«Si quieres un amigo, domestícame... »

Sarah encontró esa historia preciosa. Se copió el secreto que el zorro le revela al principito: «Solo con el corazón se puede ver bien. Lo esencial es invisible a los ojos».

Pero sobre todo la frase sobre domesticar le dio que pensar. ¿Podría ser verdad que un animal estuviera dispuesto a abandonar la libertad para estar con una persona? Entonces no sería algo tan horrible capturar caballos salvajes para montarlos. Estuvo largo tiempo pensando acerca de esto y le habría gustado hablar de ello con Lucas. Pero no lo veía durante las vacaciones. Hasta el momento no se había atrevido a pedirle el número de móvil y tampoco sabía dónde vivía. Aunque él sí conocía su dirección; como prácticamente todos los habitantes de Waiouru, había entrado en la tienda de su madre para echar un vistazo. Así que nada le impedía ponerse en contacto con ella.

El mejor regalo fue el que le dieron sus abuelos el día de Navidad por Skype. Después de atosigar a su abuelo Bill con preguntas acerca de la doma *western* y sobre el trabajo a la cuerda con los caballos, este había encontrado una hípica cerca de Auckland cuya responsable ofrecía cursos de equitación al estilo *western*. Además, daba clases durante las vacaciones escolares. Y sus abuelos le habían regalado uno de esos cursos. Empezaría justo después de Año Nuevo.

Sarah no cabía en sí de alegría, claro, y sus padres no pusieron ninguna pega. El abuelo Bill y la abuela Inge incluso le habían explicado cómo podía llegar a Auckland. Le enviaron inmediatamente por correo electrónico los enlaces de los trenes y le pagaron los billetes. Y como si eso no fuera suficiente, le llegó por correo un paquete con unos zahones, un mandil de piel gracias al cual podría montar con tejanos.

Un par de días después, sus padres la despidieron en la pequeña estación de Waiouru. Era la primera vez que Sarah hacía sola un viaje tan largo en tren. Este pasaba junto al Parque Forestal Kaimanawa y el lago Taupo, el más grande del país. Leyó en una guía de viajes que se había formado como consecuencia de una erupción volcánica. Después atravesaba Rotorua, un lugar en el que había géiseres y piscinas de lodo burbujeantes, y muy cerca del sitio donde se había rodado la trilogía de *El señor de los anillos*, siempre en dirección norte. El viaje en tren era cansado, pero Sarah no iba a cerrar los ojos cuando había tantas cosas que ver. Después de casi siete horas, llegaron a Auckland.

Le habían prometido ir a buscarla a la estación cuando se matriculó y, en efecto, allí estaba la propietaria de la hípica en persona. Rondaba los treinta años, era alta y de cabello rubio rojizo. Tenía la cara redonda llena de pecas y unos brillantes ojos verdes.

—Me llamo Sue —se presentó sonriente, al tiempo que conducía a Sarah a una abollada camioneta.

Mientras salían de la ciudad, le habló de su estancia en Estados Unidos siendo estudiante y de su fascinación por los cuartos de milla. Más tarde había regresado a ese país y trabajado en distintos ranchos, donde había aprendido con entrenadores famosos a domar al estilo *western*. Al final se había llevado cuatro cuartos de milla y dos appaloosa a Nueva Zelanda y había abierto su propia hípica.

—Aquí hay mucha gente que monta al estilo *western*, ¿verdad? —preguntó Sarah pensando en los Takoto.

—Aquí hay mucha gente que monta en sillas *western* —matizó Sue—. Y también está muy extendida la doma en el picadero redondo. Pero no se puede decir que monten correctamente... Has de saber que el estilo *western* no es, para nada, más sencillo que el inglés.

Sarah ya había aprendido que llamaban al estilo con el que ella montaba «inglés». Eva Betge lo llamaba «clásico», pero en la equitación era normal que la terminología fuese algo caótica.

Asintió. ¿Por qué iba a ser más sencillo? Por otra parte... En una silla de doma sería imposible repantigarse como Tuma en la silla *western*.

Cuando llegaron a la hípica, Sarah ocupó una pequeña habitación con mobiliario rústico. El curso empezaba el día siguiente, pero Sue la invitó a ver cómo entrenaba a uno de sus caballos y aceptó encantada. La profesora montaba en una posición bonita, pero con una ayuda mínima de las riendas. Dirigía al caballo ayudándose solo con el peso y lo detenía, incluso en un galope rápido, gritándole un breve «¡So!». Le hacía hacer unos veloces e impresionantes giros y vueltas sobre los cuartos traseros, y lo frenaba y lo volvía a poner en movimiento en un abrir y cerrar de ojos. Viéndola, parecía que hasta un niño podría hacerlo, pero lo mismo sucedía en la doma clásica. Montar bien a caballo daba la impresión de no costar ningún esfuerzo.

Sarah suspiró. ¡Ojalá llegara algún día en que alcanzara la perfección de Sue! Fuera cual fuese el estilo de montar que aplicase.

11

Al día siguiente empezó el curso. A Sarah le dieron una yegua appaloosa, con un divertido pelaje moteado, que se llamaba Pettycoat y aprendió las bases del asiento y a coger las riendas. No le pareció especialmente difícil. Pettycoat estaba bien enseñada y ella enseguida comprobó que había más similitudes que diferencias entre el estilo clásico y el *western*.

Sue se deshacía en elogios con ella. A las otras participantes del curso, dos mujeres, les costaba más. Ambas eran principiantes, y Sue tenía que explicarles hasta el más mínimo detalle.

Sarah pensó que era una pena que no tuviera mucho en común con las otras dos alumnas. Sharon y Jean eran mucho mayores que ella, vivían en Auckland y se habían apuntado juntas al curso. Después de las clases se marchaban en coche a la ciudad y ni se les ocurría preguntarle si quería ir con ellas.

Pero, para ser sincera, a Sarah tampoco le apetecía demasiado ir de compras o a ver monumentos. No contaba con mucho dinero para pasar esos días y además le resultaba mucho más interesante ver cómo trabajaba Sue.

Observó con atención cómo llevaba un caballo joven al picadero redondo.

—¿Es un caballo salvaje? —preguntó cuando la bonita yegua castaña empezó a dar vueltas tranquilamente al paso alrededor de Sue.

La profesora negó con la cabeza.

—No, claro que no. Nació en la hípica. Es una hija de Queenie, la que monté yo ayer.

—¿Y por qué hay que... domarla? —quiso saber Sarah—. El picadero redondo solo se utiliza para los mustangos, ¿no?

Sue rio.

—Bueno, aquí todos los caballos están domados. El trabajo en el picadero redondo sirve como ejercicio gimnástico. En el estilo inglés se trabaja a la cuerda, que es prácticamente lo mismo. Y se les enseña a obedecer. Los caballos aprenden a responder a las ayudas del lenguaje corporal, se concentran en mí, nos limitamos a establecer una buena relación el uno con el otro. Después tienen que acostumbrarse a la silla. Pero no se puede hacer todo a la vez, como se ve a menudo en los rodeos. Te refieres a eso, ¿no? ¿A los que susurran a los caballos y en cuestión de cuarenta y cinco minutos llevan al animal de cero a cien? Al principio, el caballo no hace más que dar botes y al final el jinete está sentado sobre él. Pero a la mayoría de los espectadores se les pasa por alto que el animal se limita a correr por la pista con el jinete encima y sin haber perdido para nada el miedo. Los entrenadores *western* serios doman con la misma calma y paciencia que los clásicos.

«Has de tener mucha paciencia...»

Sarah volvió a acordarse del principito y el zorro. Y volvió a pensar en el tema de domesticar. ¿Podría tal vez plantearle sus preguntas a Sue?

Pero primero la profesora le enseñó con qué ayudas del lenguaje corporal ponía al trote y al galope a su yegua cuarto de milla, la detenía y la hacía cambiar de mano. Sarah encontró fascinante la precisión con que el caballo se concentraba en cualquier mínima alteración de la postura de la amazona.

—Funciona especialmente bien con caballos que tienen instinto para llevar el ganado, es decir, sensibilidad para trabajar con rebaños —le explicó—. Los cuartos de milla se crían desde hace siglos para ello, pero los andaluces y los árabes tampoco suelen ser malos. Los ponis nórdicos, por el contrario, no hacen caso de las ayudas. Con ellos hay que usar la fusta. O lanzarles el lazo. Aunque yo personalmente encuentro más sencillo usar la fusta.

—¿Y... los kaimanawas? —preguntó Sarah.

Sue sonrió.

—¿Los caballitos salvajes? Ah, sí, es cierto, tú vienes de la región. ¿Los has visto? Son muy monos, pero yo todavía no he entrenado a ninguno. Tampoco sé si lo haría en el picadero redondo. Es posible que al principio los atrajera con comida y los acostumbrara a mí. No me gusta que me tengan miedo.

Sarah encontró muy tranquilizadora su respuesta. Después la ayudó a limpiar las cuadras y Sue la invitó a comer una pizza. Al final se atrevió a plantearle la pregunta.

—¿Quieren realmente los caballos que se los dome? ¿O es algo malo para ellos?

La mujer frunció el ceño.

—Buena reflexión —contestó. Dio un bocado a la pizza y la masticó pensativa—. A bote pronto, uno diría seguramente que no —dijo—. Si buscaran la cercanía con el ser humano, no huirían. Por otra parte, a nosotros nos ocurre naturalmente lo mismo, que a veces tenemos miedo de algo nuevo y luego comprobamos que es lo mejor que podía pasarnos. —Sonrió—. Tal vez debería plantearse la pregunta de forma distinta. Me refiero a que los caballos no pueden propiamente decidir. Atribuirles una forma de pensar así sería humanizarlos. Es mejor plantear si para ellos es provechoso vivir junto a los seres humanos. Y en tal caso se me ocurre un montón de ventajas.

—¿Sí? —preguntó Sarah.

Ella personalmente encontraba la vida en libertad de Dream en las montañas mucho más atractiva que la de los caballos que vivían en las cuadras de los Takoto. Incluso más bonita que la existencia de Jackpot en la impecable hípica de Hamburgo.

—¡Pues claro! —exclamó Sue—. Empezando por las comidas regulares. Cada día, en cada estación del año y sea cual sea el tiempo que haga. Los caballos salvajes pasan mucha hambre en invierno. Vaya, no me imagino que sea muy agradable andar escarbando en la nieve en busca de restos de hierba. Y las tempestades en las montañas... Los caballos no tienen allí ningún abrigo, ninguna protección. Claro que resisten, pero que les guste es más cuestionable. Al menos los míos se guarecen en los refugios cuando llueve a cántaros o cuando sopla un viento realmente frío.

Sarah asintió.

—Es cierto. Cuando llovía mucho, Jackpot siempre se protegía —recordó. Ya le había hablado a Sue de Jackpot y de lo mucho que lo añoraba.

—Y además están los cuidados del veterinario —prosiguió la entrenadora—. ¿Has visto alguna vez un caballo con cólicos? Tienen unos dolores horribles y la mayoría de las veces no se curan solos. Sin el tratamiento, los animales sucumben miserablemente. Un puma puede comerse vivo a un caballo salvaje que no pueda defenderse o escaparse.

—Aquí, en Nueva Zelanda, no hay pumas, ¿verdad? —preguntó Sarah, angustiada por Dream.

—No, pero sí en Estados Unidos, donde viven los mustangos. Nosotros solo vemos lo felices que son los caballos salvajes cuando están sanos, hace buen tiempo y están en el prado. Pero nunca pensamos en lo duro que debe de ser vivir en libertad. —Sue bebió un trago de Coca-Cola.

—¿Y qué ocurre con la equitación? —planteó Sarah—. No... no se entrena a los caballos para darles de comer y vacunarlos. Se les entrena porque se quiere algo de ellos.

Sue se encogió de hombres.

—No hay nada que sea gratis —observó—. Además, para un caballo tampoco debe de ser espantoso que lo montemos. Si lo encontraran tan terrible, no estarían impacientes cada mañana por ver cuál es el primero en ponerse la cabezada. Si se les enseñan sus deberes con paciencia y cariño, colaboran de buen grado. Y también hacemos cosas muy interesantes con ellos. Mañana, por ejemplo, haremos un recorrido con obstáculos. Mis viejos caballos ya lo conocen, pero para los jóvenes es emocionante. Y no tan peligroso como escapar de un puma. —Sonrió.

Sarah dudó un poco antes de plantear su última pregunta. Había otra frase de *El principito* que no se le iba de la cabeza.

—¿Crees que... que quieren ser nuestros amigos? Dejan que los domemos para... ¿para tener un amigo?

Sue arrugó la frente.

—Esto se está poniendo filosófico de verdad —advirtió—. Y precisamente aquí es donde has de ir con cuidado. No debes humanizar al caballo. Claro que tiene que sentirse a gusto contigo. Trabajamos mucho para que la relación entre nosotros sea buena y por supuesto puedes hablar de una «relación amistosa». ¡Pero a los auténticos amigos debes buscarlos entre los seres humanos! Tu caballo los encontrará entre otros caballos. A no ser que desees pasar veinticuatro horas al día con él, comer heno, tenderte en la paja... Ya te veo mordisqueándole la crin. —Se rio y movió la boca como si estuviera mordiendo algo. Sarah no pudo evitar echarse también a reír. Sue imitaba realmente bien la expresión del animal complacido—. Un caballo es un caballo —concluyó la entrenadora—, aunque para ti sea único en el mundo.

Le guiñó un ojo y Sarah lamentó que Waiouru estuviera tan lejos de Auckland. Sue, aunque era mucho mayor que ella, podría haber llegado a ser su amiga.

En los días que siguieron, Sarah aprendió cómo guiar un caballo por un recorrido de obstáculos.

—Este tipo de tareas formaban parte al principio de la vida cotidiana del vaquero, pero hoy sirven sobre todo para quitarle miedos al caballo —explicó Sue.

Por ejemplo, hizo un recorrido en forma de ele con unos palos y los caballos tenían que pasar por él sin tocarlos, primero caminando hacia delante y luego también hacia atrás. Otros ejercicios exigían cierto arrojo por parte del animal. Sarah encontró especialmente interesante el balancín: los caballos tenían que colocarse sobre una construcción de madera y luego balancearse hacia delante y hacia atrás desplazando su peso. A continuación había que atravesar una cortina de cintas planas y caminar sin asustarse sobre una lámina de plástico extendida en el suelo. Por último, el jinete debía abrir una puerta a través de la cual era complicado pasar sin soltarla.

—¿Por qué? —preguntó Sarah. Lo quería saber todo con exactitud.

—Para que no se escapen las vacas —contestó Sue riendo.

Sus caballos adultos ya estaban acostumbrados a realizar esas tareas, Sarah solo encontró realmente difícil de superar las pruebas de la puerta y la de retroceder sin pisar la ele formada por palos. Después de la clase, Sue le ofreció trabajar el recorrido de obstáculos llevando los caballos jóvenes de la mano. Tenía que conducir la yegua castaña a la que había estado ejercitando el día antes en el picadero redondo mientras Sue se ocupaba de un joven castrado appaloosa. Fue verdaderamente emocionante recorrer la pista con los potros. Zeze, la yegua de Sarah —cuyo nombre completo era New Zealand Queen; según los documentos su madre se llamaba Oklahoma Queen, pero todos la llamaban Queenie—, se asustó delante de la cortina de cintas y colocó los cascos encima de la lámina de plástico con tanto cuidado como si estuviera andando sobre hielo. Sue se alegró de que Frackle se atreviera a subirse sobre el balancín y Sarah casi reventó de orgullo cuando también Zeze, tras media hora de paciente ejercicio y de intentos para convencerla, colocó los cascos sobre la construcción de madera. No se balanceó como los caballos adultos, pero al menos pasó por encima y no se apartó de un salto cuando el balancín se movió bajo su peso.

—¡Qué divertido! —exclamó contenta Sarah.

Sue asintió.

—También lo es para los caballos —señaló—. Y esto es precisamente lo que queremos.

Sarah sintió algo así como si la expulsaran del paraíso cuando volvió a casa tras el cursillo de una semana y tuvo que cambiar el amable mundo ecuestre de Sue por la cruda realidad de la hípica de los Takoto. Se le había despertado el gusanillo, quería seguir practicando a toda costa las habilidades que acababa de adquirir, y eso solo podía hacerlo con los caballos del padre de Tuma. Este los puso solícitamente a su disposición, pensando que los animales aprenderían algo cuando Sarah los montara en el picadero y después podrían venderse mejor.

Pero la chica no tardó en sufrir una decepción. Los caballos de Sue eran sensibles, colaboraban de buen grado, mientras que los del tratante se rebelaban con frecuencia, no se dejaban coger para montar y no se dejaban guiar con unas ayudas tan livianas como las que Sue le había enseñado. Por fortuna, ya estaba acostumbrada a los caballos que se utilizaban en las clases de Hamburgo. Ellos tampoco eran tan sensibles como Jackpot, al que solo Eva Betge había montado cuidadosamente.

A finales de enero volvió a empezar la escuela. Sarah lo había conseguido. Había acabado con éxito primaria y entró en secundaria, así que pensó que vería a Lucas con más frecuencia. Pero se llevó una decepción.

—Lucas va ahora al instituto de Ohakune —le explicó Jenny, del curso de manga—. Ya ha pasado de curso.

Claro. Lucas cumplía dieciséis años en febrero, ella ya lo había averiguado. Era un año más joven que Tuma. Entonces se dio cuenta de que tampoco Tuma iba a la escuela. Por la tarde fue en bicicleta a la hípica para ver si estaba por allí y preguntarle por Lucas.

Lo encontró limpiando el establo y ella enseguida agarró un rastrillo para ayudarlo.

—¿Tú también estás ahora en Ohakune? —preguntó sin rodeos.

Tuma negó con la cabeza.

—No, no quiero seguir estudiando. Y tampoco tengo que hacerlo, he cumplido los diecisiete años durante las vacaciones.

No era una sorpresa. Antes de las vacaciones, Tuma había tenido bastantes dificultades para pasar los exámenes finales. Si ya era tan mayor, tenía que haber repetido curso en alguna ocasión.

—Pero ¿has aprobado? —quiso confirmar Sarah—. Bueno..., ¿te has graduado? —El chico asintió, aunque bastante desinteresado—. ¿Quieres ser mecánico de coches o algo así? —siguió preguntando ella—. Eso te interesa, ¿no?

Tuma apretó los labios.

—Pues no —respondió—. Me quedaré de momento aquí ayudando a mi padre. Pronto habrá Musters y mi padre quiere preparar caballos para el Challenge. Cualquier ayuda será bien recibida.

Sarah sintió un pinchazo. Los Musters... Lucas tenía razón, los Takoto iban detrás de Dream. Bueno, no había vuelto a ver al pequeño semental cuando había salido a caballo con Tuma. A lo mejor se había escondido.

—¿Cuándo se celebran exactamente? —preguntó.

¿Se habría olvidado Lucas de ella? ¿No quería que lo acompañase cuando iba a las montañas para documentar cómo se reunían los caballos?

—Generalmente, a finales de abril, principios de mayo —contestó Tuma. Así que no había una fecha exacta. Sarah suspiró aliviada.

—¿Y no prefieres trabajar con motores? —insistió.

Le extrañaba. Hasta el momento, Tuma había preferido ayudar a Ben en el taller que echar una mano a su propio padre en los establos.

El chico se encogió de hombros.

—No todo el mundo consigue lo que desea —advirtió—. Mi padre me necesita aquí, el negocio funciona... ¿Por qué iba a buscarme otra cosa? A lo mejor el año que viene...

El año siguiente cumpliría dieciocho años, es decir, alcanzaría la mayoría de edad. Entonces podría hacer lo que quisiera. Sarah dudó de que estuviera limpiando las cuadras y entrenando caballos voluntariamente. A lo mejor su padre le había obligado y Tuma era demasiado orgulloso para admitir que tenía que obedecer.

Camino de su casa, estuvo dándole vueltas sin parar a cómo contactar con Lucas. Hasta el momento no lo había intentado. No pretendía ni mucho menos ser una más entre las chicas que iban detrás de él. Pero se acercaban los Musters y ella tenía que estar presente, pasara lo que pasase. Daba igual si con ello se ponía pesada.

Sin embargo, una fantástica sorpresa la estaba aguardando. Delante de la tienda de su madre estaba Lucas. Observaba con expresión escéptica los objetos del escaparate. Sarah controló unos segundos su imagen reflejada en el cristal. Todavía llevaba el uniforme del colegio y el cabello revuelto después de ir en bicicleta. Su aspecto no era especialmente atractivo, pero no podía hacer nada por cambiarlo. Lucas, de todos modos, parecía interesarse más por las piedras de chakras, los amuletos y los colgantes que estaban expuestos que por si Sarah estaba o no guapa.

—¿Para qué se supone que sirve eso? —preguntó, obviando el saludo y señalando unas botellitas con esencia de delfín y de ballena que se llevaban colgadas de una cadena—. ¿Exprimen a los animales para hacerla?

Sarah se echó a reír.

—No. Se trata de algo más espiritual. Sirve para absorber la esencia. El fabricante trabaja con delfines y ballenas que de algún modo licuan su energía positiva. De forma totalmente voluntaria, claro. —Abrió la tienda, lo dejó pasar y cogió un folleto que pertenecía a uno de los frasquitos de esencia—. «Energía de alta frecuencia cuyo efecto da armonía y a un mismo tiempo purifica nuestros chakras y centros de energía, así como estimula la actividad cerebral» —leyó en voz alta—. «El mensaje de los delfines es el amor universal. También puede utilizarse como activador del agua...»

Lucas se llevó las manos a la cabeza.

—¿Hay alguien que compre eso?

Sarah reprimió una risita.

—No. Ese es el problema de mi madre. En Alemania le arrancan estas cosas de las manos, pero aquí la gente... de algún modo tiene más los pies en la tierra...

Lucas sonrió e incluso dejó su rostro al descubierto.

—Debe de ser porque aquí viven muchos delfines —observó después de echar un vistazo al texto—. Nuestros cerebros ya están activados por ello y no nos creemos cualquier tontería. ¿Ya habéis cerrado la tienda?

—Solo por las tardes —respondió Sarah—. Mi madre trabaja en Sadie's Café. Por las mañanas se pueden seguir comprando espráis para el aura y barajas de tarot en la tienda. Por supuesto, ahora también puedo venderte algo.

Lucas negó con la cabeza.

—Muchas gracias, pero a mi aura no se acerca más que el agua y el jabón. Ahora en serio, no quería comprar varitas mágicas, quería verte.

Sarah se alegró, pero intentó disimularlo.

—¿Sí? —preguntó marcadamente relajada—. ¿Qué sucede?

Él le lanzó una mirada de reproche.

—Pues que pronto habrá Musters —respondió—. Quería recordártelo. Tenías ganas de acompañarme. Y como ya no nos vemos en la escuela, pensé... Pensé que debíamos intercambiar los números de teléfono.

—¿Y no se te ha ocurrido hasta ahora? —se le escapó a Sarah—. Llevas más de dos meses sin dar señales de vida.

Lucas arrugó la frente.

—¿Ha pasado algo? —preguntó sorprendido—. ¿Me necesitabas?

«Sí, para hablar», pensó Sarah. «Para hablarte del zorro, del curso de equitación, de Sue. De que no he visto a Dream en todo el verano y estoy empezando a preocuparme por él...» ¡Habría necesitado un amigo!

—No —dijo—. En realidad, no.

—Pues entonces... —Lucas sacó su móvil—. Dame tu número, lo guardo y te llamo. Así tú también tendrás el mío.

Lo hizo al momento. Al final Sarah preguntó por Dream.

—No ha vuelto a aparecer cuando he estado en las montañas con Tuma —le explicó entre la esperanza y la pena—. ¿Eso es bueno o malo? Me refiero a que quizá ha entendido que es mejor esconderse... Pero también puede haberle ocurrido algo, ¿verdad?

—Yo lo he visto dos veces este verano —afirmó tranquilamente Lucas—. Así que no le ha ocurrido nada. De todos modos, es raro. Aquí no hay animales depredadores y no suele ocurrir que los sementales adultos se caigan en las montañas. Sí se hacen daño cuando se pelean con sementales mayores, porque esperan conquistar una yegua. Pero la mayoría de las veces no se atreven a luchar con caballos más viejos hasta que tienen cinco o seis años. Hasta entonces...

El gesto resignado de la mano lo decía todo. Sarah entendió. Pocos eran los sementales jóvenes que permanecían en libertad hasta que alcanzaban los cinco o seis años de edad. Sintió un poco de envidia de Lucas... y también se enfadó un poco con él. Había subido a las montañas en verano. ¿No podría haberle preguntado si quería acompañarlo?

—¿Tienes una tienda para acampar o algo similar? —quiso saber el chico.

Sarah asintió.

—Me la han regalado en Navidad.

Había pedido un equipo para acampar con motivo de su cumpleaños y de la Navidad y sus padres habían satisfecho su deseo. Aunque la tienda era bastante complicada de montar y cuando la metía en la mochila con todos sus accesorios pesaba bastante. Sarah había decidido entrenarse para caminar con todo ese peso y aprender a montar la tienda en el jardín.

—¿De verdad te dan permiso tus padres para que acampes conmigo? —inquirió Lucas—. Bueno, no sé..., como soy un chico.

Sarah se rio.

—No me había dado cuenta —bromeó—. Mis padres... Creo que no se lo preguntaré. Tampoco les pido permiso para ir a montar con Tuma. Ellos... bastante tienen con apañárselas consigo mismos, no se preocupan demasiado de lo que yo hago...

Estuvo a punto de contarle sus penas. De contarle que estaba preocupada por sus padres. Su madre cada vez estaba más inmersa en sus ensoñaciones esotéricas, ahora se concentraba en el estudio de la radiestesia. Tal vez esperaba que en Nueva Zelanda requiriesen más sus conocimientos de zahorí que de experta en *feng shui*. Para hacerlo todo correctamente, seguía unos cursos a distancia cuyos costes le reprochaba Ben cuando ella le echaba en cara que esa semana tampoco había alquilado nadie una moto o un *quad*. Ben seguía ganando algo de dinero con reparaciones que realizaba secretamente en su taller. El trabajo de Gesa en el café casi no aportaba nada.

—Basta con que tu madre eche un vistazo a su bola de cristal para que sepa que no llevo ninguna mala intención —ironizó Lucas.

Le dolió el comentario, aunque también ella opinaba que era una tontería que Gesa creyera en la adivinación. Solo habría deseado que él no se riera de todo. Su arrogancia era enervante.

—¿Es que todo lo tuyo es perfecto? —preguntó disgustada—. Sin malas intenciones, un aura pura... ¿Me he perdido algo? Deja que adivine: te han beatificado estos días.

Para su sorpresa, Lucas no se rio.

—Tengo lados muy oscuros —afirmó con gravedad.

Dejó que el flequillo volviera a caerle en la cara y Sarah tuvo la sensación de que estaba tan solo y perdido como ella.

—¿Que serían? —preguntó todavía malhumorada. A fin de cuentas, no podía pedirle con el tono de voz comprensivo de una psicóloga que le abriera de una vez su corazón.

—La rabia —contestó él en voz baja—. A veces pienso que voy a reventar de rabia.

Si me domesticas...

12

Lucas no la llamó enseguida y Sarah pensó que a lo mejor lamentaba haberse sincerado con ella en su último encuentro. Después se había despedido a toda prisa, supuestamente porque debía solucionar otro asunto. Aunque, por otra parte, también había permanecido en silencio durante semanas en anteriores ocasiones. A lo mejor no había que darle tantas vueltas. Maja le había dicho que asumiera que Lucas no se interesaba por ella en especial.

«Por lo visto, las chicas no le interesan —le escribió—. Está ocupado salvando el mundo. Es probable que te mueras de frío cuando vayas a acampar con él. En cualquier caso, no creo que vaya a acurrucarse contigo. Mejor te quedas con Tuma —la aconsejó Maja—. Es muy mono.»

Sarah le había contado lo que pensaba acerca de acampar por la noche en la montaña. Era otoño y volvía a llover y a hacer bastante frío en Waiouru.

No comentó las palabras de su amiga. Estaba segura que ni ella ni Lucas pensarían en acurrucarse el uno contra el otro durante su excursión. Su punto de interés residía en los caballos.

Y en cuanto a Tuma... Sarah había enviado fotografías

a Maja, pero también le había contado que a veces era un poco insistente y que eso la enervaba. No la dejaba en paz cuando iba a montar a la hípica de su padre. Ella encontraba superpatéticos sus torpes cumplidos. Y aún peor eran sus insinuaciones y bromas tontas.

—Me gustaría estar en su lugar —dijo una vez cuando ella estaba cepillando a un semental. Y luego quiso saber si había intentado montar alguna vez sin silla—. He leído que a las chicas les gusta.

—¿Desde cuándo lees? —le preguntó ella.

Con frecuencia lo enviaba a paseo, tenía que entender que a ella todo eso no le hacía ninguna gracia. Habría preferido no volver a verlo, pero entonces tendría que dejar de ver a los caballos, así que debía conseguir vendarse los ojos ante la brutalidad con que el señor Takoto trataba a los caballos y aprender a ignorar los estúpidos comentarios de Tuma. Puede que la situación mejorase cuando ella fuera algo mayor. Con dieciséis tendría la opción de sacarse el carnet de moto, y entonces podría ir a la hípica de Ohakune o buscar otro lugar en los alrededores donde ir a montar. Por el momento, intentaba convencerse de estar haciendo un buen trabajo en los establos de los Takoto. Los caballos agradecían que alguien los tratara con cariño y los mimara un poco. Si además estaban bien montados, encontraban antes un propietario amable.

A finales de marzo, Lucas por fin la llamó.

—Peggy acaba de avisarme —anunció—. Los Musters

se celebran el 28 de abril. Buena fecha, todavía son las vacaciones de otoño.

—¿Quién es Peggy? —se interesó Sarah.

Él dudó un instante.

—Una... una amiga —respondió.

No preguntó más. Pero con esa respuesta se había resuelto el enigma de por qué Lucas no se interesaba nada por ella. Tenía novia. Peggy. Y también ella debía de tener algo que ver con los caballos.

—Entonces, nos vamos el día 27 por la mañana. Todavía no sé dónde construirán los cercados. Siempre es más o menos en la misma zona, pero lo comunican en el último momento para ponérselo difícil a los proteccionistas. De todos modos, no podemos acampar justo al lado, pero yo ya conozco un sitio... ¿Todavía quieres acompañarme?

—A lo mejor necesita una pareja ocasional —sospechó Maja por la noche, mientras hablaban por Skype—. Esa Peggy... Tal vez tiene que mantener en secreto su relación con ella y le molesta que todos piensen que no tiene pareja. Si ahora se pasea contigo...

Sarah puso los ojos en blanco.

—Primero, no se pasea conmigo, la nuestra es una misión secreta, por lo que nadie se enterará. Y segundo: ¿qué tiene de malo que salga con Peggy?

Maja se encogió de hombros.

—A lo mejor ella es la hija del jefe del Ministerio de Medio Ambiente —sugirió—. Le resultaría lamentable.

O quizá el padre es el general jefe de ese campo militar que tenéis ahí y ella es una activista camuflada. Si Lucas se presentara con ella, se desvelaría su identidad.

—Estás fatal —dijo Sarah.

Maja siempre había tenido una fantasía desbordante.

—¿De qué conoce a Peggy? —preguntó de repente—. ¿Había alguien que se llamara así en la escuela?

Sarah no conocía a ninguna Peggy de la escuela de Waiouru. A lo mejor iba con ella al instituto de Ohakune.

—Es probable que sea mayor que él —sospechó—. Y por eso le resulta difícil.

—Ese chico es un misterio —opinó Maja—. Pero no pierdas la ilusión, la mayoría de las relaciones no duran toda la vida. Yo ya encuentro estimulante que al menos muestre cierto interés por las chicas. Así que intenta impresionarlo. ¿Qué te pondrás?

Sarah no había pensado todavía en ello. Posiblemente se pondría varios jerséis gruesos uno encima del otro. Eso sería un punto a su favor, por supuesto, si Lucas tuviera debilidad por las gorditas...

Aunque para ser sinceros, no esperaba con gran impaciencia el día de los Musters a causa de Lucas. Lo que la preocupaba de verdad eran los caballos, sobre todo Dream.

En la hípica de los Takoto, Tuma y su padre estaban preparando cercados para los nuevos ejemplares. Los potros ya se habían vendido y ahora reparaban las vallas que estaban más destartaladas. Los caballos salvajes aprovecharían cualquier oportunidad, claro está, para recuperar la libertad y sería una catástrofe que se escaparan y se pusieran a correr por la autovía.

Sarah no se ofreció a ayudarlos. Sí que cuidaría de los caballos, porque suponía que los Takoto no lo harían con mucho amor, pero no quería colaborar con ellos en nada más. Ahora solía montar una yegua de pelaje castaño rojizo que estaba sorprendentemente bien entrenada. Debía de haber tenido un buen jinete como propietario y Sarah se preguntaba por qué razón habría dado el animal al tratante. Salina, como llamaban los Takoto a la yegua —Sarah esperaba que ese fuera su auténtico nombre—, parecía, sin embargo, muy desdichada y raramente se juntaba con sus compañeros de establo. La chica tenía la sensación de que había perdido peso desde que estaba en la hípica. Así que intentaba ir cada día a verla y mimarla un poco.

Cuando el sábado siguiente llegó en bicicleta a la hípica, vio que Tuma estaba preparando el transporte de caballos. Los Takoto tenían un viejo y destartalado camión en el que llegaban a cargar hasta cuatro caballos. En ese momento, el chico estaba cubriendo el suelo del vehículo con una gruesa capa de paja.

—¿Vais a traer caballos nuevos? —preguntó sorprendida Sarah. Ni Tuma ni su padre habían mencionado nada al respecto.

Él asintió.

—Sí. De las montañas. Mañana son los Musters.

—¿Mañana? Pero si mañana es 1 de abril... —Sarah se mordió la lengua para no descubrir que sabía la fecha concreta—. ¿No... no se hacen más tarde?

Pensó un momento en la costumbre alemana de hacerse inocentadas el primer día de abril, pero eso en Nueva Zelanda no se conocía.

Tuma se encogió de hombros.

—Los han adelantado —respondió—. Por el tiempo. En cualquier caso, empiezan mañana. Nosotros nos vamos ahora para ayudar con el montaje. ¿Te vienes? —La miró esperanzado. Seguro que le habría encantado pasar con ella la noche en la montaña—. Ya me encargaré yo de que estés bien calentita en la tienda —dijo sonriente.

Justo lo que ella pensaba. Pero ahora no tenía tiempo para las tonterías de Tuma. Debía averiguar si era cierto lo que decía de los Musters. Y si Lucas ya lo sabía. De repente se le pasó por la cabeza que quizá no se lo había dicho para no tener que llevársela con él. Por otra parte... ¡Qué más daba! Estar cavilando no servía de nada, tenía que actuar.

Le dio a toda prisa un par de golosinas a Salina, dijo algo sobre una cita urgente y volvió a marcharse. En cuanto hubo dejado la hípica, llamó a Lucas, que enseguida respondió.

—Imposible —dijo cuando Sarah le hubo dado la noticia—. Los habían planificado para el 28, hasta está en internet. Solo la fecha, claro, no el sitio. En cualquier caso, no es secreto.

—Tuma ha dicho que se han adelantado —explicó ella—. ¿Se puede... se puede llamar a alguien y averiguar si es verdad?

—Claro. —Era como si viera asentir a Lucas—. ¿Dónde estás?, ¿por la hípica de los Takoto? Estoy con mi madre en Johnson... —Johnson era un taller de reparaciones—. Pásate por aquí. Te espero en la entrada trasera.

—¡Vale!

Sarah colgó. El patio posterior del taller estaba solo a cinco minutos en bicicleta, la entrada principal daba a la autovía. Lucas la esperaba junto a una puerta cerrada y ya había sacado el móvil y repasaba los contactos. Cuando Sarah apoyó la bicicleta en la valla, pulsó el botón del altavoz. Al momento contestó la voz clara de una mujer que parecía bastante agobiada.

—Green Valley Center, Peggy al aparato... Ah, eres tú, Lucas... —Peggy debía de haber visto el nombre del muchacho en el monitor—. Lo siento, lo sé, tendría... tendría que haberte llamado, seguro. Pero por supuesto esto está superliado. Y es más importante avisar a la gente que viene con remolques. Ni te imaginas lo que es esto... No paran de llamar, muchos todavía no tienen los establos listos. Ahora están preguntando si hay posibilidades de cuadras y si les podemos guardar los caballos un par de días aquí... No estamos preparados en absoluto.

La mujer hablaba precipitadamente.

—Entonces, ¿es cierto? —preguntó Lucas—. Los Musters son mañana.

—¡Sí! —exclamó—. No tienen vergüenza. Nos lo han dicho hoy mismo. Han puesto como excusa que se avecina un frente de mal tiempo que impedirá que los helicópteros vuelen las semanas siguientes...

—¿Las tres semanas siguientes? —preguntó Lucas sin dar crédito.

—Chorradas, por supuesto —respondió Peggy—. Se

trata de poner trabas. El Departamento de Conservación solo quiere mantenernos alejados. Si no conseguimos recoger todos los caballos adoptados, los harán picadillo y habremos tenido mala suerte.

—¿Lo lograrán? —preguntó atemorizada Sarah.

Ya no creía que Peggy fuera una chica de su edad. Parecía ser mucho mayor.

—Si no seguís impidiéndome trabajar durante mucho más tiempo —dijo Peggy en un tono amable—. Ah, sí, el lugar de encuentro es... Espera, te envío las coordenadas, Lucas. Y ahora cuelgo. ¡Deséame suerte!

Y dicho esto, colgó. Inmediatamente después un sonido anunció la entrada de un mensaje. Lucas lo abrió, eran las coordenadas. Peggy seguro que las había enviado veinte veces en las últimas horas.

—¡Mierda! —exclamó el chico—. Da igual que lo consigan o no. En cualquier caso, nosotros ya no llegamos arriba de la montaña a las cinco de la mañana. No lo conseguiríamos ni aunque nos marcháramos ahora. Por la noche no se avanza tan deprisa.

Sarah tampoco estaba dispuesta a emprender una excursión nocturna. Además, ni siquiera había empaquetado sus cosas. Tenía que cambiarse, preparar la mochila... Comprar provisiones...

—¿Está muy lejos? —preguntó, a pesar de todo—. Más o menos.

Lucas consultó Google Maps.

—A casi veinte kilómetros —respondió.

A Sarah se le ocurrió una idea.

—¿Sabes conducir *quads*? —preguntó.

—Pues claro. Aquí todo el mundo sabe conducir *quads*.

Utilizar las motos de cuatro ruedas para ir por la montaña estaba muy extendido en Nueva Zelanda. Había muchas agencias que las alquilaban a los turistas. Esos vehículos pesados, pestilentes y ruidosos eran para los protectores del medio ambiente como una espina que llevaban clavada, sobre todo porque sus conductores siempre se salían de los caminos marcados. Conducían a todo gas por la montaña, asustaban a los animales y destruían también nidadas de aves en peligro de extinción. Aun así, el Ministerio de Medio Ambiente no actuaba con tanta severidad contra sus propietarios o quienes los alquilaban como contra las martas y los caballos salvajes. Había que hacer todo lo que fuera posible para no espantar a los turistas.

—Yo no sé —reconoció Sarah—. Lo he intentado dos veces, pero me da miedo. Tendrías que... que llevarme de paquete.

Lucas la miró desconcertado.

—Yo... tú... —De golpe su mente se iluminó—. ¡Claro, tu padre! ¡Tiene un montón! Pero ¿me prestará uno para que suba contigo de noche a la montaña?

Sarah se encogió de hombros.

—Lo cogemos y ya está. Tú mismo lo has dicho, mi padre tiene varios. Para ser más exactos: cuatro. Los tiene todos en el garaje, las llaves están colgadas en el pasillo de casa. Como mañana no dé la casualidad de que alguien quiera alquilar alguno por la razón que sea, nadie se dará cuenta de que falta uno. Por si acaso, dejaremos un papel para que mi padre no llame a la policía. Cuando volvamos, me echarán una buena bronca, pero valdrá la pena.

Lucas resplandecía.

—Jo, Sarah..., es...

—¡Lucas! —El grito lo sobresaltó—. ¿Dónde te has metido? —Una mujer alta, muy delgada, con el cabello castaño revuelto, apareció por la puerta trasera del taller. Parecía alterada—. ¡Lucas, tenemos que irnos! Ya llegamos demasiado tarde. Papá...

Él se giró apresurado.

—Enseguida voy, mamá, tranquila. Íbamos a ir a comprar —le explicó a Sarah—, pero la camioneta se ha estropeado. Nunca habría imaginado que hoy mismo la pudieran tener arreglada. Bueno..., ahora tengo que irme. ¿Cuándo... cuándo nos encontramos? —Se guardó el teléfono.

—¿A las dos de la madrugada? —preguntó dubitativa Sarah—. Entonces seguro que mi madre ya está durmiendo y papá... ya no controlará las llaves.

No quiso decir que su padre solía pasar las noches con un paquete de cervezas delante del televisor y que, por regla general, a las once ya se había quedado dormido en el sofá. Cuando se despertaba, se iba dando traspiés al dormitorio sin ver ni oír a nadie. Probablemente, ni él ni su madre se enterarían de que ella salía de casa. Y al día siguiente... Dejaría una nota en la mesa de la cocina diciendo que había ido a ver los caballos. Por suerte, era fin de semana. De lo contrario, habría tenido que hacer campana en la escuela...

—¡Lucas!

En la voz de la madre había ahora un tono casi histérico. Sarah se preguntó por qué tendría tanta prisa. Los comercios todavía estarían abiertos durante un par de horas más.

Lucas alzó impotente los hombros.

—¿Delante del taller de tu padre? —inquirió.

La chica asintió.

13

Como era de esperar, Sarah no tuvo el menor problema para salir de casa de madrugada sin que sus padres se enterasen. A eso de las once se puso algo nerviosa: su madre había descubierto en uno de sus libros sobre radiestesia una técnica que quería probar a toda costa en ese momento, para lo que tuvo que bajar a la tienda con una horquilla.

—A veces el negocio no funciona bien debido a la radiación terrestre —les había explicado inquieta a Sarah y a Ben. Este había reaccionado con un gruñido—. Solo hay que cambiar un par de estanterías de vez en cuando...

Sarah estaba sobre ascuas. Si Gesa decidía reorganizar la tienda, podía quedarse toda la noche trabajando y darse cuenta entonces de que su hija se marchaba. Pero poco después de las once, ya estaba de vuelta, bastante desilusionada porque la horquilla no se había movido. Luego se había ido de nuevo a la cama con sus libros.

Tal como había planeado, Sarah se puso varios jerséis —oscuros, para pasar inadvertida— y cogió la mochila, que ya tenía preparada. Por desgracia, el anorak de más abrigo era de un rojo vivo. Pensó unos instantes y decidió que de todos modos no podría ponérselo encima de tanto jersey, así que se decidió por la chaqueta encerada azul marino de su padre que colgaba en el pasillo junto a las llaves del taller. Ojalá no lloviera por la mañana, pensó. Si seguía sin llover, Ben no se daría cuenta de que no estaba su chaqueta. De lo contrario...

Apartó todos esos pensamientos. Lo que ahora contaba eran los Musters, los caballos y, sobre todo, Dream. Ya se preocuparía más tarde de las eventuales consecuencias de esa noche.

Lucas ya la esperaba delante del garaje, iba tan abrigado como ella. A la espalda llevaba una mochila llena hasta los topes. De repente, Sarah se acordó de que no había cogido la tienda.

—¿Necesitamos el equipo para acampar? —preguntó indecisa—. Yo creo que podemos volver hoy mismo, cuando todo haya acabado.

Lucas asintió.

—Solo llevo una cámara —le explicó—, un equipo profesional de la escuela. Y también algunas provisiones. Tabletas de chocolate y esas cosas. Seguro que no dormiremos allí.

Sarah se sintió más tranquila, pero cuando abrió el garaje, empezó a palpitarle el corazón con fuerza, aunque no había razón para ello, porque los *quads* estaban como siempre en fila en su sitio y con los depósitos llenos: su padre siempre mantenía los vehículos preparados. En una estantería, en la parte delantera del taller, había cascos de todos los tamaños y colores. Sarah y Lucas se decidieron por dos negros.

—¿No deberíamos arrastrar primero el *quad*? —preguntó Sarah—. No vaya a ser que nos oigan.

Lucas negó con la cabeza.

—Aquí cerca solo hay talleres, no vive nadie. Unos pocos con perros guardianes, pero esos ladran tanto si ponemos el *quad* en marcha como si no.

De todos modos, habría sido complicado llevar a rastras el pesado vehículo un trayecto largo, pues solo consiguieron sacarlo del taller a la calle aunando fuerzas. Lucas se sentó en el asiento del piloto después de guardar la mochila en el gran maletero y Sarah se colocó detrás.

—Cógete fuerte —dijo él cuando puso en marcha el *quad*.

Sarah le rodeó la cintura con los brazos. Era una sensación bien extraña la de estar tan cerca de un chico, y pronto pudo disfrutar aún más de ello en cuanto arrancó el vehículo, porque, de golpe y porrazo, lo importante era agarrarse fuerte para no perder el equilibrio. Por suerte, no era difícil. Al menos mientras circulaban por terreno plano. Había que hacer maniobras muy arriesgadas para llegar a volcar.

Pero la forma de conducir de Lucas estaba lejos de ser imprudente. Empezó despacio para familiarizarse con el vehículo, pues hacía mucho que no conducía un *quad*, y luego solo aceleraba en la medida que lo permitía el estado de la vía. En un momento dado, Sarah golpeó el casco de Lucas y él levantó la visera.

—¿Necesitas ahora el GPS? —preguntó.

Tenían un GPS adicional porque en las montañas no habría WLAN, claro, y ahora Sarah ya se sentía lo suficientemente segura para sujetarse con solo una mano. La otra la tendría libre para sostener el aparato.

—No. —Lucas tenía que gritar para hacerse oír—. Lo usaremos más tarde. Sé más o menos dónde es.

Ella también conocía el trayecto, era el camino a las montañas que había recorrido a caballo varias veces con Tuma. Aunque en esos momentos, a oscuras, el paisaje parecía distinto y las cumbres resultaban más amenazadoras. Los árboles y arbustos arrojaban sombras a la luz de los faros del *quad*. Era realmente extraño, seguro que Sarah habría tenido miedo si hubiera ido sola. Pese a ir bien abrigada, tiritaba de frío. Y entonces, después de haber pasado por el campo de instrucción militar y mientras avanzaban más despacio, unos gritos estridentes quebraron el silencio de la noche.

—¡Oh, Dios mío! ¿Qué es eso? —preguntó asustada. Las voces ahogaron incluso el sonido del motor.

Lucas no se inmutó.

—Kiwis —respondió—. Y otras aves nocturnas. En Europa los bichos cantan, aquí solo graznan.

En las estribaciones de la montaña, los caminos se hicieron más angostos y Lucas aumentó la prudencia. Cuando llegaron a la zona en que Sarah y Tuma ya habían visto varias veces caballos salvajes, detuvo el vehículo y sacó de la bolsa el GPS.

—Todavía quedan dos kilómetros —comprobó Sarah.

Lucas asintió.

—Creo que sé dónde están. El año pasado hicieron los Musters en el valle de al lado. Vale, vamos. Nos acercaremos silenciosamente...

Sarah se preguntó cómo quería acercarse silenciosamente en el *quad*. Lucas condujo el vehículo muy lentamente y con mucho cuidado por la montaña y lo detuvo en un alto.

—A partir de aquí vamos a pie —dijo el chico—. Si no estoy equivocado, allí arriba encontraremos un lugar ideal desde donde observar.

Subieron algo más arriba y llegaron a una extensa cresta. Desde allí se desplegaba una amplia panorámica sobre el valle adyacente, en el que ya reinaba una actividad frenética. El entorno se hallaba iluminado por los faros de ocho o nueve coches y camiones cuyos conductores y acompañantes estaban atareados construyendo un cercado.

—¿Meterán a los caballos por ahí? —preguntó Sarah afligida, señalando un estrecho paso entre dos rocas.

Lucas asintió. Los caballos no podían evitar el paso, así que, cuando llegaran al valle, ya estarían atrapados. Del mismo modo que en el cómic de Lucas, se construyó un gran cercado, los pequeños vallados vecinos servirían para apartar a los ejemplares que se iban a transportar. Sarah creyó distinguir a Tuma y a su padre con un par de hombres más construyendo un vallado especialmente sólido. Era probable que los sementales jóvenes fueran a parar allí.

—Ahora busquémonos un escondite —dijo Lucas. No era complicado. La cresta de la montaña estaba llena de matorral y maleza, y ocultarse detrás era fácil. Muy probablemente no los verían desde abajo si caminaban derechos, pero no querían correr el riesgo. Se deslizaron agachados a través de las matas para encontrar el mejor puesto de observación. Tardaron un rato hasta que Lucas estuvo satisfecho, a fin de cuentas quería documentar con la cámara la captura de los caballos. Una vez que hubieron encontrado un buen sitio, se desprendió de la mochila y montó con calma la cámara. También desplegó para Sarah y para él unas amplias mantas para resguardarse de la humedad del suelo.

Ella se rodeó con los brazos.

—Ya estoy medio muerta de frío —avisó—. ¿Estamos bajo cero?

Lucas consultó el termómetro del móvil.

—Estamos a un grado —contestó—. Después, cuando salga el sol, hará más calor.

—Esperemos que no nos hayamos congelado antes... —suspiró la chica.

Él comprobó de nuevo que lo tenía todo bien preparado y tomó una determinación.

—Todavía es temprano. Tenemos tiempo suficiente para entrar en calor. ¡Anda, ven!

Retrocedieron prudentemente un poco. A media altura, entre la cresta de la montaña y el *quad*, Lucas empezó a recoger ramas secas.

—Junta un poco de leña —indicó a Sarah—. Encenderemos una hoguera.

Ella pensó que era arriesgado hacerlo, pero también sería muy romántico... ¡Y por encima de todo prometía algo de calor! Mientras buscaba leña un poco más gruesa, Lucas encendió con destreza las ramas y la hierba seca. Sarah lo miró admirada hasta que descubrió las cerillas.

—Pensaba que conocías alguna técnica de supervivencia maorí —bromeó cuando el fuego se avivó y los dos se calentaron las manos en él—. Frotando dos palillos o golpeando dos piedras para producir una chispa...

Lucas sonrió.

—Mi padre conoce todas esas chorradas —dijo—. Pero no gracias a las tribus, sino al ejército. Ejercicios de supervivencia.

—¿Tu padre está en el ejército? —preguntó Sarah.

Lucas asintió.

—Como el noventa por ciento de los habitantes de Waiouru.

—Pero no... Bueno, no dispara contra personas, ¿verdad? —insistió, preocupada.

Lucas puso los ojos en blanco.

—En Nueva Zelanda está prohibido disparar contra individuos inocentes —contestó—. ¿En Alemania no?

Sarah hizo una mueca.

—Ya vuelves a hacerlo —protestó—. Manipulas mis palabras. Me refiero a que si... Bueno, a si realmente ha estado en una guerra.

—Te refieres a si ha estado en operaciones en el extranjero —la corrigió él—. Sí. Tres veces. En Afganistán. Y ahora no me preguntes si mató a alguien allí. No lo sé. No lo ha contado nunca. Por el momento está aquí. Es instructor en infantería.

—¿Y ya no tiene que volver a marcharse? —preguntó Sarah.

Lucas negó con la cabeza.

—No. No volverán a enviarlo fuera.

—Bien, entonces estará contento —supuso Sarah.

Él no se lo confirmó. Ni siguió hablando del tema.

—¿Y qué hace tu madre? —quiso saber Sarah. Por fin tenía la oportunidad de averiguar algo más sobre Lucas.

Él se encogió de hombros.

—Nada. Es ama de casa. Antes trabajaba en el restaurante de la base. Le gustaba, creo. Pero ahora... mi padre no quiere... —Sarah frunció el ceño. ¿La madre de Lucas debía acatar los deseos de su padre? ¿En pleno siglo xxi? Antes de llegar a expresar su asombro, él prosiguió—. Por cierto, no quise molestarte cuando dije aquello sobre tu madre. Ya sabes..., lo de la bola de cristal. Bueno, no quería decir que fuera una bruja o algo similar... —Se apartó avergonzado el flequillo de la cara.

Sarah hizo un gesto con la mano.

—Ya está olvidado. Y la verdad es que llamándola bruja... no ofendes a mi madre. A ella le encantaría serlo. Su problema es que lo de la magia no funciona..., ni lo de ir con una horquilla o con un péndulo... Y tampoco la venta de todas esas cosas esotéricas. Por no decir que a nadie le interesan sus consejos sobre el *feng shui*.

—¿Qué es? —preguntó Lucas.

—¿Lo ves? —Sarah suspiró de nuevo—. Aquí la gente ni siquiera sabe lo que es. Creo..., creo que a mi madre le gustaría volver a Alemania.

Ya hacía tiempo que albergaba esa sospecha, pero todavía no se lo había contado a nadie, ni siquiera a Maja o a sus abuelos. Probablemente, porque no sabía qué opinar de ello. En los primeros meses en Nueva Zelanda habría dado saltos de alegría si hubiera creído que cabía la posibilidad de marcharse de Waiouru. Pero ahora, con lo de Dream y Lucas... Además, volver a mudarse seguro que no sería tan sencillo. No tenían casa propia en Alemania y sus padres se habían gastado todos los ahorros. Además, estaba la cuestión de qué opinaba su padre al respecto. Por el momento, no se había resignado a abandonar su sueño de poner en marcha el negocio del alquiler de motos. Que Gesa volviera a Alemania significaría la separación de sus padres.

—Pero si todavía no lleváis ni un año aquí —se sorprendió Lucas.

Sarah hizo un gesto de impotencia.

—Mis padres tomaron la decisión de venir a Nueva Zelanda en muy poco tiempo.

—¿Tú querías venir?

Ella atizó el fuego con una rama.

—No —susurró.

Lucas no hizo comentarios. Durante un rato permanecieron sentados en silencio junto al fuego, cada uno inmerso en sus pensamientos. Luego él sacó de su mochila un par de barritas de muesli y le tendió una a Sarah.

—Podríamos haber asado unos malvaviscos —dijo con una sonrisa torcida.

Sarah asintió.

—¿Lo haces... lo haces cuando acampas aquí? —preguntó ella con cautela—. Bueno, cuando montas la tienda para observar los caballos y dibujar.

Él negó con la cabeza.

—No, solo no es tan divertido. Y tampoco suele apetecerme. Tengo la cabeza llena de otras cosas. Por eso vengo aquí.

Volvió a callar y Sarah evitó hacerle más preguntas. Lucas seguía siendo un misterio para ella, pero su intuición le decía que era mejor no agobiarlo.

Y entonces se distinguió un débil rayo de luz en el horizonte y el chico se puso en pie.

—Tendríamos que irnos. Deberíamos estar en nuestro escondite antes de que claree.

—¿Tan malo es que alguien nos descubra? —preguntó Sarah mientras apagaban el fuego—. Quiero decir que... que no está prohibido ver los Musters. ¿Qué podría pasar si bajáramos a dar una vuelta?

Lucas cargó con la mochila.

—Nada —contestó—. Como mucho, solo nos mirarían mal, al menos hasta que yo sacara la cámara. Las fotografías y las películas no gustan. Las únicas imágenes de los Musters que circulan las ha colgado el Ministerio de Medio Ambiente. Y tú ya las has visto. —Sarah asintió. Las fotos no mostraban lo que ocurría con toda su crudeza—. No me gustaría que le pasara algo a la cámara —explicó—. Ya te he dicho que me la han prestado y vale una fortuna, y prefiero no arriesgarme a que alguien se le ocurra quitármela. —Lucas no lo dijo, pero Sarah enseguida pensó en Tuma y su padre. Los dos podrían molestarse si alguien los grabara cometiendo alguna brutalidad que perjudicara su negocio—. Además, desde aquí arriba se ve mejor —añadió—. Cuando se está cerca del vallado, no se tiene una visión general. Aquí, por el contrario, tenemos todo el valle a la vista.

—Es cierto.

El puesto de observación ofrecía una panorámica increíble, Lucas podía tomar distintas escenas gracias al enorme zum. Cuando volvieron a su escondite, en el valle había mucho más movimiento. Ya hacía tiempo que los cercados se habían acabado y habían llegado más coches con remolques y camionetas. Debían de ser los proteccionistas que ya se habían registrado para adoptar caballos. Vieron que dos mujeres salían de un vehículo que exhibía el rótulo de Green Valley Center y enseguida se ponían a discutir con los hombres. Parecía que estaban criticando la construcción del cercado.

—Peggy y Catherine —dijo Lucas. Aunque Sarah no podía distinguir gran cosa. Todavía estaba muy oscuro y las mujeres iban muy abrigadas—. Protegen los derechos de los caballos y se toman muy en serio su trabajo.

El sol fue ascendiendo lentamente, el valle se llenó de una luz crepuscular y los que estaban alrededor del cercado donde irían a parar los caballos apagaron los faros de los coches. Sarah, aun estando muy inquieta, no podía permanecer ajena a la belleza del paisaje. Las cumbres ya nevadas de los montes Kaimanawa y del Ngauruhoe, un volcán todavía activo, emitían al amanecer unos brillos de colores rojo claro y violeta y el cielo resplandecía con unos matices que iban del rojo al naranja. Pero un sonido horrible perturbó la paz de la naturaleza.

—¿Qué es eso? —preguntó, y al instante ella misma reconoció el sonido.

Palas de rotor.

—Los helicópteros —anunció Lucas—. Empieza la función.

Sarah se puso rígida, pero en la media hora que siguió todavía no sucedió nada en el valle. Los helicópteros sobrevolaban el entorno intentando encontrar los caballos que estaban en las montañas y pasos circundantes y conducirlos hacia el cercado.

Abajo, en el valle, la gente observaba con expresión expectante el hueco entre las rocas. Para Sarah era casi insoportable; Lucas, por el contrario, contemplaba con aparente calma a través del visor de la cámara.

—¿Lo oyes? —preguntó—. El sonido de los rotores crece. Se están acercando...

En efecto, justo después apareció el primer helicóptero. Procedente del oeste, conducía los caballos hacia el valle. Sarah temblaba. ¿Estaría Dream entre ellos? Solo podía admirar la serenidad de Lucas, que posicionó tranquilamente la cámara y empezó a filmar y fotografiar en cuanto los primeros caballos irrumpieron en el valle. Al principio, llegaron grupos pequeños que tenían mucho sitio en el cercado. Pero a pesar de todo ya se percataban de que su libertad tenía límites y daban vueltas a galope tendido en el cercado. Sarah veía los líderes de las manadas excitados, sin saber qué hacer. ¿Debían buscar una salida o pelear con otros sementales con los que compartían de repente un espacio demasiado reducido?

Mientras los sementales giraban a la defensiva alrededor de sus yeguas, entraban otras manadas. El cercado se iba reduciendo paulatinamente. Pero entonces la gente que estaba alrededor comenzó a reaccionar. Empezaron las primeras selecciones. El padre de Tuma señaló un semental joven y negro que parecía muy asustado. Se diría que tenía miedo de todos los sementales que corrían en torno a él. Unos hombres entraron con lazos en el cercado y consiguieron trasladarlo sin problema a un vallado separado.

Era todo idéntico a como lo había plasmado Lucas en su cómic. Los caballos corrían en desorden y, una vez perdidos sus amigos y potros, relinchaban desesperados. Algunos intentaban escapar poniendo su vida en peligro al tratar de saltar la cerca, pero ahí estaban los proteccionistas ocupando su puesto. Peggy los había colocado a todos alrededor del cercado y cuando un caballo se aproximaba demasiado a la valla lo hacían retroceder. De ese modo todavía lo asustaban más, claro, pero al menos no se repetían las espantosas escenas del cómic. Ningún caballo se rompía las patas y había que matarlo después de un disparo.

Mientras el sol ascendía, cientos de caballos se reunieron en el cercado. Sarah esperaba ver aparecer en cualquier momento a Dream entre las rocas, entrando al galope en el valle.

—¿Siguen hasta estar seguros de que los tienen a todos? —preguntó a Lucas.

El chico se encogió de hombros. Todavía dirigía la cámara hacia la conducción de los caballos en el valle.

—Lo intentan. Pero seguro que no los descubren a todos. Dream todavía no ha aparecido, ¿verdad?

Sarah negó con la cabeza.

—Es un caballo inteligente —dijo esperanzada—. A lo mejor conoce una cueva.

Lucas la miró burlón y ella se calló al instante. Lo de la cueva era una tontería. Los caballos eran animales huidizos, criaturas de las llanuras. Si tenían miedo, escapaban a campo abierto. Buscar cobijo en una cueva no era propio de su comportamiento.

Y entonces Sarah exhaló un fuerte suspiro y tuvo que reprimir el impulso de agarrarse a la manga de la parka de Lucas. Detrás de las montañas apareció otro helicóptero conduciendo a dos rezagados: un caballo oscuro con las crines blancas, Dream, y un alazán, el amigo de su misma edad. Sarah ya estaba advertida, pero aun así los ojos se le llenaron de lágrimas. Ver cautivo al potro era demasiado horrible.

Sarah levantó la vista al cielo. Los helicópteros daban media vuelta. Por lo visto, habían concluido su tarea. Unos hombres cerraron la entrada entre las rocas.

—Ahora seleccionan los caballos que quiere retirar —indicó Lucas—. Trescientos podrán volver a la vida salvaje. Ya lo sabes.

—¿Y quién decide? —preguntó Sarah con la boca seca.

El chico se frotó la frente. Había apagado la cámara y se tomó su tiempo para beber un trago de agua.

—Los entrenadores, los proteccionistas... —Abrió una tableta de chocolate y dio un mordisco. Sarah no entendía cómo podía comer en un momento así.

En el valle se sostenían entretanto unas acaloradas discusiones. Los hombres y mujeres señalaban ese o aquel caballo, a veces intentaban separarlos, a veces se topaban con las protestas de Peggy o Catherine. Las mujeres de la organización para la protección de animales se entrometían en todo sin ningún temor.

—Peggy y Catherine pretenden que, a ser posible, solo se separe a los sementales —explicó Lucas—. Para conservar así a las hembras y con ellas el acervo génico. Por otra parte, no se puede separar a todos los sementales jóvenes porque aumentaría la tasa de endogamia. Para la crianza sería mejor que también cogieran un par de sementales adultos, aunque eso pesa mucho en la estructura de la manada, pero la gente dispuesta a adoptar caballos prefiere las yeguas, más fáciles de domar. En fin, ya te he contado lo que quiere el Departamento: atrapar sin la menor selección todo lo que supere la cantidad de trescientos y sacrificarlo acto seguido.

—Es asqueroso —dijo Sarah.

En ese momento vio que los Takoto trataban de aislar a Dream. No tenían ningún interés en su amigo, al que los proteccionistas intentaban conducir a su cercado. Eso seguro que era positivo para él. Pero los jóvenes animales sufrían terriblemente por la separación y galopaban desesperados a lo largo de las vallas. Casi no había nadie impidiéndoles saltar por encima de ellas, todos estaban ocupados escogiendo los animales y cargándolos. Sarah temblaba por Dream, pero no era la primera vez que los Takoto hacían eso. Mientras el padre de Tuma se ocupaba de la selección de los caballos, el hijo se encargaba de que los animales ya retirados no se hicieran daño o se matasen, algo que hacía no de una forma especialmente delicada. Su primer contacto con Dream fue con la fusta con cuerda.

En ese momento, Peggy y Catherine hablaban acaloradamente con el señor Takoto, quien era obvio que tenía la intención de preparar tres sementales para el Challenge. Parecía tener en el punto de mira a un bonito castaño, pero cedió a la presión de las mujeres y se decidió por un alazán de más edad como tercer ejemplar. Seguramente se trataba del jefe de una manada.

—Los entrenadores preferirían potros de dos años —explicó Lucas—, pero el reglamento lo impide. Los hombres adultos ya son de todos modos pesados para esos caballos tan pequeños. Así que cuando todavía son potros...

Sarah asintió. Sabía que por su estatura muchos kaimanawas se contaban entre los ponis. Estaban por debajo del metro cuarenta y ocho a la cruz. Sus antepasados debían de ser ponis galeses asilvestrados, lo que los hacía inteligentes e insensibles a las inclemencias del tiempo, pero no muy grandes.

También los otros entrenadores habían hecho ya su selección y empezaban a cargar, o arrastrar a la fuerza, los sementales en sus camiones o remolques. Tuma y su padre recurrieron a la ayuda de otros hombres. Mientras unos reducían el cercado y azuzaban los caballos con la fusta o les lanzaban el lazo, los demás les impedían huir. Luego los animales se apretujaban en los camiones. Normalmente, los transportes estaban divididos en departamentos individuales, pero Tuma había quitado los tabiques de separación el día anterior.

—Si uno quiere saltar o si se cae, los demás lo patearán hasta matarlo —advirtió horrorizada Sarah—. ¿No se puede hacer de otro modo?

Los proteccionistas intentaban cargar con más serenidad sus caballos, pero también hacían uso de cierta violencia, pues la gente del Departamento no era paciente. Los futuros propietarios de los caballos tenían que cargar sus animales y desaparecer.

Lucas se encogió de hombros.

—Peggy dice que el año pasado intentaron emplear calmantes, pero cuando los caballos están tan aterrados no responden. Se deberían inyectar dosis muy altas, y eso también es peligroso. De todos modos, es complicado, porque los calmantes solo se les pueden aplicar con una cerbatana o con una pistola anestésica.

Al final, también los proteccionistas tenían que forzar a los animales a subir a los camiones, una tarea que resultaba más fácil con las yeguas que con los sementales. En cuanto estaban cargados, los nuevos propietarios se marchaban. La misma Sarah encontró la causa de tanta precipitación: cuando los camiones partían, los caballos ya no intentaban escapar, pues entonces su máxima preocupación era conservar el equilibrio.

Entretanto, los empleados del Departamento habían empezado a contar los ejemplares que quedaban en el gran cercado. Sarah se puso alerta cuando uno le hizo una señal a Peggy y ella empezó a protestar. Se desecharon diez caballos más. Por el momento había entre veinte y treinta yeguas adultas y sementales, así como un par de añales esperando en los camiones del matarife.

Peggy y Catherine intentaban convencer a los proteccionistas y a los entrenadores que todavía no se habían marchado y, en efecto, uno o dos cambiaron de opinión y se llevaron más caballos. Al final quedaron solo ejemplares muy viejos o muy jóvenes. Para ellos estaba destinado el transporte de ganado que Sarah ya había visto en el cómic de Lucas.

—Veinticuatro —dijo el chico con voz ronca, mientras filmaba la carga.

Trataban a los animales que iban al matadero con menos miramientos que a los futuros caballos de silla. Sarah soltó un gemido cuando una vieja yegua tropezó en la rampa y estuvo a punto de caerse, luego un potro casi metió las patas entre las tablas del vehículo cuando subió desconcertado. Peggy y Catherine observaban la carga tan impotentes como Sarah y Lucas. Al menos habían podido salvar a más de cien caballos. En cuanto a los que iban a sacrificar, solo podían esperar que todo acabara rápidamente.

Por último, el paso entre las rocas volvió a abrirse y trescientos afortunados animales disfrutaron, al menos por ese año, del indulto y ganaron a galope la libertad. Tan solo tendrían que volver a encontrar sus manadas o formar nuevas si faltaba el semental o la yegua que los guiaba. Pero al menos eran libres.

Sarah se frotó los ojos y se acordó de repente de la cita de *El principito* que tanto le había gustado: «Solo con el corazón se puede ver bien. Lo esencial es invisible a los ojos».

De repente la encontró absurda. Un corazón compasivo no podía cambiar nada. Había que enfrentarse a la visión de la verdad, por duro que eso fuera. Y si había algo invisible a los ojos de los demás, había que darle visibilidad.

—¿Lo tienes todo? —le preguntó a Lucas, señalando la cámara.

Él asintió.

14

Sarah y Lucas no llegaron a Waiouru hasta la tarde, los dos con los ánimos por los suelos y casi sin cruzar palabra durante el camino. Ella estaba además cansadísima. Rodeó a Lucas con los brazos, apoyó la cabeza en su espalda y casi se quedó dormida.

Al llegar al local de alquiler de motos, las esperanzas de poder devolver el *quad* sin ser vistos se desvanecieron. Ben estaba en el taller trabajando en una moto. Pero para su sorpresa no los riñó cuando entraron en el patio, sino que recogió el *quad* con una sonrisa de oreja a oreja.

—¿Qué?, ¿ha estado bien? ¿Os habéis divertido? —Lanzó una mirada no muy amable a Lucas—. Me alegro, pero no tendríais que haber cogido el *quad* a escondidas —dijo dirigiéndose a su hija—. No pasa nada porque deis de vez en cuando un paseo. Al contrario, es estupendo que por fin hayas hecho amistades.

—Es Lucas —dijo Sarah. Estaba desconcertada. ¿Cómo era posible que su padre no se enfadase?—. Nos... nos conocemos del curso de dibujo.

El chico dio educadamente los buenos días al padre de Sarah. Estaba tan perplejo como ella.

—Ya te lo había dicho, Sarah —siguió hablando Ben, después de estrechar la mano de Lucas y de preguntarle de modo muy cordial y afable su edad y su experiencia con motos y *quads*. Su hija continuaba sin salir de su asombro—. Todo el mundo necesita un poco de tiempo para acostumbrarse. ¿No te dije yo que cuando llevaras un par de meses aquí ya no querrías volver a marcharte? —Esbozó una sonrisa triunfal.

Sarah creyó entender.

—Lo dijiste, sí —asintió rígida.

Ben resplandecía.

—¿Tenéis hambre? —preguntó sacando un billete de veinte dólares del bolsillo—. Id al Subway y acabad la excursión con un buen bocata...

Sarah y Lucas salieron a toda prisa tras darle brevemente las gracias.

—¿Cómo es que reacciona así? —inquirió asombrado Lucas cuando ya estaban a una prudente distancia—. Bueno... ¿Robas un *quad*, pasas una noche fuera de casa y vuelves con un chico al que nunca ha visto, y como agradecimiento te da veinte dólares? El mío me habría... —Se interrumpió—. El mío se habría enfadado bastante —concluyó.

Sarah se encogió de hombros.

—Creo que ha sido su primera victoria frente a mi madre —dijo abatida—. Tengo la sensación de que ella ya ha sacado el tema de volver a Alemania... Ella quiere irse y él quiere quedarse. Y espera que ella no se marche sin mí, y, por lo tanto, también se quede. Es posible que en los próximos días los dos me traten con mucha amabilidad.

Lucas alzó las manos en un gesto de impotencia.

—Disfrútalo —aconsejó—. O aprovéchate de la circunstancia. Katie, una de quinto, consiguió así un caballo. Su padre estaba tan contento de que ella se quedase con él después del divorcio que le construyó sin protestar un establo en el jardín.

Sarah reflexionó. No era mala idea. Pero su jardín no era especialmente grande y su padre sabía reparar coches, pero no construir cuadras. Tenía la vaga sospecha de que ella no era taaan importante para él...

—No tenemos dinero —explicó—. Mi padre, nada, y mi madre, nada de nada. En Alemania es bastante caro mantener un caballo.

—Aquí no. Así que mejor que te quedes —dijo Lucas. No lo expresó con mucha emoción, pero Sarah se alegró a pesar de todo. A lo mejor sí sentía algo por ella.

—¿Vamos a ir de verdad al Subway? —preguntó. No tenía realmente apetito, pero quería aprovechar la oportunidad de hacer algo con Lucas—. ¿Tienes hambre?

—Un hambre canina —confesó él—. Pero te lo advierto: media escuela estará allí. Los domingos van todos.

Sarah se mordió el labio. Lucas y ella armarían un escándalo si se presentaban juntos en el Subway. A las chicas, sobre todo, les saltarían los ojos de la cara. Pero, aun así, todavía no quería separarse de él.

Al entrar en el local descubrió a tres compañeras de su curso que se pusieron a cuchichear excitadas. Lucas no se dio cuenta, pero ella sí se percató de las miradas mitad curiosas y mitad celosas.

Siguió a Lucas al mostrador y vio que pedía un bocadillo enorme. En ese momento, también a ella se le abrió el apetito y pidió otro para ella. Poco a poco se fue relajando y se comió su bocadillo con la misma voracidad que Lucas.

—Mañana iré a ver a Dream —anunció cuando recobró fuerzas—. A lo mejor puedo hacer algo con él.

Lucas arqueó las cejas.

—Te darás una panzada de llorar —volvió a profetizar—. Ya te lo he advertido. El viejo Takoto no se anda con contemplaciones con los caballos salvajes, y este año... Se dice que Tuma los entrenará. En cualquier caso, se ha registrado la adopción a su nombre. Su padre desea a toda costa que él se encargue del negocio. Y Tuma..., en fin, ya sabes...

El señor Takoto tal vez no fuera especialmente benévolo entrenando caballos, pero era al menos un jinete aceptable. Pero la capacidad de Tuma para montar se limitaba a sostenerse sobre el animal, y no parecía que fuera a aprender algo más. Era evidente que los caballos no le interesaban.

—A lo mejor deja que me encargue yo —consideró Sarah.

—¿Qué? —preguntó Lucas.

—Me refiero a que igual me dejan... domarlo... —susurró ella.

Lucas la miró con pena.

—Ellos no lo llaman domar. Lo llaman doblegar. Y eso es exactamente lo que parece que hacen.

El lunes, después de la escuela, Sarah se fue en bicicleta a ver a los Takoto. En cuanto llegó a la hípica, reconoció a los sementales. Los tres estaban tristes en el cercado que les habían preparado. Estaban desconcertados, con el pelaje empapado de sudor y con pequeños cortes o arañazos provocados por la brutal forma de cargarlos en los camiones. No eran graves, pero aun así Sarah sintió lástima por los animales. Habían estado tan llenos de vida y felices en libertad, y ahora se los veía con las cabezas hundidas y extenuados bajo el mortecino sol del otoño. Seguramente, el domingo los habían hecho correr de un lado a otro en el cercado para que no se les ocurriera escaparse.

Pero al menos Dream estaba alerta. Cuando vio a Sarah, levantó la cabeza y movió las orejas desconfiado. Los tres animales se retiraron al rincón más alejado de la cerca.

—¿Qué?, ¿te gustan? —Tuma salió del establo con un par de sólidas cabezadas de nudos en la mano—. El *silver dappel* es un ejemplar magnífico, ¿verdad?

Sarah asintió.

—¿Qué... qué vais a hacer ahora con ellos? —preguntó vacilante—. ¿Vais a... domarlos?

El chico se encogió de hombros.

—Primero tenemos que ponerles la cabezada —explicó—. Lo mejor habría sido hacerlo al principio de todo, pero nadie quiere pelearse con las señoras de la protectora de animales. Son hipersensibles. —Sonrió con ironía.

—¿Ponerles la cabezada? —preguntó Sarah extrañada—. ¿Cómo se la vais a poner si no dejan que nadie se acerque a ellos? Antes no habría...

Iba a hablar de ganarse la confianza de los animales, pero la llegada de una camioneta de neumáticos anchos la interrumpió. Tuma saludó a los hombres, cuatro maoríes fuertes con tejanos y marcando músculo que mostraban unos tatuajes marciales.

—¡*Kia ora*, Tuma! —El conductor sonrió. *Kia ora* significa «hola» en maorí—. ¿Dónde está tu padre? ¿Llegamos demasiado pronto? ¿Quién es esta beldad? —Sus miradas se deslizaron apreciativas por Sarah—. ¿Es tu novia? —Se acercó a Tuma y lo saludó a la manera maorí, rozando brevemente la nariz con la del chico. Luego le dio unas palmadas en la espalda.

Tuma lo saludó menos efusivamente y se mostró arrogante como siempre.

—Mi padre ha ido a buscar unas cervezas —respondió—. Ella es Sarah. Por ahora está más loca por los caballos que por mí... —Esbozó una sonrisa forzada—. Lo que esperamos que cambie pronto... Sarah..., mi tío Rua.

Le presentó también a los otros hombres que reían sarcásticos, sin embargo, ella no hizo ningún esfuerzo por retener sus nombres. Parecían ser también familiares de Tuma, pero no le parecieron nada simpáticos.

—¿Y esos son vuestros caballos para el Challenge? —preguntó uno de ellos después de que todos se hubieran saludado—. El alazán no tiene mala pinta, pero seguro que no es fácil. Debe de tener cinco o seis años... ¡Pero el que es una pasada es el *silver dapple*! Con ese sí vais a ganar una fortuna si se porta bien en la competición.

—¡Con él enseguida te harás famoso! —se dirigió otro a Tuma—. Los montarás este año, ¿no?

El chico asintió, no demasiado entusiasmado.

—Ahí viene mi padre —cambió de tema, señalando la entrada por la que aparecía en ese momento la vieja camioneta del señor Takoto.

Acto seguido se saludaron todos calurosamente y se abrieron las primeras botellas de cerveza. Sarah aprovechó la oportunidad para escabullirse y acercarse con cautela al cercado con los caballos cautivos. A lo mejor podía seguir el consejo que el zorro le dio al principito, y ganarse poco a poco su confianza, para poder estar cada día un poco más cerca de ellos.

—¡Dream! —Llamó al pequeño semental por el nombre que le había puesto. Era extraño dirigirse a él de este modo por primera vez—. Dream, ¿te acuerdas de mí? Has... has adivinado mis pensamientos. —Así al menos lo había sentido ella, y Lucas había dicho algo similar. Pero, naturalmente, era una tontería. El caballo no podía acordarse de un breve encuentro sucedido meses atrás—. Dream...

Se acercó un poco más al cercado y los caballos levantaron las orejas. Dream la miró con sus ojos grandes de pestañas blancas. Era tan increíblemente bonito..., y estaba tan, tan triste... A Sarah se le encogió el corazón al mirarlo, y de repente creyó que volvía a percibir cómo se sentía. Sabía que tenía miedo y se sentía abandonado. No conocía a los otros caballos, tenía que estar agotado después de la carrera y del transporte..., novedades todas que para él eran espantosas.

¡Si al menos tuviera algo bueno que darle de comer! Había llevado zanahorias, pero era inconcebible que él se acercase para cogerlas de su mano. Ni siquiera sabía lo que eran.

Pero la avena... La avena era una buena idea, todos los caballos estaban locos por la avena. Se podían llenar cubos con ella y colocarlos en el cercado, aguardar hasta que la curiosidad venciera al miedo y esperar que los caballos probaran un día el cereal. Esa sería su primera experiencia positiva con los seres humanos y a partir de ahí podrían empezar a trabajar.

—Dream, no quiero hacerte daño —susurró Sarah—. Tengo tantas ganas de que vuelvas a ser feliz... Y si quisieras, yo te domaría. Para ti yo sería única en el mundo.

El pequeño semental se encontraba a veinte metros de distancia, pero ella tenía la sensación de que la escuchaba. ¿Le permitirían los Takoto que le llevara un poco de avena? Antes de poder preguntárselo, oyó voces. Tuma y su padre, así como los musculitos que habían llegado de visita —los cuatro maoríes tenían aspecto de asistir todos al mismo centro de culturismo— se acercaban achispados al cercado.

Rua se dirigió sonriente a Tuma

—¡Venga, al ataque, sobrino! A ver si impresionas a tu chica.

Tuma y el señor Takoto sostenían unos lazos y Rua la cabezada.

—¿Qué... qué...?

Sarah se interrumpió cuando los hombres entraron en el cercado. No necesitaba preguntar lo que iban a hacer; era evidente.

Tuma levantó con un gesto arrogante el lazo.

—¡Vamos! ¡Empecemos con el alazán! ¿O cogemos primero uno de los pequeños para calentarnos?

Acto seguido, apuntó hacia el potro negro y arrojó el lazo. Esta vez no para azuzar al caballo como en el picadero redondo, sino para pasárselo por el cuello. El animal se levantó de manos asustado cuando sintió la presión, inmediatamente después el padre de Tuma le lanzó un segundo lazo alrededor de la mano derecha. El animal se espantó, quiso escapar y tropezó. Con un diestro tirón, lo arrojaron al suelo y allí estaban los cuatro musculitos sobre él, sosteniéndolo en el suelo mientras Tuma le ponía la cabezada a toda velocidad.

—¡Hecho! —gritó, y desprendió el lazo antes de que los hombres soltaran al caballo negro, que huyó aterrado. El siguiente lazo se arrojó alrededor del cuello color chocolate de Dream.

—¡No, no lo hagáis! ¡No se repondrá de este horror!

Sarah se oyó gritar, pero ninguno de los hombres le hizo caso. Estaban demasiado concentrados en su brutal operación. Así que presenció impotente y con escozor en los ojos la lucha del joven semental. Dream no se lo puso tan fácil como el caballo negro. No se levantó de manos, sino que huyó con el lazo al cuello y arrastró un trozo a Tuma; no se detuvo hasta que lo frenó un segundo lazo que le colocaron también alrededor del cuello y que lo estrangulaba. Tuma y su padre tiraron de él hasta que dos de aquellos hombres se abalanzaron hacia el caballo y se arrojaron sobre su lomo. Uno le agarró con determinación una pata y al final Dream cayó al suelo, dando golpes a su alrededor y retorciéndose. Dos de los maoríes se sentaron sobre su cuello y lo inmovilizaron, mientras Tuma le colocaba la cabezada. Después todos se alejaron corriendo y el caballo se levantó. Pero Dream no parecía tan desorientado como su compañero negro. Se quedó quieto, miró fijamente a sus torturadores como si reflexionara. ¿Iba a atacarlos? Tuma le lanzó el lazo y lo arrastró.

—¡Este es un peleón! —Los hombres rieron y bromearon—. ¡Con este te vas a divertir, Tuma!

Sarah acompañó a su caballo con la mirada y lloró lágrimas de rabia.

—Ahora el alazán... —Tane señaló al semental mayor, el cual sostuvo realmente una batalla con los hombres. La chica comprendió entonces por qué nadie quería adoptar sementales adultos. El alazán no solo era más fuerte que los potros, sino que tenía más experiencia y valor. A fin de cuentas, ya había conquistado su propia manada de yeguas: no iba a rendirse tan fácilmente. Al final, los hombres tenían algunas heridas y el semental cojeaba cuando dejó de pelear. También él llevaba una cabezada cuando por fin lo soltaron. Junto con los demás, se retiró al rincón más apartado del cercado. Dream y el caballo negro estaban temblando.

—¿Qué? ¡Ni que hubieras visto un fantasma! —Tuma parecía acordarse de nuevo de que Sarah existía. Se acercó sonriente a ella, magullado y sudado. Se le había desgarrado la camiseta y llevaba los pantalones completamente sucios. Pero sonreía como si se lo hubiera pasado en grande—. Eres un poco sensiblona, ¿no?

Sarah era incapaz de responder. Solo podía pasear la

mirada entre los agotados y aterrados caballos y los sonrientes y jocosos hombres. Era evidente que Tuma no tenía conciencia de haber hecho nada malo.

—¿Una cervecita? —preguntó esperanzado.

De repente, Sarah tuvo la sensación de no poder aguantar su compañía ni un segundo más.

—Yo... volveré mañana —contestó con voz apagada.

Tal vez debiera quedarse por Dream. Se sentía obligada con los maltratados animales. Pero, por muy dispuesta que ella estuviera a compartir su pena, eso no les serviría de nada. Ese día, lo que menos les apetecía a Dream, el caballo negro y el alazán era la compañía de seres humanos.

15

Sarah estaba demasiado alterada para volver a casa. Necesitaba hablar con alguien, y de inmediato pensó en Lucas. Aunque él, por supuesto, le diría que ya se lo había advertido, era el único que podía entenderla. Maja quizá también hubiese comprendido sus sentimientos, pero en Alemania eran las ocho de la mañana y estaba en la escuela; era imposible llamarla.

Así que Sarah se detuvo cuando la hípica de los Takoto ya no estaba a la vista y marcó con dedos temblorosos el número de Lucas. Pero no contestó. Le dejó un mensaje en el buzón, aunque ella misma era consciente de lo confuso y caótico que era. Al final se le ocurrió una idea. En una ciudad tan pequeña como Waiouru tampoco deberían abundar los Terrison. Si había un listín en internet... Su rápida búsqueda con el móvil dio como resultado que solo vivían dos personas con ese apellido en la región. Un Alfred Terrison residía en las afueras, en una granja. Si era el padre de Lucas no habría habido ningún problema con Dream, pues la familia habría podido acoger al caballo. El otro era un mayor, George L. Terrison, y la calle donde vivía formaba parte de una nueva urbanización próxima a la escuela, donde se había establecido la mayoría de los miembros del ejército. Debía de tratarse de ese.

Sin pensárselo dos veces, se subió a la bicicleta y se dirigió a la calle en cuestión. Nunca había estado allí y se daba cuenta ahora de que esa zona era más bonita de lo que había supuesto. Sarah había esperado ver bloques de viviendas de varios pisos, pero en el Campo Militar de Waoiuru las familias residían en edificios de un piso divididos en dos o cuatro viviendas. Estaban pintados de amarillo y exhibían unos bonitos tejados de dos aguas. Estaban dispuestos en hileras. Se notaba que no era una urbanización que había ido creciendo, sino que se había construido de la nada. Entre las casas había unas áreas verdes con árboles delante de los cuales aparcaban los vehículos, la mayoría todoterrenos o camionetas, y en los jardines delanteros se veían bicicletas, patinetes y columpios. Muchas eran familias con hijos.

Sarah empujó la bicicleta a lo largo de la calle mientras leía los números de las casas. Su corazón dio un brinco cuando reconoció la bicicleta de Lucas delante del número dieciocho. Al parecer, estaba allí. Consultó el reloj. En realidad también ella debía irse enseguida. Era la hora de cenar.

Titubeó. ¿Debía pulsar el timbre? Lo mismo molestaba. Pero su deseo de ver a Lucas venció sus dudas. Decidida, arrastró la bicicleta por el camino de acceso y oyó enseguida unas voces. Hablaban a gritos, con rabia. Apenas si consiguió esconderse en el terreno del vecino cuando un hombre salió de la casa. Era alto, delgado, con porte militar, e iba vestido de uniforme. Deprisa y con determinación, se precipitó hacia la camioneta que estaba delante de la casa. Estaba furioso. Y luego Lucas salió de golpe, corrió tras el hombre y se colocó delante del coche.

—¡No puedes hacerlo, papá! ¡No puedes marcharte como si nada! Carrie está enferma. Tienes que llevarla al médico en lugar de empeorarlo todo...

Por segunda vez en ese día, paralizada de horror, Sarah vio cómo la puerta volvía a abrirse mientras Lucas hablaba. Su madre —ahora parecía todavía más temerosa que cuando la había visto en el taller— se precipitó hacia su marido y su hijo.

—Lucas, déjalo..., déjalo, no pasa nada. Preguntaré a Laura si nos lleva a mí y a Carrie. Lo... lo siento, George... Lucas, por favor... —La madre tiró de la manga del hijo, pero él se desprendió de ella.

—¡Sí que pasa, mamá! —gritó—. Y no tienes que disculparte porque Carrie haya llorado. No es razón para pegarle. —Se volvió a su padre, que lo miraba amenazador. Sarah percibió el peligro, quería gritar, pero Lucas estaba tan furioso que ni se habría percatado de ella—. Dame al menos la llave, papá —pidió iracundo—. Para que mamá pueda ir con Carrie al médico. ¡Tú puedes ir al pub a pie!

—Oye, mierdecilla, ¿es que crees que tú vas a darme órdenes a mí? —En la voz de George Terrison había un deje burlón. Levantó los puños.

—George, por favor... —La madre de Lucas intervino de nuevo—. Solo ha preguntado. Y de verdad que puedo pedírselo a Laura...

El padre de Lucas la ignoró.

—¿Y si no hago lo que quieres? —Miró sarcástico a su hijo—. ¿Qué hará nuestro gran artista? ¿Me clavará uno de sus lápices de dibujar?

Lucas se abalanzó hacia él, pero se detuvo cuando una niña pequeña salió de la casa. Llevaba un camisón y sostenía un caballito de tela en el brazo.

—Mami... —La niña lloraba.

Lucas ya iba a dar la espalda a su padre cuando este le propinó un puñetazo y el chico cayó al suelo con el labio partido. George Terrison lo miró desde lo alto.

—¿Qué te he dicho? —le preguntó sosegadamente—. Nunca bajes la guardia. No empieces ninguna pelea que no puedas ganar... ¡Y ahora lárgate y límpiale los mocos a tu hermana!

Tras decir esto, abrió el coche, puso el motor en marcha y apretó el pedal. Casi atropelló a Sarah, que había dejado su escondite para ayudar a Lucas y tuvo que apartarse de un salto para ponerse a salvo.

—¿Qué... qué estás haciendo aquí? —preguntó el chico, enfadado y limpiándose con la mano la sangre del labio—. ¿Te ha invitado alguien a venir?

Ella se ruborizó.

—No, yo... Yo solo..., yo solo quería hablar contigo... de Dream... Te quería contar..., pero no has cogido el móvil y entonces...

Lucas miró a su madre, que había cogido en brazos a la pequeña e intentaba consolarla.

—Como ves, tenemos algunos problemillas domésticos. ¿Podrías dejarnos en paz, por favor? —Se levantó.

—Tienes que ponerte algo frío en el labio —susurró Sarah. Fue lo primero que se le ocurrió—. Y... y... si puedo ayudarte en algo...

Él soltó un fuerte resoplido.

—¿Qué es lo que no entiendes de «dejarnos en paz»? —Tendría que haber sonado amenazador, pero el tono de voz era más bien de resignación.

—¿Lucas? —La niña se había desprendido de los brazos de su madre y corría hacia su hermano—. Lucas, ¿te has hecho daño?

El chico negó con la cabeza y levantó a la pequeña como para demostrarle que estaba ileso. La niña tendría unos cinco o seis años como mucho; su pelo era castaño como el de Lucas. Si no hubiera tenido la cara tan hinchada, Sarah la habría encontrado bonita. Con los mocos, los ojos llorosos y el cabello revuelto y greñudo, solo daba pena.

El chico le apartó el pelo de la cara.

—No es nada grave —respondió con voz dulce—. Solo me he dado un golpecito. Me sangra el labio como a ti hace poco. Enseguida se cura.

—A mí también me sangró un día el labio —explicó Sarah—. Me caí de un caballo.

—¿Sí?

Su intervención desvió la atención de la pequeña y Lucas pareció agradecido.

—Es mi hermana Carrie —dijo—. Carrie, ella es Sarah... Ahora tienes que volver a la cama, ¿de acuerdo? Está muy resfriada, Sarah. Tenemos que llevarla al médico... Pero mi madre quería esperar a que mi padre volviera a casa... En fin, ahora estoy ocupado, Sarah. Lamento lo que le haya podido pasar a Dream, pero yo tengo...

—No expresó lo que tenía que hacer, pero sin duda lo necesitaban en su casa para poner orden en el caos familiar.

Sarah asintió.

—Sí, mejor me voy... —murmuró.

Se sintió fatal cuando por segunda vez en ese día abandonaba a unos seres desesperados y abatidos. Pero tampoco ahí podía hacer nada. Al menos ahora sabía de dónde provenía esa rabia que Lucas arrastraba y por qué huía a las montañas, donde también se veía confrontado a la violencia y la injusticia.

Esa noche, Sarah durmió mal, y a la mañana siguiente no podía concentrarse en la escuela. No hacía otra cosa que pensar en Dream y todavía más en Lucas y su hermanita. Sobre todo no se le iba de la cabeza lo que le había dicho a Carrie: «No es nada grave. Me sangra el labio como a ti hace poco»... ¿Sería posible que el padre de Lucas también hubiera pegado así de fuerte a la niña?

Después de la escuela, volvió a la granja de los Takoto y presenció el siguiente paso en la doma de los caballos salvajes. Cuando llegó, los tres caballos estaban amarrados a unos sólidos postes con sus nuevas cabezadas y unos gruesos ronzales. Los sementales estaban empapados en sudor; el negro y el alazán habían dejado de luchar contra las ataduras. Sarah se temió que ya llevaran horas allí, y Tuma se lo confirmó sin ningún escrúpulo.

—Así aprenden a que los aten. Al principio montan un número, pero luego acaban rindiéndose.

—¡Tienen un miedo horroroso! —protestó ella.

Los tres caballos empezaron a tirar de las cuerdas y a luchar para liberarse del ronzal cuando ella se acercó con Tuma. Por lo visto reconocían y temían al chico.

—¿No pueden hacerse daño así?

Sarah creyó distinguir unas rozaduras. Las patas de Dream estaban llenas de arañazos.

—Este se ha caído tres veces —le explicó Tuma, quien siguió con arrogancia su mirada—. Pasa a veces cuando se ponen de manos. Procuramos que no se desnuquen, pero este... este es un demonio, ¡ya te lo digo yo! No va a ser nada divertido entrenarlo. Pelea como un loco...

Sarah se preguntó cuál sería su método para evitar que se desnucaran, pero el chico se lo demostró antes de que ella le planteara la cuestión. Esta vez fue el alazán adulto el que empezó a luchar contra el agarradero levantándose sobre las patas traseras y poniendo todo su peso contra la cuerda. Tiraba de ella, con lo que Tuma le arrojó el lazo hacia la grupa y así lo impulsó hacia delante. El alazán dio un salto, chocó con el pecho contra el poste y se quedó quieto temblando.

—¿Cuánto rato los tenéis así? —preguntó Sarah, entristecida.

Tuma se encogió de hombros.

—Hasta que aprenden. Cinco, seis horas. A lo mejor más...

—¿Y cuándo comen?

Sarah creyó observar que los caballos habían perdido peso.

—Les echamos heno —respondió él—. Pero se lo suelen comer por la noche.

Ella pensó que los animales debían de perder el apetito solo con ver a Tuma y a su padre.

—Los caballos necesitan comer dieciséis horas al día —advirtió.

Había aprendido algo sobre alimentación el año pasado cuando se preparaba para un examen de equitación. Pero se dio cuenta de inmediato de que cometía un error tratando de darle lecciones a Tuma, que hizo un gesto de indiferencia.

—Si quisieran, podrían hacerlo —afirmó.

En ese momento, sin embargo, no tenían heno fresco. El que el chico les había arrojado horas antes estaba pisoteado, sucio o el viento lo había dispersado. De todos modos, Sarah no encontraba que fuera una buena idea lanzar heno delante de las patas a unos caballos atados. Si la comida estaba en el suelo, podían pisar con demasiada facilidad la cuerda y hacerse daño. Eran mejores las redes de heno, que debían colgarse bien alto para que los animales no pudieran enredarse con ellas. En el amarradero de Takoto era imposible colgar una red para el heno.

—Si te cuidas de que ninguno se mate, voy a buscar forraje fresco —propuso Tuma.

Parecía la mar de contento de abandonar su puesto de guardia junto a los caballos. Sarah cogió de mala gana el lazo, pero no tuvo que utilizarlo. Cuando se separó un poco, los caballos recuperaron la calma. Parecían haber comprendido que la situación era más llevadera cuando estaban tranquilos y con la cuerda colgando del amarradero. Sarah se puso a hablar de nuevo con ellos.

—Lo sé, es horrible estar atados. Pero cuando os hayáis acostumbrado... Se puede hacer cosas bonitas junto al poste donde estáis amarrados. Os podría cepillar. Y os pondría ungüento en las heridas. Eva Betge a veces le hacía masajes a Jackpot. A él le gustaban... —Dio un paso diminuto hacia Dream—. Me encantaría acariciarte —susurró, y se puso muy contenta cuando el caballo levantó las orejas. La escuchaba.

Sin embargo, en cuanto Tuma se acercó, volvió a apartarse. Todos los sementales se dieron un susto de muerte cuando se acercó a ellos y les lanzó el heno al suelo. Dream intentó levantarse de manos de nuevo y con ello volvió a pisotear su porción de heno. Sarah tuvo una idea.

—Puedo quedarme aquí más tiempo vigilándolos —se ofreció—. Bueno, imagino que tienes otras cosas que hacer...

El chico aceptó encantado la propuesta. Sin duda, en ese momento prefería hacer cualquier otra cosa antes que estar ahí parado junto al amarradero, para evitar, en caso necesario, que los caballos se mataran. En las primeras horas seguro que había sido una tarea emocionante para él, pero ahora los caballos estaban agotados y pocas veces se resistían.

Sarah se quedó sola, concentrada en los animales. Y de repente sucedió algo raro. Todos sus pensamientos y proyectos pasaron a un segundo plano. Lo único que ocupaba su mente era lo que sentía por Dream: amor, ternura, compasión por su sufrimiento y su miedo. Se sentía unida a él sin perderse a sí misma, sentía su desesperación, pero esta no la invadía; ella podía hacer algo, podía dar consuelo.

Por supuesto, el caballo no estaba abierto a que lo tocaran, y Sarah empezó a canturrear en voz baja y tranquilizadora. Sue siempre lo hacía cuando trabajaba con los potros o los cuidaba, ensimismada y absorta en sus pensamientos, y ella comenzó a hacerlo sin pensar, simplemente se dejó ir, se relajó..., y casi no podía creer lo que estaba viendo. De repente, los caballos empezaron a respirar más tranquilamente y bajaron las cabezas. El negro incluso comió un puñado de heno; sin embargo, Dream ni se acercó a la comida.

Sarah comprendió que esa era su oportunidad. Cogió un puñado de heno, lo agarró por un extremo y lo sostuvo con el brazo tendido. Se esforzaba por no hacer ningún movimiento brusco, por respirar con calma y seguir canturreando una melodía monótona, solo unas notas suaves y graves. Al principio, Dream se retiró, pero no se asustó ni tiró de la cuerda, simplemente utilizó el espacio que esta le permitía. Cuando Sarah tampoco se movió, estiró despacio la cabeza y el cuello en dirección a la comida. No quería de ninguna de las maneras dar un paso en dirección a Sarah, pero si alargaba el cuello podía alcanzar prudentemente el heno con los belfos. Estaba asustado de su propio valor cuando consiguió llevarse a la boca dos briznas de heno, se apartó y enseguida las volvió a perder. Miraba inseguro a Sarah y la comida, pero se sobrepuso. Ella se habría echado a llorar de felicidad cuando, esta vez, consiguió coger el heno y comer. Le dio un par de puñados más de heno. Cada vez era más fácil, hasta que una voz los sobresaltó en igual medida al caballo y a ella.

—¡Vaya, esto sí que va bien! —exclamó el señor Takoto. Venía del cercado de los ejemplares en venta, ni Sarah ni Dream se habían dado cuenta—. Tienes mano para los caballos, chica. ¿Y dónde se ha metido ese inútil de Tuma? No debería haberte dejado aquí sola...

—¡Ahora voy, papá! —gritó el muchacho solícito desde el pajar—. Creo que ya podemos desatar los caballos. En estas últimas horas han estado muy tranquilos.

Su padre asintió.

—De acuerdo —dijo—. A ver cómo los sueltas.

Sarah se preguntaba cómo habrían conseguido capturar los caballos y atarlos. El ronzal tenía que estar enganchado a la cabezada. Probablemente, habrían vuelto a arrojar los lazos.

Tuma se dispuso a acercarse a los caballos sin tomar demasiadas precauciones. Aun así, sujetaba el lazo en la mano, tal vez para poder defenderse en caso de que un semental se levantara de manos delante de él de manera agresiva, pero no parecía estar demasiado preocupado. Sarah se temió que destruyera todo lo que ella había conseguido en esa última hora.

—¡Espera! —dijo—. ¡Déjame a mí! —Antes de que los Takoto dijeran algo, le tendió a Dream otro puñado de heno, canturreó y extendió con precaución la mano hacia el mosquetón de la cabezada cuando él se acercaba a la comida—. Voy a soltarte, Dream. ¡Solo quiero soltarte! —El semental la miraba desconfiado, pero quería el heno. Y a lo mejor era cierto que sus almas estaban unidas. Cuando Sarah accionó el gancho, Dream saltó hacia atrás, asustado al oír el clic, y al hacerlo se dio cuenta de que estaba suelto. Ella creyó oír un suspiro de alivio.

Naturalmente, los otros sementales se impacientaron y también intentaron soltarse. Tuma aprovechó su inquietud de manera sorprendentemente hábil para desatarlos. Los animales volvieron a huir al rincón más apartado del cercado. Pero a Sarah le pareció que había sorprendido a Dream mirándola. Seguro que ella todavía no era única en el mundo para él, pero quizá pronto distinguiera sus pasos de entre todos los demás.

A Sarah le habría gustado compartir esta experiencia con Lucas, pero no sabía cómo hacerlo. Le parecía demasiado valiosa para contársela por el móvil, pero no se atrevía a llamarlo y pedirle que se vieran. A lo mejor le había molestado que ella hubiera ido a buscarlo a su casa el día anterior. Bien pensado, no había sido nada amable con ella. Así que le sorprendió muchísimo verlo de pie delante del escaparate de la tienda de Gesa cuando llegó a su casa.

—¿Ahora sí quieres comprarte una varita mágica? —preguntó.

Él se dejó caer el flequillo sobre el ojo derecho, pero

con ello no pudo esconder el labio partido, todavía hinchado.

—Necesitaría una —admitió—. Y ahora ya sabes para qué...

—Todos necesitaríamos una —respondió Sarah con un suspiro—, pero, por desgracia, no funcionan. Lo siento.

—Yo también lo siento. No quería hablarte de ese modo. Me sería... Bueno, me gustaría que no fueras contándolo por la escuela...

Sarah negó con la cabeza.

—¿A quién iba a contárselo? No tengo amigos. De todos modos, las chicas de los caballos no hablan conmigo, y para los demás soy la nueva con la madre chiflada. Tú no eres el único que se burla de su bola de cristal...

Además, era también la chica a la que habían visto en el Subway con Lucas Terrison y sobre la que todas las chicas de la escuela de Waiouru se preguntaban qué tenía que no tuvieran ellas. Pero prefirió no contárselo.

—Solo quiero decir que... que... que no todos tienen que saber... —Lucas se apartó indeciso el pelo de la cara.

Sarah se preguntó si no se engañaba un poco a sí mismo. En Waiouru, los rumores se propagaban como reguero de pólvora, y sucesos como los de la tarde anterior seguramente no pasarían inadvertidos a los vecinos. Seguro que media población sabía que George Terrison maltrataba a su familia.

—¿Cómo está tu hermana? —preguntó.

Lucas suspiró.

—No demasiado bien. Tiene una otitis media fuerte.

Conseguimos llevarla al médico, que insistía en hospitalizarla. Pero mi madre... En fin, tendría que haberse quedado con Carrie, y eso de nuevo habría encolerizado a mi padre. Siempre quiere saber dónde está, le gustaría tenerla siempre controlada. No sé si son celos o... Él dice que cuida de ella.

—¡Menuda forma de cuidarla! —respondió Sarah, exasperada—. Él no es más que una amenaza para ella.

Lucas se encogió de hombros.

—Como te he dicho, no sé. Desde que volvió de Afganistán... Bah, dejémoslo. En cualquier caso, mi madre ha insistido en llevarse a Carrie a casa, pasando de lo que dijera el médico.

—¿Qué ha dicho el médico de esto? —preguntó señalándole el labio.

El chico sonrió con tristeza.

—No es grave. Cualquiera puede caerse de un caballo.

Sarah esgrimió una sonrisa.

—¿Eso le has contado?

—Mejor que contar la repetida historia de la caída por las escaleras... —La miró inquisitivo—. ¿De verdad te caíste del caballo?

Sarah asintió.

—De la forma más tonta, quería ir a la derecha y ya había inclinado el peso según la forma reglamentaria hacia dentro cuando el caballo saltó hacia la izquierda. En realidad, me resbalé, pero me di en la cara con un palo que había en el suelo.

No debería de haberlo explicado con tanto detalle,

pero era mejor describir la caída que decirle que, si bien sus padres eran en ciertos aspectos extraños y a veces no le hacían caso, nunca le pegaban.

—Y ahora, háblame de Dream —pidió Lucas cambiando de tema—. ¿Qué ocurrió ayer?

—Te lo había dicho —le reprochó Lucas, después de que ella le hablara sobre los brutales métodos que utilizaban los Takoto para domar.

Habían llegado paseando al centro, pero giraron de nuevo delante del Subway y de la pizzería. Todavía les quedaba algo de los veinte euros del padre de Sarah, pero Lucas no quería que los otros chicos y chicas de Waiouru le vieran la cara magullada. Sarah se preguntó qué les habría contado a sus compañeros de estudios de Ohakune.

—¿Hay alguna posibilidad de recuperar los caballos? —preguntó afligida Sarah—. Esa forma de domarlos... La organización protectora de animales no puede estar de acuerdo.

—No lo está. Al contrario. ¿Has leído alguna vez su web? Recomiendan libros sobre métodos suaves de entrenamiento y hablan sobre la relación especial que desarrolla el caballo salvaje con su entrenador. No tengo ni idea de cómo han conseguido los Takoto colarse en la lista de los entrenadores aconsejados. Pero es posible que los otros tampoco sean mejores...

Sarah movió la cabeza.

—No puede ser. Simplemente no puede ser. ¿Por qué

no telefoneas a Peggy y le cuentas lo que está sucediendo?

Lucas cogió el móvil.

—Puedo intentarlo —contestó—. Aunque... ¿me hará caso? Yo ya le he dicho alguna vez que la hípica de los Takoto no es precisamente un paraíso para los caballos. Pero cada año compra ejemplares a la organización y hasta el momento no ha muerto ninguno en extrañas circunstancias. Al contrario, participan regularmente en los *challenges* y no dan mala impresión, aunque también es verdad que no han ganado nunca...

Sarah lo observó marcar el número y pulsar el altavoz para que ella también pudiera escuchar la conversación. Peggy atendió al sexto timbrazo y parecía impaciente.

—Ahora no tengo tiempo —interrumpió a Lucas cuando este empezó a plantearle lo que quería—. Por el momento, esto es un infierno. Tenemos la cuadra llena de caballos. Unos pocos se alojan aquí a la espera de que sus futuros propietarios acaben la instalación donde albergarlos, hay que entrenar a un par y el resto se quedará aquí.

—¿Te refieres a los que os habéis llevado, aunque todavía no estaban realmente adjudicados? —preguntó Lucas.

—Sí, la gente los adoptó amablemente, pero luego nos los han traído. Mientras no los paguen, pertenecen a la organización. Ahora buscamos urgentemente propietarios para los animales que ya están montados y se hospedan con nosotros. Vuelvo a tener visitantes de los que debo ocuparme. Además de las tareas en los establos...

¡Ahora nos es imposible controlar a ningún entrenador! A lo mejor también os estáis obsesionando un poco. Son profesionales, los hombres en especial están curados de espantos. A mí tampoco me gusta cómo doman a los caballos, pero llevan siglos haciéndolo así. Al principio, es duro, pero luego se acostumbran... Y al final están la mar de contentos.

—Ya lo has oído —dijo Lucas cuando hubo concluido la conversación—. En principio no van a hacer nada. También es probable que Peggy esté todavía enfadada conmigo porque he colgado inmediatamente los vídeos de los Musters en la red. Los del Departamento deben estar rabiando y ella teme que para la próxima vez todavía le hagan la vida más difícil.

Sarah estaba preocupada por otro asunto.

—¿La gente paga por los caballos? —preguntó atónita—. Pensaba que los regalaban. Bueno..., se habla de «adoptar», no de «comprar».

—Es una suma muy pequeña. Doscientos cincuenta dólares por un caballo salvaje recién llegado de las montañas. Los proteccionistas lo llaman cuota de protección y su papel es evitar que alguien ponga un caballo en su jardín por puro capricho y luego no pueda alimentarlo. Supuestamente, el dinero está destinado en su totalidad a la protección de los caballos: por ejemplo, al mantenimiento del centro de entrenamiento, el cuidado de la web... Si una parte de ese dinero va a parar a las arcas del Departamento, eso no se grita a los cuatro vientos. Peggy intenta estar más o menos en buenas relaciones con el Departamento. Ya te lo he dicho.

—¿Y a qué se refería con lo de los caballos ya montados? —preguntó Sarah.

Lucas sacó el móvil y buscó una página de internet.

—Son estos —dijo, mostrándole una especie de anuncio. La asociación protectora de animales ponía varios caballos a la venta—. Todos han ido a parar de algún modo a Green Valley Center después de los Musters. Allí los acostumbran a la silla o al menos a la cabezada cuando todavía son potros. Al final los venden. Y por mucho dinero. Un caballo adulto y bien entrenado puede llegar a valer de dos mil a tres mil dólares.

—Y uno tan bonito como Dream todavía más... —murmuró Sarah.

Lucas asintió.

—Ahora tengo que irme —dijo—. Es la hora de la cena, y mi padre vuelve a casa. Un momento siempre crítico en mi familia. Ayer alucinó porque Carrie no quería comer y lloraba. Y seguramente hoy la comida no le haya salido muy buena a mi madre porque ha tenido que ocuparse de mi hermana todo el día, y él puede creer que se ha dedicado a hacer algo que él no cree conveniente. Así es que mejor me vaya a casa ya...

Habían llegado de nuevo a la tienda y él quitó el seguro de la bicicleta, que había dejado al lado.

—¿Por qué no lo deja? —preguntó Sarah—. ¿Por qué tu madre se queda con tu padre?

Lucas hizo un gesto de impotencia.

—Cree que va a cambiar. Dice que antes no era así, y que con el tiempo todo volverá a la normalidad.

—¿Es cierto? ¿Era distinto antes? —preguntó ella.

Lucas bajó la vista.

—No lo sé muy bien —admitió—. Hasta hace dos años siempre estaba fuera y yo apenas lo veía. Pero... no recuerdo que a mí... me tratase como ahora trata a Carrie. Bueno, no era exageradamente amable conmigo, solo me encontraba raro porque yo prefería pintar a jugar a la guerra. No me gustan las armas. Ya de bebé el menor ruido me sobresaltaba. —Sonrió—. Si hubiera sido un perro de caza, me habrían sacado de la manada porque los disparos me asustan.

Sarah rio abatida.

—¿Y tú crees que cambiará? —quiso saber.

Lucas negó con la cabeza.

—¡No! —contestó—. En cualquier caso, no lo podrá hacer sin ayuda. Hay... hay programas terapéuticos para gente como él. Es decir, para soldados que vuelven de operaciones en el extranjero y luego enloquecen. Por lo visto, no es nada raro. ¡Pero no te imaginas cómo se puso cuando se lo sugerí! Me dijo que no necesitaba a ningún loquero. Sin embargo, sus superiores parecen saber muy bien lo que tiene. Por eso no lo vuelven a enviar a territorios en guerra, aunque él siempre se ofrece...

Sarah frunció el ceño.

—¿Te refieres a que saben lo que le sucede y se cruzan de brazos? ¿No... no pueden obligarlo a hacer una terapia?

Lucas hizo un gesto de ignorancia.

—No pueden o no quieren. Sea como sea, nadie nos ayuda. Es como con los Takoto: mientras no maten a ningún caballo a golpes, todos miran hacia otro lado.

Dicho esto, se subió a la bicicleta y emprendió el camino hacia su casa.

Sarah se quedó atrás y casi se avergonzó de estar tan preocupada por Dream. Ella se preocupaba por un caballo; Lucas se inquietaba por una niña pequeña.

16

Naturalmente, Sarah fue a ver a Dream al día siguiente por la tarde. Por mucho que se dijera a sí misma que ese asunto acabaría inevitablemente mal, el caballo ejercía sobre ella una especie de poder de atracción.

Cuando entró en la hípica, al menos no había nadie incordiando al semental, que estaba en su vallado, acompañado tan solo del alazán. Sarah descubrió al caballo negro en el picadero redondo con Tuma. El chico sostenía en la mano el lazo con el que los Takoto azuzaban a los caballos, pero no lo necesitaba. El animal galopaba inquieto en círculos por propia iniciativa.

—¿Vas a trabajarlo ya a la cuerda? —preguntó asustada Sarah—. ¿No es demasiado pronto? Bueno, todavía no entiende lo que le vas a pedir...

—Ahora lo aprenderá —replicó él—. Así es como se va más rápido...

El caballo negro se puso al trote. Ya estaba mojado de sudor, era probable que llevara un buen rato dando vueltas. Tuma levantó el lazo y el caballo se asustó y volvió a cambiar al galope. Sarah contempló como hechizada que esto se repetía varias veces hasta que el animal ya no seguía galopando, sino que trotaba un rato para acabar al paso. Tuma repitió la misma operación llevándolo de nuevo al trote. Era evidente que el caballo oscilaba entre el agotamiento y el miedo, pues no podía ni quería correr más. La única alternativa consistía en quedarse quieto y dejar que Tuma se acercase. En un momento dado, el joven semental cedió y, en lugar de seguir huyendo, se acercó sin mucho entusiasmo a Tuma, pero él lo apartó de su lado.

—¿Por qué haces eso? —preguntó afligida Sarah—. Ha ido hacia ti.

—Pero no lo suficientemente deprisa.

Tuma puso al caballo al trote. El negro ya no podía ni levantar las patas. No tardó en reducir la velocidad y se quedó parado, listo para que hicieran lo que quisieran con él, con tal de que lo dejaran tranquilo de una vez.

Sarah supuso que Tuma daría por terminada en ese momento la sesión porque ya había alcanzado su objetivo: el semental dejaba que le tocase todo el cuerpo, aunque estaba paralizado por el pánico. Pero él no tenía la intención de llevarlo de nuevo al vallado. Cogió una silla que había colgado en la valla del picadero redondo y se la lanzó al lomo. El caballo se sobresaltó, pero Tuma lo sujetó con firmeza.

Sarah se metió en la pista circular.

—¡No lo hagas!

No sabía exactamente cómo actuar, pero esperaba que Tuma se detuviera cuando ella se cruzara en su camino. El caballo volvió a alejarse.

—No puedes ensillarlo ahora. Está muerto de miedo

y totalmente agotado. ¡No aprenderá nada, ni siquiera puede pensar!

Sue le había explicado que un potro podía concentrarse veinte minutos como máximo. Las unidades de entrenamiento con ejemplares de tres años no podían durar más tiempo.

Tuma la apartó y ciñó la cincha con energía. El caballo pareció encogerse, pero no se movió. Tenía las orejas ladeadas y la mirada turbia. Sarah estaba enferma de pena. Se colocó entre el chico y el caballo.

—¡No lo hagas! —dijo—. Lo destrozarás, lo... —De repente se percató de lo que significaba la palabra «doblegar».

Él la apartó a un lado. Hasta el momento parecía indiferente, pero ahora la miró.

—¡Ya basta, Sarah! ¡Déjate de números! Ahora ya sabemos que eres un poco sensible. Es bonito que las chicas seáis así, pero ya me tienes harto. ¡Y no voy a permitir que me digas cómo he de entrenar a mis caballos! ¿No crees que sería mejor para ti que fueras un poco más amable conmigo? Hasta el momento yo lo he sido, y mucho, ¿no? He ido contigo de paseo, dejo que estés aquí mirando, te dejo jugar con los caballos... ¡No tengo por qué hacerlo, Sarah! Esta es una hípica privada. Si no quiero que estés por aquí dando vueltas...

—Tu padre... —Sarah iba a remitirse a una mayor autoridad, pero él soltó una risa maliciosa.

—Ah, sí, mi padre... Otro asunto más... Ya llevo semanas viendo cómo le haces la pelota. Ahora me dice que eres el gran modelo a seguir. Siempre aplicada, siempre dispuesta a limpiar la mierda del caballo. ¡Y cómo montas...! ¡Que talento tienes! ¿Crees que me gusta escucharlo hablar así? Pues no, pero lo hago porque soy... porque soy tu amigo... —Se le contrajo el rostro—. Pero creo que ya va llegando el momento de que reciba algo a cambio... —Digirió la mirada hacia Dream—. Podría vérmelas ya con el *silver dapple* o también podría esperar un par de días a que la querida Sarah lo domestique un poco y así yo no tenga que trabajar con él con demasiada dureza. A mí me da igual...

Sarah se mordió el labio. Tuma no le gustaba. Nunca se había imaginado saliendo con él. Pero ahora...

—¿Qué quieres? —preguntó con voz ronca.

Él sonrió.

—En primer lugar, te vienes un día conmigo al Subway. Te invito yo, para que veas lo amable que soy, y luego vemos qué sale de eso... —Se lamió los labios.

Sarah sintió asco.

—¿Dejas ahora de trabajar al caballo? —preguntó. A lo mejor había conseguido algo para el negro—. Me refiero... si quieres ir conmigo al Subway...

Tuma se rio.

—Buen intento. Ahora sal de aquí o no acabaré nunca.

El caballo negro todavía estaba parado en medio del picadero con los flancos temblorosos, y no parecía querer o poder moverse bajo la voluminosa silla *western*. Pero por supuesto saltó cuando Tuma le lanzó el lazo a la grupa produciendo un chasquido. Y entonces intentó dar un bote para desprenderse de la silla. Era como en un rodeo. Sarah solo había visto algo así por televisión, y también entonces le habían dado lástima los caballos. El negro daba botes descontrolado por toda la pista, azuzado por el lazo de Tuma. Pero eso no duró mucho tiempo. El miedo a la silla tampoco superó el agotamiento, y es que el potro estaba corriendo en círculos desde hacía más de una hora. Al poco tiempo, las cabriolas dejaron paso al galope normal, luego al trote y por último al paso. De nuevo el caballo se acercó abatido a su torturador cuando este bajó la mano con el lazo.

—Ahora mismo ya podría montarlo —anunció orgulloso. Desensilló al caballo negro y lo cogió por el ronzal. Él le siguió hasta su cercado con la cabeza y las orejas colgando—. Pero eso lo haremos mañana. Mi padre quiere estar presente. Y ahora vamos a celebrar que se ha acostumbrado a la silla. Enseguida vengo, Sarah, voy a ducharme. —Tuma la saludó con la mano y se metió en la casa. Parecía muy seguro de que ella no iba a marcharse.

Sarah luchó contra el impulso de hacerlo. Podía coger la bicicleta, marcharse a casa y no volver nunca más. Pero estaba Dream. Se acercó a su cercado y vio que él enderezaba las orejas. Con el corazón latiéndole con fuerza, empezó a canturrear. Se introdujo por debajo de la valla, se acercó un par de metros a él y esperó. Dream la miraba con el rabillo del ojo, como el zorro al principito en las ilustraciones del libro de Saint-Exupéry. No pudo evitar sonreír. Dream se tensó. Ese día no podía soportar que ella se acercara más. Sarah le hizo una seña con la cabeza.

—Mañana te traigo avena —dijo en voz baja—. Y no tengas miedo de Tuma. No te tocará... ¡Yo cuidaré de ti!

—¿Vienes, Sarah?

El chico se había duchado y vestido realmente en un tiempo récord. Todavía tenía el pelo mojado. Largo y suelto, le caía por la cara. Era evidente que en las últimas semanas se había vuelto más hombre, cada vez se parecía más a Winnetou. Pero, a pesar de ello, Sarah no lo encontraba atractivo. Empujó de mala gana la bicicleta a su lado, dudando de si iban a ir a pie a la ciudad. Pero él sonrió con superioridad e hizo tintinear las llaves del coche—. La bicicleta puede ir detrás de la camioneta.

Sarah lo miró desconcertada.

—Tengo diecisiete años, ¿ya te has olvidado?

Colocó la bici en la superficie de carga y Sarah recordó vagamente que en Nueva Zelanda se podía obtener el permiso de conducir a los dieciséis años. Pese a ello, no se sentía segura con un conductor tan joven. Tuma le abrió la puerta del copiloto.

—¡Vamos, sube!

Trató de tranquilizarse pensando que el pueblo no estaba tan lejos y que en la carretera apenas había circulación, y para conducir por Waiouru tampoco había que tener grandes dotes al volante. Tuma aparcó en diagonal delante de la parada del autobús frente al Subway, y Sarah quiso que la tierra se la tragara cuando en ese momento se detuvo el autobús escolar procedente de Ohakune y Lucas se bajó, con la cartera de la escuela y una carpeta de dibujos bajo el brazo.

Sarah no podía mirarlo a los ojos, y aún menos cuando Tuma le colocó el brazo alrededor de los hombros como si fuese de su propiedad.

—¡Hola, Lucas! —gritó con un tono triunfal—. ¿Qué tal va el arte?

Sarah lo habría dado todo por un flequillo. Pero tenía el pelo peinado hacia atrás y recogido en una trenza. No había posibilidad de esconderse tras una cortina. Mantuvo la mirada baja.

—Hola —respondió Lucas. Y añadió—: Hola, Sarah...

—¿Qué hay, Lucas? —contestó ella casi en un susurro. Por unos segundos temió que la detuviese y le preguntase qué estaba haciendo allí con Tuma. No habría sabido qué contestarle. Pero no añadió nada y se acercó al aparcamiento de bicicletas, donde lo esperaba la suya. Ella no podía ver su rostro, pero habría apostado a que reflejaba rabia y desconcierto. Se avergonzaba, pero no tenía otra alternativa. No podía permitir que Tuma hiciera con Dream lo mismo que hoy había hecho con el caballo negro.

En el Subway había movimiento. Algunos chicos se dejaban ahí todo el dinero que les daban sus padres. Sarah creyó sentir una vez más las miradas de las chicas y oír sus cuchicheos. También Tuma había sido idolatrado mientras estaba en la escuela, y ella había oído decir que tenía mucho éxito en el equipo de rugby. A eso se añadía su aspecto... Sabía que una o dos chicas de su clase habían intentado salir con él, pero en ese momento él estaba más interesado por las motos, aunque por lo visto eso había cambiado. Sarah buscó ruborizada refugio en el rincón más apartado. Probablemente se estaba ganando la fama de cambiar de novio como quien cambiaba de camisa.

Tuma fue a buscar dos Coca-Colas, se lo veía orgulloso y seguro de sí mismo. ¿No podría haberse buscado a otra chica?

Sarah pensó desesperada en un tema de conversación.

—¿Jugabas... jugabas a rugby? —preguntó al final, cuando él se sentó a su lado.

Tuma asintió.

—Todo el mundo juega aquí —respondió despectivo.

—Debías de ser muy bueno... —Seguro que era acertado decirle algo amable.

—Más o menos, pero preferiría correr en las carreras de motos o de coches. Me gustan... Por desgracia, mi padre no está de acuerdo. —Sonrió con camaradería—. Vaya, ¡deberíamos intercambiar a nuestros padres! Yo me ocupo de vuestras motos y tú de nuestros caballos.

A Sarah le recorrió de nuevo un escalofrío por la espalda. Podía criticar a Ben, pero no maltrataba a los caballos.

—¿Y qué hace tu madre? —preguntó para cambiar de tema.

Tuma apretó los labios.

—No sé. Se largó hace un par de años...

—¿Se largó? —Se lo quedó mirando—. ¿Me estás... me estás diciendo que te abandonó?

El chico se encogió de hombros.

—Se trataba más bien de dejar a mi padre. Tenía a otro... No me mires así. ¡Nadie echa de menos a esa pájara!

Para Sarah era inimaginable que Tuma no añorase a su madre. De repente le dio pena.

—¿Quieres otra Coca-Cola? —le preguntó el chico.

Ella rechazó la invitación.

—Tengo que ir a casa —anunció—. Mañana volveré a la hípica.

Tuma asintió.

—Entonces vayamos a coger tu bicicleta.

Otra vez le pasó con toda naturalidad el brazo por los hombros mientras recorrían el local. Los otros chicos y chicas volvieron a chismorrear. Sarah suspiró aliviada cuando Tuma descargó la bicicleta de la camioneta. Le habría encantado salir corriendo, pero él la agarró.

—Y ahora un besito de buenas noches —le pidió.

Sarah dio un paso atrás asustada. Nunca había besado a un chico. Si ahora... Todo en ella se resistía a hacerlo, pero se sobrepuso y le plantó un beso fugaz en la mejilla.

Él sonrió.

—Dulce —observó—. Para empezar... ¡Nos vemos mañana!

Sarah se sentía agotada y sucia cuando él se fue. Enseguida se metería un cuarto de hora como mínimo debajo de la ducha.

17

Al día siguiente, los maestros salían de excursión y no había clases, así que Sarah se fue temprano a la hípica de los Takoto para llegar a tiempo de ayudar a repartir el forraje y, sobre todo, para estar presente antes de que empezaran a trabajar con los caballos. Tuma estaba gruñón, como siempre por las mañanas. Hizo un esfuerzo por saludarla brevemente y su padre tampoco pareció darse cuenta de que Sarah cogía un cubo y lo llenaba con un par de puñados de avena. Impaciente por ver cómo reaccionaban los caballos salvajes, lo colocó en el cercado de Dream y se alegró cuando el joven semental levantó las orejas interesado.

—¡Esto es para comer! —exclamó—. Está riquísimo. ¡Pruébalo!

Luego empezó a limpiar el estiércol del cercado. Era mejor que los caballos no se sintieran observados, Sarah pensaba que solo despertaría su desconfianza si se ponía a mirar fijamente el cubo hasta que pasara algo. Para su satisfacción, Dream enseguida dirigió la vista disimuladamente a la avena llevado por la curiosidad. Debía de tener hambre, intencionadamente Sarah todavía no había repuesto las provisiones de heno. El semental adulto seguía desconfiando, pero el negro, por el contrario, se acercó tras Dream a la avena. Al principio, los jóvenes caballos olisquearon inquietos el cubo, se alejaron resoplando y empezaron a jugar acercándose con un trote intimidatorio para darse la vuelta en el último segundo.

Llegado un momento, ambos se convencieron de que el cubo no contenía nada amenazador y finalmente Dream lo volcó. Los dos caballos se dieron tal susto que volvieron a salir huyendo, pero enseguida se acercaron de nuevo. Por supuesto, con el incidente se habían desparramado unos cuantos granos de avena y el caballo negro los recogió del suelo redondeando los belfos. Dream fue más valiente y se atrevió a inspeccionar el cubo. ¡Y entonces, por primera vez en su vida, los dos animales probaron la avena! Naturalmente, les gustó. Dream lamió el cubo y escapó cuando Sarah llegó para volver a llenarlo de avena. De nuevo, los dos sementales se acercaron con cautela al recipiente, pero esta vez metieron en él la cabeza alternativamente mucho más deprisa. Cuando Sarah lo llenó por tercera vez, no se alejaron tan decididos.

En ese momento, los Takoto salieron de la casa dispuestos a trabajar, probablemente habrían dado de comer a los animales a primera hora y ahora acababan de desayunar ellos. Sarah de repente se sintió mal porque ya hacía tiempo que debería haber dado heno a los sementales. Si Tuma empezaba a entrenar a uno de los caballos salvajes, el animal tendría que entrar en el picadero redondo con el estómago vacío.

Interrumpió su experimento, contenta con el resultado obtenido. Si el fin de semana siguiente aparecía bien temprano, los caballos se alegrarían de volver a comer avena. Ahora les suministró heno en abundancia y se sintió aliviada al ver que los Takoto no se dirigían directamente a ellos. Sacaron primero uno de los caballos en venta del vallado y justo después entró en el patio un todoterreno con un remolque.

—¿Han comprado a Jamie? —preguntó Sarah a Tuma con algo de pena.

Jamie era un caballo muy amable, un pío grande que no tenía miedo de las personas. Ella lo había montado un par de veces y se había alegrado de que, pese a la rudeza de sus propietarios, no hubiera perdido del todo la sensibilidad.

—¡Sí! —respondió el chico.

Su padre acababa de saludar al conductor del coche, un hombre rollizo con los vaqueros llenos de mugre y el pelo moreno grasiento. Abrieron la puerta del remolque.

—¿Buena gente? —preguntó Sarah. El hombre no lo parecía, pero a lo mejor solo iba a recoger el caballo para los nuevos propietarios.

Tuma se encogió de hombros.

—Fred Walker. Comercia con caballos en Hamilton. Llamó ayer. Alguien le pidió un pío y él no tenía. Papá le ha echado una mano.

Sarah enseguida sintió pena por Jamie. Ir de un establo a otro para que lo vendieran no debía de ser bueno, sobre todo porque no era seguro que a los clientes de Fred Walker les gustara el ejemplar. El caballo posiblemente debería pasar semanas allí o acabaría cayendo en manos de un tercer tratante. No era inusual. Desde que Sarah montaba en la hípica de los Takoto había visto muchos caballos llegar y marcharse.

Jamie tampoco parecía entusiasmado ante la idea de abandonar el establo de los Takoto. En lugar de seguir obediente al padre de Tuma al remolque, se resistió. Sarah se sorprendió de cuánta energía invertía un caballo por costumbre tan tranquilo. Debía de haber tenido muy malas experiencias en los remolques. En la hípica de Sarah, en Alemania, solían tener mucha paciencia con este tipo de caballos. La mayoría de las veces, su profesora de equitación había conseguido convencer a los animales para que subieran al remolque, pero cuando eso no había sido posible, habían llamado al veterinario para que les inyectara un sedante.

Por supuesto, el padre de Tuma tenía otra opinión y el nuevo propietario de Jamie tampoco veía ningún problema en meter al caballo en el remolque a lo bruto. Sarah contempló inmóvil cómo el animal subía desesperado, coceaba, intentaba escapar, tropezaba y se caía. Después estaba totalmente aturdido. Unos golpes más bastaron para que Tuma lo subiera por fin, y luego los hombres lo ataron y quitaron la rampa.

Sarah se preguntaba si Fred Walker se tomaría después la molestia de curarle todas las rozaduras que se había hecho en la operación. Se quedó con el corazón encogido y otra vez con ganas de irse y no volver nunca más a la hípica de los Takoto. Pero estaba Dream. No podía dejarlo en la estacada.

Después de pedir permiso al señor Takoto, cogió uno de los caballos que estaban en venta. Se decidió por Grey, un animal especialmente dócil y amable con los seres humanos, y lo ató cerca de los caballos salvajes para cepillarlo. Le pasó la rasqueta a fondo para deleite del caballo. Esperaba que los jóvenes sementales la observaran y se dieran cuenta de que Grey estaba contento. Canturreó también al castrado gris, que reaccionó relajando las orejas y dejando colgar el belfo inferior, mostrándose totalmente tranquilo.

Sin duda este ambiente sereno habría influido en los caballos salvajes si no hubieran tenido que hacer otra cosa que dejarse adormecer por el canturreo de Sarah y la distensión de Grey. Pero cuando Fred Walker hubo terminado de negociar y se hubo marchado con Jamie, Tuma y su padre se dirigieron a los sementales. Primero cogieron al caballo negro, lo que lograron con sorprendente rapidez. En cuanto el animal notó el lazo, se rindió, se quedó quieto y dejó que Tuma lo llevara a la pista circular. Allí volvió a repetirse la función del día anterior, y esta vez todo transcurrió más deprisa. El caballo negro probablemente tenía agujetas o recordaba que no servía de nada huir aturdido. En cualquier caso, Tuma pudo ensillarlo al cabo de media hora. En cambio, tardó más en conseguir que dejara de dar botes: el negro todavía no estaba completamente agotado. Cuando volvió a calmarse, los hombres lo llevaron al centro y el padre de Tuma lo sujetó con fuerza mientras su hijo lo montaba.

Sarah, que estaba moviendo a Grey en el picadero,

contuvo el aliento cuando el señor Takoto soltó al negro. Por supuesto, el caballo se encabritó. ¡No podía creer que Tuma aguantara esos saltos! Nunca lo había considerado un jinete especialmente bueno, pero en esos momentos demostró ser muy capaz de mantenerse en la silla con una firmeza asombrosa. Mientras su padre azuzaba al caballo negro, él se mantenía sujeto al pomo de la silla *western* y permaneció ahí arriba tres vueltas. Luego el animal se calmó, dejó de botar y empezó a galopar y luego a trotar. Tuma miró triunfal hacia Sarah, que no sabía si tenía que admirarlo o aborrecerlo.

El señor Takoto aplaudió y el potro negro superó por ese día la doma. Tuma lo desensilló, lo llevó de vuelta al vallado y discutió brevemente con su padre sobre cuál era el caballo siguiente. Sarah temblaba por Dream. ¿Cumpliría el chico su palabra de mantenerle el indulto?

Pero su preocupación carecía de fundamento. El padre de Tuma quería resolver el problema más difícil. Señaló al alazán, el mayor del grupo, y acto seguido los lazos volvieron a volar. Los tres sementales salieron corriendo asustados. El alazán se cayó cuando intentaba huir de la cuerda, volvió a levantarse y siguió luchando. Pasó un buen rato antes de que los hombres lo forzaran a entrar en la pista redonda, donde volvió a repetirse el tratamiento que le habían dado al potro negro el día anterior. Tuma fue azuzándolo para que galopara hasta la extenuación. Pero el viejo semental era de otro calibre que el caballo negro, menos impresionable, y tardó en cansarse.

Al final agotó la paciencia de los Takoto, que volvieron a cogerlo con el lazo para ensillarlo. Con todo el cuerpo tembloroso, resoplando y lleno de miedo, el animal permitió que lo ensillaran para empezar a botar a continuación. Pateó, corrió, cambió una y otra vez de dirección y se arrojó al suelo para librarse de la silla mientras los hombres lo golpeaban y soltaban maldiciones. Cuando se rindió, estaba chorreando de sudor.

Sarah casi no podía ni mirarlo. Ese semental tan orgulloso y lleno de fuerza estaba ahora en la pista circular despatarrado, con la cabeza hundida y la mirada mortecina, sus flancos subían y bajaban rápidamente, respiraba deprisa y seguramente su corazón latía desbocado. Tuma le enganchó el ronzal en la cabezada —al menos no quería montarlo— y lo volvió a dejar en el vallado, después de servirle heno.

Entretanto, ya eran más de las doce. Sarah había dejado a Grey con sus amigos y le había dado de comer y se disponía a irse a casa en bicicleta. Tratar de nuevo de domar con suavidad a los animales de nada iba a servir. Los caballos habrían vuelto a recogerse en el extremo más apartado y no habrían tocado el heno si otra persona hubiese entrado en su cercado.

Tuma la detuvo cuando iba a coger la bicicleta.

—¿Nos vemos esta noche? —preguntó. Sonaba a orden.

—¿Qué... qué quieres hacer? —preguntó ella desganada. No había mucho que hacer por las noches en Waiouru. Claro que había varios pubs, pero ella todavía era demasiado joven. En realidad, los adolescentes solo podían reunirse en el Subway o en la casa parroquial, donde el pastor y el grupo de mujeres organizaban una discoteca.

—Podríamos ir al cine —respondió Tuma—. A Ohakune.

Sarah se mordió el labio. Otra vez con Tuma en la camioneta. Y en esta ocasión en un viaje tan largo. Y además al cine..., en una sala a oscuras... Casi pudo sentir las manos de él toqueteándola.

—No... no sé... —susurró—. Mis... mis padres...

—No tendrán nada en contra de que vayas al cine —la presionó—. Diles que vas con una amiga y que os lleva su padre.

El pretexto era bueno. Los padres de Sarah seguro que se lo creerían. Y era posible que hasta pudiera contarles la verdad. Su padre la dejaría ir al cine con Tuma sin duda. A fin de cuentas, lo conocía y confiaba en la forma de conducir del genial mecánico.

—Todavía tengo que hacer los deberes. —Siguió intentando evitar quedar con él, pero ahora Tuma se enfadó.

—¡No me tomes el pelo, Sarah! Yo he mantenido mi promesa y ahora tú me haces el favor de ser un poco amable conmigo. Pensaba que estaba claro. Pero si crees...

Ella se sobrecogió.

—De acuerdo... Iré... iré contigo. Yo...

—Pasaré a recogerte a las siete y media —dijo él, dejándola marchar.

Sarah perdió el apetito. Aunque, de todos modos,

su madre no habría cocinado al mediodía. Al llegar a casa, vio a dos de sus compañeras de curso en la tienda y pasó de largo. Más que nunca deseó tener una varita mágica...

La tarde fue transcurriendo con una espantosa lentitud. Sarah trató de hacer deberes, pero no lograba concentrarse. Le rondaban demasiadas cosas por la cabeza. ¿Qué debía hacer si Tuma intentaba besarla esa noche? ¿Transigir, dejar que ocurriera lo que fuese? Pero ¿dónde acabaría eso? Se devanaba los sesos buscando soluciones para Dream. ¿A lo mejor solo tenía que aguantar hasta que pasara el Challenge? Si ella se ocupaba de él y podía domarlo con amor en lugar de con violencia y si Tuma lo montaba en cierta medida bien, entonces seguro que encontraban un buen comprador que lo tratase como debía. A fin de cuentas era un caballo precioso...

Cogió el lápiz e intentó dibujarlo, pero no llegaba al nivel de Lucas. Hablando de Lucas..., desearía haberle pedido a él un retrato de Dream. Ahora, después de haberla visto con Tuma, seguro que no querría saber nada más de ella.

No se tomó la molestia de arreglarse para salir. No quería que Tuma la encontrase atractiva. Ni siquiera disimuló con maquillaje dos espinillas que le habían salido en la frente. Finalmente, se dispuso a prepararse anímicamente para reunirse con él a las siete y media delante de su casa. Su padre todavía no había llegado y su madre se había creído el cuento de que iba con una amiga. Lo único que no debía ver era que se subía en un coche con un chico.

Pero el timbre de la puerta sonó a las siete. Sarah se llevó las manos a la cabeza. ¿Qué se había pensado Tuma? Intentó llegar a la puerta antes que su madre, pero no lo consiguió. Luego se sintió casi aliviada. Si Gesa presentía que la había engañado, no la dejaría salir con Tuma.

Contuvo la respiración y se quedó escuchando junto a la escalera. Era indiscutible que la voz pertenecía a un chico, pero no era Tuma quien estaba junto a la puerta y preguntaba por ella. Bajó corriendo.

—¿Lucas?

Sarah oscilaba entre la alegría y el horror. A lo mejor no se había tomado tan mal lo suyo con Tuma. O eso lo había movido a pasar a la acción y ahora quería invitarla a hacer algo con él. Y ella tendría que rechazar la invitación.

El chico esbozó su sonrisa torcida cuando la vio y se apartó de un soplido el flequillo de la cara. Parecía tímido, como era habitual en él. A lo mejor suponía que a ella le molestaba su visita inesperada.

—Hola —dijo finalmente—. ¿Tienes... tienes un poco de tiempo? Quiero enseñarte algo.

Gesa lo dejó entrar, aunque no muy entusiasmada.

—Pensaba que tenías planes, Sarah —observó.

Ella se ruborizó.

—Un par de minutos solo —insistió Lucas—. ¿Podemos ir a tu habitación? ¿Tienes ordenador, verdad?

O... también te lo puedo enseñar en el móvil. Pero...

Deslizó la mirada por la madre de Sarah, a quien era evidente que no quería poner al corriente de qué se trataba.

Sarah asintió.

—Todavía tengo algo de tiempo, mamá —dijo. Lucas habría encontrado extraño que ella llamara a su madre por su nombre de pila. Precedió al chico escaleras arriba. Este pareció suspirar aliviado cuando ella cerró la puerta de la habitación tras él.

—Tengo que irme corriendo —explicó Sarah.

—Ya me lo imagino —dijo él—, pero después de lo que te voy a enseñar quizá te lo pienses mejor.

Sacó un USB del bolsillo de la chaqueta, echó un vistazo a la habitación y descubrió el ordenador. Todavía estaba encendido. Sarah volvió a ruborizarse cuando apareció la página de una revista de chicas al mover Lucas el ratón.

«¿Cómo decir que no?»

Sarah había estado navegando por internet. Debía de haber consejos para meter en cintura a un chico como Tuma.

Ella esperaba que Lucas se riera, pero él permaneció serio.

—Esta mañana he estado allí —dijo—. He... he visto los establos de los Takoto. Desde una distancia bastante grande. Para ser más preciso desde el techo del taller.

—Desde ahí no se puede ver nada —replicó Sarah.

Al menos no se distinguirían los detalles. Calculaba

que desde el taller hasta la hípica había como mínimo trescientos metros en línea recta.

—A simple vista, no —convino él—, pero con el teleobjetivo de la escuela... Bueno, no es que tenga la mejor calidad de imagen del mundo, pero...

—¿Has filmado a los Takoto? —preguntó perpleja.
Lucas asintió.

—He pensado que si podemos enseñar lo que hacen a
Peggy y Catherine o a cualquier otro de la organización...
Una cosa es cuando te cuentan algo y otra es cuando tú
mismo lo ves.

Le mostró una secuencia de la película. Sarah contempló una vez más con el corazón palpitante cómo metían a Jamie en el remolque, la brutalidad con que le pegaban. Luego cómo ponían la silla al negro y por último
la lucha desesperada del semental alazán. Lucas había edi-
tado juntas las peores escenas. El vídeo no duraba más
que unos minutos, pero era puro horror.

—Esto debería convencerlos para quitarles los caballos —dijo.

Sarah lo habría abrazado.

—Lucas, esto es... esto es... —No sabía qué decir.

Él se escondió detrás del flequillo.

—Por otra parte, también te he visto a ti —confesó.

Sarah sonrió.

—¿Con Dream? —preguntó—. Ha comido avena del
cubo. Deja que me acerque mucho a él, Lucas. ¡Si Tuma
y su padre no volvieran a asustarlo, en un par de días seguro que estaría domado!

Él no aludía a ese tema.

—Me refiero a que te he visto con Tuma —dijo.

Ella se rascó la frente.

—¿Qué quieres decir? —preguntó.

¿Se refería a su encuentro delante del Subway?

Lucas se volvió hacia el ordenador y cliqueó otros archivos de su USB. Sarah se sintió pillada por sorpresa al reconocer a Tuma y verse a sí misma. La conversación antes de que se marchara. Naturalmente, sin volumen, pero tampoco era necesario. La pose agresiva del chico y el amilanamiento de ella.

—No pareces muy enamorada —observó Lucas.

Sarah bajó la mirada.

—No lo estoy —susurró—. Es... es solo por Dream...

Y entonces ya no aguantó más. Se apoyó en Lucas y rompió a llorar. Cuando él la rodeó torpemente con un brazo, sus sollozos todavía se intensificaron más.

—Está bien... —murmuró él—. Está bien, venga, cálmate...

—No, no está bien —replicó ella llorosa—. Si no salgo con Tuma, hará con Dream lo mismo que con el caballo negro, y luego...

Lucas le acarició cauto la espalda.

—Sarah, lo hará de todos modos —dijo en voz baja—. Ellos trabajan un caballo detrás de otro. El negro ya está prácticamente sometido, para el alazán todavía necesitarán uno o dos días. Y luego le tocará el turno a Dream.

—Si no consigo domarlo yo antes de otro modo —replicó ella.

Lucas negó con la cabeza.

—Tú hablas de cogerlo, acariciarlo y darle de comer en la mano. Ellos hablan de montarlo. Eso no se consigue en tres días, Sarah. Ni con todo el amor y la paciencia del mundo. La única posibilidad que tenemos son los vídeos. Hemos de convencer a los proteccionistas de que les quiten los caballos lo antes posible. ¿Qué te parece? ¿Nos vamos mañana al Green Valley Center?

—¿Está muy lejos? —preguntó ella.

Lucas se encogió de hombros.

—Creo que a no más de veinte kilómetros. Olvídate de ir en bicicleta. He pensado que como a tu padre no parece importarle que cojamos un *quad*... Y no creo que mañana los alquile todos.

Sarah sonrió entre lágrimas.

—Vamos ahora mismo a verlo y se lo preguntamos —decidió—. Creo que todavía está en el taller. Y si no, estará en el pub más cercano.

—¿Y tu cita? —preguntó él, apartándose el pelo de la cara.

Sarah dudó unos instantes y tomó una determinación.

—No me presentaré —contestó—. No quiero ir.

Lucas sonrió.

—Entonces..., ¿no pasa nada porque Tuma me haya visto? Ya está esperándote en la esquina.

Sarah sintió un asomo de miedo. ¿Qué sucedería si Tuma estaba furioso y le hacía daño a Dream? Pero luego se prohibió pensar de ese modo. Ya había oscurecido y ahora no se pondría a entrenar a ningún caballo. Y al día siguiente él y su padre ya tenían suficiente trabajo con el negro y el alazán.

—No, no pasa nada —respondió con voz firme.

Y de repente se lo creyó. Aunque no había la menor razón para ello, se sentía segura... mientras Lucas estuviera a su lado.

... nos necesitaremos el uno al otro

18

Sarah y Lucas encontraron a Ben en el pub más próximo al taller, bebiendo cerveza con unos amigos. Estaba de buen humor y dispuesto a ayudarlos.

—Pero nada de *quads* —decidió—. No vais campo a través.

Lucas asintió agradecido, pero le confesó a Sarah que hasta ese momento solo había ido en una auténtica moto en la escuela de conducir.

—No me interesan —le reveló—. Nunca me gastaría dinero en una moto, aunque lo tuviese. Preferiría una buena cámara o un buen ordenador.

Al final se decidieron por un pequeño escúter cuando se encontraron después de clase. Las dos escuelas cerraban los viernes poco después de mediodía.

De ese modo no llegaron especialmente rápido, pero Sarah disfrutó mucho durante el viaje. Se sentía segura apoyándose en Lucas y sujetándose a él; además, en las carreteras no había tráfico y hacía buen tiempo. Él conducía con seguridad por el terreno irregular, y si no hubiera estado tan preocupada por Dream, habría disfrutado plenamente de la «excursión».

Recorrieron el último trecho por unas carreteras con tramos casi sin pavimentar y descubrieron entonces una indicación al Green Valley Center. En el camino de acceso había bastante tráfico en comparación con la paz del entorno. Los adelantaron dos coches y otro con un remolque para caballos se cruzó con ellos.

Lucas condujo más despacio y se subió la visera del casco.

—Ahí va un caballo recién adoptado —supuso optimista—. A lo mejor vuelven a tener sitios libres...

A Sarah se le levantaron los ánimos, pero sus esperanzas enseguida se desvanecieron cuando entraron en el centro. El acceso ya estaba flanqueado de pastizales y cercados en los que había demasiados caballos. Esto tenía unos efectos devastadores en los pastos. Se había arrancado la hierba a mordiscos hasta la raíz. Si no se daba algo de tiempo a los pastizales para recuperarse, no crecería más que mala hierba.

Aun así, todos los caballos disponían de heno y en los cercados no había estiércol. Además, en la mayoría había cubiertas bajo las que guarecerse en caso necesario, y las cercas se hallaban en buen estado y cuidadas. Las instalaciones causaban una buena impresión. Había una pista circular para trabajar a la cuerda y dos grandes picaderos. En esos momentos estaban montando en ambos.

—Ahí está Peggy —dijo Lucas, y señaló a una joven rubia que en esos momentos mostraba las habilidades de un caballo.

Estaba sentada a lomos de una hermosa yegua castaña que se dejaba conducir dócilmente por unos obstáculos. Al borde del picadero, la miraba una familia, las dos hijas llevaban prendas de montar.

Lucas y Sarah detuvieron el escúter y se reunieron con ellas. Peggy lo saludó cuando pasó por su lado al trote, pero no se detuvo hasta haber salvado todos los obstáculos.

—Pues sí, como ya he dicho, esta es Gypsy —se volvió hacia los espectadores dándole unas palmaditas en el cuello al caballo—. Tiene nueve años, dejó las montañas hace tres y lleva seis meses aquí porque la gente que la adoptó ya no puede mantenerla. Está bien montada, es cariñosa y le gustan los niños. ¿Quieres probarla, Wendy? Tú eres la mayor, ¿no? Luego puede montar Carol.

La niña estaba impaciente. Peggy sonrió tranquilizadora a sus padres y se puso a ajustar el estribo para la pequeña amazona pelirroja y vivaracha. Wendy se sentó en la silla en un abrir y cerrar de ojos y enseguida sujetó las riendas con destreza. La yegua enderezó las orejas y adoptó el aire que le indicaban las ayudas.

—Familiarízate un poco con ella y luego ya podrás subir al balancín si te apetece —la animó Peggy.

Mientas la niña hacía algunos círculos, la entrenadora por fin encontró unos minutos para hablar con Lucas y Sarah.

—Qué bien que te pases por aquí, Lucas —dijo, aunque sonaba algo formal—. Y muchas gracias de nuevo por los cuadros. Hemos vendido dos esta semana.

Él se escondió con timidez tras su flequillo.

—He donado a la asociación las acuarelas de la exposición —le explicó a Sarah—. Las podrán vender y obtener dinero para dar de comer a los caballos. Esta es Sarah, Peggy, ya te he hablado de ella.

—¡Hola! —Peggy saludó a Sarah con la cabeza—. Ya veis cómo está esto —prosiguió con su tono profesional y señalando los cercados—. Ahora de verdad que no dispongo de tiempo para atenderos. La gente interesada en adquirir un caballo viene los fines de semana cada media hora. Así que si queréis algo en concreto... —No sonaba demasiado invitador...

—Tenemos unos vídeos que deberías ver —dijo Sarah. Estaba firmemente decidida a que les hiciera caso—. Por favor, alguien tiene que ayudar a los caballos. Tiene que pasar algo...

—¿Otra vez ese asunto del entrenador que no trata bien a los caballos? —Peggy suspiró—. Ya te lo he dicho por teléfono, Lucas. No podemos hacer nada. No tenemos recursos, así de simple y... ya te lo he dicho... Hasta ahora los Takoto nunca han hecho nada grave...

—¡Pero tratan mal a los caballos! —exclamó desesperada Sarah.

Peggy se apartó de la frente un rizo que se había desprendido de su cola de caballo.

—Si es un caso tan grave, enseñadnos esos vídeos deprisa —dijo—. Existe también una ley sobre la protección de animales... —Lucas puso los ojos en blanco y Peggy bajó intimidada la vista. Con eso solo quería quitarse de encima a sus obstinados visitantes. En ese momento pasó una joven empujando una carretilla.

—¿Reka?

La muchacha se detuvo cuando la llamó. Era guapa y morena, sin duda una maorí. Sonrió vacilante a Peggy.

—¿Sí?, ¿necesitas algo? Iba a limpiar los cercados de delante...

—Esta es Reka, la estudiante que este año hace prácticas con nosotros —la presentó Peggy—. Reka, hazme un favor, ve con ellos dos al despacho y que te enseñen el vídeo que traen. Se trata de unos entrenadores que usan métodos de entrenamiento dudosos. Podrás hacer una valoración...

La joven asintió y dejó la carretilla a un lado, y Peggy volvió a centrarse de inmediato en la pequeña amazona que montaba a Gypsy.

—Venid —dijo amablemente la joven maorí—. Aquí soy más bien responsable del área organizativa, estudio informática y me ocupo entre otras cosas de la web del centro, pero sé algo de entrenamiento. Tenemos dos kaimanawas en casa y los he domado a los dos.

Sarah volvió a alimentar algo de esperanza. Reka al menos parecía interesada de verdad. Lucas sacó el USB del bolsillo y siguieron a la joven a un pequeño edificio administrativo en el que había una sala de descanso para los empleados y un pequeño y desordenado despacho. Reka tuvo que apilar algunos folletos informativos, contratos de adopción y otros documentos antes de poder ponerse al teclado.

Otra empleada entró en la sala de descanso y se sirvió un café de la máquina.

—Por fin una pausa —dijo—. Mi siguiente cita se ha

retrasado. Tenía que venir una gente a ver los potros, pero hasta ahora ni han aparecido ni han cancelado el encuentro. No tienen ninguna consideración, en una hora vendrán los próximos y tengo que hacerles una demostración montando los caballos... Beberé a toda prisa un café y luego iré a ensillarlos.

—¿Catherine? —preguntó Lucas.

La joven, también morena, asintió.

—Oh, tú eres Lucas, ¿verdad? El artista. Lo siento, no te había reconocido. ¡Acabamos de vender uno de tus cuadros! Pero por desgracia ningún caballo. ¿Puedo ayudarte en algo? ¿Quieres adoptar un caballo? —Sonrió.

Sarah aprovechó la oportunidad.

—Soy Sarah, amiga de Lucas —se presentó apresuradamente—. ¿Podrías mirar el vídeo con nosotros? —preguntó—. Por favor. No es largo. Luego te ayudaremos a ensillar los caballos.

Catherine vio que Reka introducía el USB y ponía el vídeo en marcha. Justo después aparecían en el monitor los Takoto haciendo sus barbaridades. Las dos mujeres contemplaron las imágenes en silencio, emitiendo de vez en cuando alguna exclamación de enojo.

—¡Esa gente es horrible! —dijo Reka, una vez concluido el vídeo.

Catherine asintió

—Estas domas por el método rápido... son repugnantes. —Dejó su café.

—¿Podéis hacer algo? —preguntó esperanzada Sarah—. ¿Les quitaréis los caballos?

Reka miraba a Catherine igual de expectante que Sarah y Lucas.

Pero la entrenadora negó con la cabeza.

—No podemos hacer nada —dijo apenada—. Esos tipos están aplicando el antiguo método del picadero redondo para domar caballos salvajes. Rápido y efectivo. Y se supone que incluso inofensivo. Por supuesto se trata de puro terror psicológico, pero no se golpea a los animales, no se los espolea. A quienes no tienen ni idea les parece muy humano. Y no está en absoluto prohibido. Al contrario, hay gente que lo aplica públicamente y luego se la elogia diciendo que «susurra a los caballos». Porque resulta fascinante, por descontado, ver cómo un caballo salvaje se deja montar al cabo de cuarenta y cinco minutos para dar una vuelta a la pista.

—Tardaron unas dos horas... —observó Sarah.

Catherine asintió.

—Porque los kaimanawas son realmente salvajes. Los susurradores de caballos trabajan con caballos domesticados sin entrenar. Así funciona más rápido. Y no se producen escenas tan horribles porque los animales domados no reaccionan con tanto pánico. Pero el principio es el mismo.

—No puede estar bien que los caballos se caigan y se hagan daño... —Sarah no podía creer que nadie quisiera ayudarles.

—Y no lo está, pero los accidentes existen. Sea cual sea el método. Los caballos salvajes tienden a correr aterrados por los cercados, sobre todo los sementales adultos como el alazán del vídeo. Si intentáramos intervenir, los entrenadores dirían, con toda la razón, que habéis escogido todas las escenas desafortunadas para criticarlos. —Catherine cogió su chaqueta con resignación. La esperaba la siguiente cita.

—Pero los caballos todavía pertenecen a la organización —intervino Reka—. ¿Deberíamos dar muchas explicaciones si, por ejemplo, los trajéramos aquí al centro?

Sarah prestó atención. Tuma había actuado como dando por descontado que su padre era el propietario de Dream y de los otros sementales.

—Reka, el centro está lleno —contestó Catherine repitiendo el argumento de Peggy—. Y tampoco es cierto que los caballos nos pertenezcan. Es válido mientras todavía no nos hayan pagado los doscientos cincuenta dólares. Con el ingreso de esta cantidad se efectúa el cambio de propiedad.

Los ojos de Reka brillaron.

—¿Y ya han ingresado ese dinero? —preguntó—. Me refiero a...

—Ni idea. —Catherine se volvió para marcharse—. Echa un vistazo si quieres. Pero no os hagáis ilusiones.

A una velocidad vertiginosa, Reka tecleó la web de un banco. Pocos segundos después ya había introducido la contraseña y miraba el extracto de la cuenta. Los dos amigos observaban con curiosidad por encima de su hombro. Sarah conteniendo el aliento.

—¿Cómo se llaman? ¿Takoto?

La chica repasó con atención todos los ingresos realizados desde el día de los Musters. Luego sonrió.

—¡Bingo! —exclamó complacida—. No se ha ingresado el dinero. Los caballos son nuestros. Peggy tendrá que ocuparse de esto.

Dos horas más tarde, Peggy por fin tuvo tiempo para escuchar lo que Reka, Sarah y Lucas tenían que contarle y para ver el vídeo. No parecía muy satisfecha con las novedades.

—Claro que no me gusta lo que hacen esos tipos —dijo—. Y sí, en rigor, todavía son nuestros caballos. Pero los Takoto siempre han pagado. Y ese semental adulto, prácticamente se lo he endosado yo. Es posible que quieran ver qué consiguen antes de hacer el traspaso. En total son setecientos cincuenta dólares..., un montón...

—De todos modos, no podemos aceptar algo así con la boca cerrada —replicó Catherine—. Al menos alguien tendría que hablar con esa gente...

—Ni vosotras os creéis que así pueda cambiarse la situación —apuntó Lucas, enfadado.

Peggy retorció su rebelde mechón entre los dedos.

—Lo mejor sería encontrar a otra persona para los caballos —dijo—. Si alguien los compra y los paga, se romperán todos los acuerdos con los Takoto. Pero no va a ser fácil...

—¡Llamo ahora mismo a los entrenadores para el Challenge! —sugirió Reka—. A lo mejor alguno de ellos acepta un semental más.

Peggy asintió, pero no parecía demasiado optimista.

—¿Y qué sucede contigo? —preguntó a Sarah—. Por lo visto, te encantan los caballos. Sobre todo uno de ellos.

—La chica acababa de hablarles de Dream y de sus primeros logros con la doma natural—. Lo conseguirías. Te acabo de ver con los caballos. ¿Tus padres no pueden comprarte el semental?

Ella y Lucas habían aprovechado el tiempo hasta el mediodía para limpiar los establos y echar una mano a Catherine y Peggy.

Sarah se frotó las sienes.

—Les peguntaré —dijo con la voz apagada—. Lo intentaré. No hay nada que haya deseado más en toda mi vida.

—Bien, mucha suerte —se despidió Lucas, escéptico, delante de la casa de Sarah.

Habían ido a devolver el escúter y lo habían dejado en el taller al comprobar que Ben no estaba. Sarah esperaba encontrarlo en casa. A ser posible, quería hablar con los dos, su padre y su madre, e intentaba no recordar una situación semejante un año atrás, cuando llegó a casa llena de alegría y de repente la catapultaron a una nueva forma de vida totalmente distinta.

—Si quieres, entro contigo —se ofreció Lucas.

La había acompañado hasta su casa para echar un vistazo al jardín. ¿Podía alojarse ahí un caballo? Los dos creían que en teoría era posible. De todos modos, a Sarah le preocupaba pensar en todo lo que habría que cambiar, construir y habilitar.

Negó con la cabeza.

—No, déjalo. Si además se entromete alguien, mis padres se enfadarán. Cruza los dedos. Tiene que funcionar, Lucas. No puedo dejar a Dream con los Takoto. Y aún menos ahora... Tuma debe de estar furioso porque le he dado plantón. Si no podemos evitarlo, mañana se descargará con Dream.

Estaba frente a Lucas, abatida y desanimada, pese a su determinación. Él levantó lentamente la mano y le acarició con cuidado la mejilla.

—Lo conseguirás, Sarah —la consoló—. Todo saldrá bien.

A ella le habría gustado abrazarlo, pero se contuvo. No habría soportado que él la rechazara. Y, además, ese no era momento para sentimentalismos. Tenía que pelear.

—¡Tengo que deciros algo!

Sarah encontró a su padre y su madre en casa y se decidió por la línea de ataque. Por el camino había calculado que el precio de compra de Dream no constituía ningún problema. Doscientos cincuenta dólares equivalían a unos ciento sesenta euros, y ella ya tenía en su caja de ahorros alemana doscientos.

—Voy a comprar un caballo —dijo en voz alta y clara.

Gesa y Ben la miraron incrédulos y luego se echaron a reír.

—Caramba, Sarah, te has plantado ahí tan seria que pensaba que nos ibas a anunciar tu compromiso con tu amigo Lucas —bromeó Ben, frente al cual volvía a haber una botella de cerveza.

—¡Papá, esto no tiene nada de divertido! —protestó—.

Al contrario. Es algo grave y muy, muy importante. Tengo que comprar el caballo. Si no... si no... ¡Solo me tiene a mí!

Contó a toda prisa la historia de Dream y sus padres la escucharon sin demasiada emoción.

—Ay, lo siento, Sarah, cariño —intervino Gesa mostrando cierta empatía—. Pero comprar ahora el caballo por eso... Mira, es lo mismo que nos ocurrió varias veces en Alemania, cuando decías que querías sin falta este o aquel caballo de escuela.

Sarah suspiró. Pues claro que se había enamorado a menudo de otros caballos que también necesitaban casi tan urgentemente como Dream un buen propietario. Sin embargo, este caso era distinto. En Alemania, ella nunca los había domado.

—Esta vez no lo digo así porque sí, mamá... Gesa..., esta vez tengo que rescatar a ese caballo de esa hípica. Es un animal precioso. Algo superespecial. Algo así como... ¡mi animal de poder!

Sarah se felicitó para sus adentros por esta ocurrencia. Gesa se interesaba mucho por los viajes chamánicos, y había buscado su «animal de poder» en diversos cursos de autoconocimiento.

Ahora sonreía con superioridad.

—Sarah, cariño, tu animal de poder no está en el jardín comiendo hierba, es más bien un acompañante espiritual. Lo encuentras cuando dejas que tu espíritu vague por el inframundo...

—Gesa, por favor... —la interrumpió Ben—. Sarah, lo del caballo... no nos lo podemos permitir. Lo sabes. In-

cluso aunque el abuelo y la abuela volvieran a contri-
buir...

—¡Yo ya tengo dinero suficiente! —se rebeló ella.

—No tenemos ni establo ni pastos ni veterinario ni
herrero ni nada de lo que necesita un caballo —prosiguió
el padre—. Me encuentro cada día con el padre de Katie
en el pub, Sarah. Y no deja de lamentarse de lo mucho que
le cuesta el animal que su hija, sin pensárselo demasiado,
ha colocado en el jardín. —Bebió un trago de cerveza.

Gesa lo miró brevemente.

—Además —añadió—, en fin..., hasta ahora no te hemos dicho nada, pero en realidad... no está del todo claro
que vayamos a quedarnos aquí.

Sarah tragó saliva. Se lo había temido.

—La tienda de tu madre no va bien —explicó Ben.

—Bueno, ¡tu negocio no es que sea una mina de oro!
—contraatacó Gesa—. Pero, bueno, el caso es que estamos pensando...

—Tu madre está pensando... —la cortó Ben.

—Bueno, me gustaría volver a Hamburgo —admitió
Gesa—. Por supuesto, no está todo decidido todavía...
Ben está...

—¡Ya te he explicado que un negocio necesita tiempo
para ponerse en marcha! —le recordó su marido.

—Sí, lo has hecho. Varias veces. Desde hace nueve meses. ¿Cuánto vamos a tener que esperar todavía? —Gesa
lo fulminó con la mirada.

—A lo mejor se te ocurre cambiar la tienda y vender
algo útil... ¡Yo ya estoy harto de tanto trasto esotérico!
—Ben no se andaba más por las ramas.

Sarah contempló consternada cómo se iban acalorando. Ella y Dream habían quedado relegados a un segundo plano.

—En cualquier caso, solo nos faltaría ahora un caballo. —Gesa concluyó la conversación mientras se ponía en pie y se preparaba para salir—. Voy un rato a la tienda. A ordenar «los trastos esotéricos».

—Papá... —lo intentó esta vez Sarah con su padre.

Ben negó con la cabeza.

—No te esfuerces —dijo—. Te conozco. Si tu madre realmente se marcha, te irás con ella. Con tu querida abuela Inge y tu maravilloso abuelo Bill. ¡Y yo me quedaré aquí solo con el caballo!

—Papá, Dream me necesita. ¡Nunca lo abandonaría! Si quieres..., ¡si quieres, te prometo que siempre me quedaré contigo!

Ben torció los labios en una fea mueca.

—Eso también me lo prometió Gesa en una ocasión —contestó desdeñoso.

19

Lo peor era que, una vez más, no tenía a nadie con quien hablar. Deseaba con todas sus fuerzas tener a alguien con quien compartir sus preocupaciones y a quien tal vez se le ocurriera cómo salvar a Dream. Por supuesto, en quienes primero pensó fue en Maja y en sus abuelos. Sin embargo, su amiga nunca había entendido del todo sus sentimientos hacia los caballos. Más bien se alegraría cuando escuchara que Gesa tenía intención de volver a Alemania. Y en el fondo con sus abuelos sucedía lo mismo. Por supuesto que se mostrarían comprensivos e intentarían consolarla, pero seguro que no financiarían un caballo que retuviera a su querida nieta para siempre en el otro extremo del mundo.

Así que solo quedaba Lucas, que no atendía el móvil. Posiblemente, la atmósfera volvía a estar cargada en su casa. De repente se le ocurrió que él luchaba con otros problemas totalmente distintos a los de ella. Al final, se acurrucó bajo la colcha e intentó desconectar. En un momento dado, se durmió.

A la mañana siguiente, Lucas seguía sin responder a sus llamadas. Y, sin embargo, era sábado, así que Sarah también estaba empezando a preocuparse por muy ridícula que se sintiese. Le había contado con todo detalle en qué consistía su problema y él no tenía la solución. Para qué iba a molestarlo otra vez si él desaprobaría además que ella planeara volver a presentarse en la hípica de los Takoto. Hasta ella sabía que era tirarse piedras en su propio tejado, sin contar con que le daba miedo que Tuma estuviera enfurecido. Pero no podía evitarlo. Con el corazón encogido, se marchó en bicicleta al mediodía.

En la hípica le dieron una bienvenida inesperadamente amable.

—Qué bien que hayas venido, Sarah —la recibió el padre de Tuma. Era la primera vez en todo ese tiempo que la saludaba. En el mejor de los casos, inclinaba la cabeza descuidadamente—. ¿Podrías limpiar el estiércol? Estamos esperando a una persona interesada por Grey y no le daremos buena impresión si el patio está tan sucio.

De hecho, los cercados y establos se veían más descuidados esa mañana que de costumbre. Por lo visto, nadie había cogido la carretilla el día anterior. Además, los caballos relinchaban impacientes. Sarah se percató de que la mayor parte del heno estaba pisoteada entre el barro, lo que solía pasar cuando Tuma se limitaba a lanzarles toda la ración del día de una sola vez para no complicarse la vida.

—¿Dónde está Tuma? —preguntó vacilante. Sentía curiosidad, pero no quería mostrar demasiado interés.

El señor Takoto la miró irónico.

—De momento no puede caminar. El alazán, ese caballo endiablado, lo tiró ayer. Nada grave, solo se torció el pie... Demonios, si el chico no fuera tan gallina... —dijo, y luego farfulló que su hijo aprovechaba el accidente para hacer el vago.

Sarah se avergonzó de que su corazón diera saltos de alegría. Tuma estaba fuera de combate y, conociéndolo, sabía que no iba a darse prisa para ocuparse de nuevo de las tareas de los establos. Aunque seguramente tendría muchas ganas de herirla dedicándose a domar a Dream, lo de limpiar el estiércol cojeando de dolor debía de apetecerle bien poco. Además, para trabajar a la cuerda era necesaria mucha habilidad, y Tuma no podría coger los caballos, azuzarlos y hacerlos botar debajo de la silla mientras no estuviera en buena forma.

Así que Sarah se puso a trabajar animosa. Se alegró de que Dream levantara las orejas al oír su voz y se deslizó lo antes posible al cuarto de la comida para coger avena. Claro que tenía miedo de encontrarse con Tuma, pero este no apareció. Tal vez temiera que le hicieran trabajar o simplemente se avergonzara delante de ella de haberse caído del caballo.

Al final, la tarde transcurrió realmente tranquila. Dream se acordó enseguida de que en el cubo azul de Sarah había comida y fue directamente a él en cuanto ella lo dejó en el suelo y se alejó un par de metros. A lo largo de la tarde, se fue acortando la distancia entre ambos y, cuando hubo acabado de limpiar el estiércol, se sentó al lado del cubo en el suelo. Si no estaba de pie, seguramente no parecía tan amenazadora.

De hecho, mientras ella no se movió, Dream se atrevió a acercarse a un brazo de distancia. Un triunfo enorme. Sarah se sentía contentísima cuando empezó a anochecer y llegó la hora de marcharse a casa. Era genial que el padre de Tuma le diera plena libertad para tratar a Dream y no le llamara la atención por coger avena sin pedir permiso. El señor Takoto parecía tomarse a risa lo que ella hacía, pero a Sarah le daba igual.

El hombre estaba de buen humor porque había vendido el castrado gris. La chica esperaba que no le hubiesen pagado tanto como para que pudiera comprar definitivamente a los kaimanawas.

Al volver de la hípica, intentó contactar otra vez con Lucas, pero no lo consiguió. ¿Y si pasaba por su casa? Podía dejar la bicicleta un par de calles más lejos y acercarse a pie. Si el coche del padre estaba delante de la puerta, simplemente se marcharía.

Con sentimientos encontrados, similares a los que había experimentado cuando iba a la hípica de los Takoto, emprendió el camino hacia la urbanización. Pero allí reinaba la calma, la camioneta no estaba delante de la casa. Pero tampoco vio la bicicleta de Lucas. A lo mejor estaba en el cobertizo... Reunió fuerzas y se encaminó hacia la puerta.

La madre de Lucas tardó un par de minutos en abrirla. No tenía un aspecto muy alentador. Se la veía pálida y no parecía que le alegrara su visita.

—¿Tú? —preguntó. Sarah pensó que tal vez Lucas le habría hablado de ella o que a lo mejor recordaba sus dos breves encuentros. El último, sin duda, lamentable—. ¿Has venido a ver a Lucas? No está.

No parecía querer añadir nada más.

—Yo... no consigo contactar con él. Parece como si... como si hubiese apagado el móvil —balbuceó—. Estaba preocupada.

La mujer se encogió de hombros.

—A lo mejor no lo tiene cargado. O no ha pagado la tarifa plana. Yo qué sé. —Se diría que estaba deseando que Sarah se fuera al infierno.

—Lucky está en Auckland —resonó de golpe una voz infantil.

La pequeña Carrie se escurrió junto a su madre y le mostró una sonrisa mellada. Sarah se preguntó horrorizada si los dientes delanteros se le habían caído de una forma natural o si el puño de su padre tenía algo que ver con ello.

—¡Pero volverá! —Sonaba como si Lucas se lo hubiera prometido.

—¿Qué está haciendo allí? —preguntó Sarah. Si hubiera planeado irse de excursión, seguro que se lo habría contado—. ¿Y cómo ha ido hasta Auckland? ¿En tren? —Como Sarah bien sabía a esas alturas, ir a Auckland significaba algo así como cruzar medio mundo.

Con un gesto de ignorancia, Carrie hizo una mueca que recordaba, de un modo conmovedor, al modo en que gesticulaba su hermano. Iba de nuevo en pijama. Debía de estar todavía guardando cama, aunque tenía mejor aspecto que la última vez que la había visto con tantos mocos.

—Conociéndolo, se habrá ido en autostop —farfulló la madre—. A saber cómo se lo cuento a su padre. Cuando se entere de dónde está... —Parecía furiosa, pero detrás del enfado se agazapaba el miedo.

—¡Mami, no se lo diremos a papá! —le advirtió Carrie con los ojos abiertos como platos—. Le diremos que ha salido. Es fin de semana... Diremos que ha salido para hacer un *tabajo* para... para la escuela...

—Trabajo, Carrie —la corrigió la madre, incómoda—. Pero eso no explica que no venga a dormir. Como a papá se le ocurra ir a recogerlo... —Fue entonces cuando recordó de nuevo la presencia de Sarah—. Bueno..., no está —repitió.

Por el tono, era una clara invitación a que se marchase de una vez, así que Sarah se despidió. También se sentía abandonada por Lucas cuando regresó a su casa.

Lucas tampoco apareció el domingo. Tuma, en cambio, sí salió de casa, cojeando y de mal humor. Se apoyó en la cerca mientras Sarah limpiaba el cercado de los caballos salvajes. Ella no se atrevió a pasar por su lado para ir a buscar avena al establo, aunque Dream parecía encontrarla bastante interesante, pese a no llevarle comida. El semental la miraba bajo el largo flequillo, un gesto que a ella le recodó a Lucas y su forma de esconder el rostro. Dream la seguía a ella y la carretilla por el cercado, aunque manteniendo cierta distancia. Los otros sementales no le prestaban atención. Tanto el alazán como el caballo negro seguían convencidos de que era mejor evitar a los seres humanos.

—Me sorprende que sigas viniendo —observó Tuma cuando ella pasó cerca de él. Lo había saludado desde lejos brevemente.

Sarah se esforzaba por no mostrarse cohibida.

—¿Y por qué no iba a hacerlo? —preguntó provocadora—. Tu padre está la mar de contento de que le ayude. Y respecto a nuestra cita... No pude acudir.

—¡Ah, no pudiste! —se burló él—. Yo más bien creo que no quisiste. ¿O no te fuiste a dar una vuelta con Lucas? Te gusta, ¿verdad? Más que el caballo... —Señaló a Dream—. Tendría que habérmelo imaginado.

Sarah suspiró.

—Tuma... —Decidió intentarlo de nuevo por las buenas—. Lo nuestro... Tú no me gustas. Quedé contigo solo por Dream. Y eso... eso no debe gustarte...

La miró furioso.

—¡Ya sé yo lo que me gusta y lo que no me gusta! —gruñó, y luego sonrió mordaz—. Así que ya has bautizado al caballo... ¡Cuánta imaginación! Justo eso es lo que me gusta de ti. Yo simplemente lo habría llamado Apple.

—¡Tú a los caballos no los llamas de ninguna manera! —estalló Sarah—. ¡Para ti no necesitan nombres, para ti no tienen alma, para ti son... son como motos! De lo contrario, no los tratarías así. ¡Te importan un bledo, Tuma! Así que ¿por qué no nos dejas en paz a mí y a Dream? Deja que lo intente, ya lo estoy domando. Incluso sin hacerle dar vueltas durante horas, aterrorizándolo y...

Él movió negativamente la cabeza.

—Cielo, voy a montarlo en el Challenge. Es decir, en justamente —contó— ciento cuarenta y tres días. Para entonces tiene que obedecer en la pista. Tiene que estar domado, haber desarrollado una buena musculatura y estar acostumbrado a subir a un remolque... sin asustarse. Tiene que hacer un recorrido de obstáculos, así que hay que conseguir lo antes posible que se deje tocar y montar. Como te encargues tú de él, en tres meses solo será capaz de coger una manzanita de tu mano para comérsela.

Sarah negó con la cabeza.

—No —respondió con vehemencia, decidida a convencerlo—. Irá más rápido. Mucho más rápido. Ahora ya está muy dócil... Tu... tu padre... —Quería señalarle que el señor Takoto la había visto trabajar con Dream el día anterior y no había hecho ninguna objeción.

Tuma hizo un gesto de rechazo.

—Mi padre se parte de risa contigo —explicó—. Para él, lo que tú haces no son más que jueguecitos. No destrozas nada, pero tampoco haces ningún tipo de avance con el caballo. Si no te dice nada, es porque no considera importante ni gastar una gota de saliva en ello. O porque le eres útil. ¿Quién le limpia todos los días gratis los establos y encima le da las gracias? Por eso no le importa regalar un par de puñados de avena.

Sarah se mordió el labio. No sabía qué contestar, pero en ese momento algo distrajo la atención de Tuma. Por el camino de acceso a la hípica llegaba un vehículo de transporte. Un transporte de caballos. Cuando Sarah reconoció el rótulo, su corazón empezó a palpitar con fuerza: GREEN VALLEY CENTER. Cuando el coche llegó al patio, reconoció a Peggy al volante, a Porter, el único empleado varón, al que había conocido en la hípica de los proteccionistas de animales, y... ¿Era Lucas el que estaba sentado junto a Porter?

Aunque no podía contenerse de emoción, fingió indiferencia. Se forzó para no dedicar ni una mirada más al coche y siguió limpiando el cercado.

Pero Tuma no se dejó engañar.

—¿Qué han venido a hacer estos aquí? —preguntó con aspereza, mirando desconfiado a Sarah—. ¡Esto es obra tuya! ¿Qué has hecho? ¿Has hablado mal de nosotros? Te lo advierto...

Ella se estremeció. Cuando ponía esa cara, le daba realmente miedo. Aunque por el momento no podía hacerle nada, claro. Con la torcedura del pie carecía de movilidad, ella se podría librar fácilmente de él. Además, Lucas y los otros estaban al alcance de la vista, seguro que Tuma no se atrevería a aproximarse demasiado a ella. Su padre también estaba cerca. El señor Takoto estaba moviendo un caballo en el picadero delante del cual Peggy aparcó. El entrenador se detuvo cuando ella bajó y saludó.

—¿Qué pasa? —gritó él—. ¿Inspección? —Sonrió incrédulo—. ¿O queréis endosarme otro animal?

Sarah ya no aguantaba más. Ignorando a Tuma, dejó el rastrillo y salió por entre las barras del cercado. Quería enterarse de lo que Peggy le decía. La joven proteccionista bajó del vehículo, y lo mismo hicieron Porter y Lucas. ¡Y Peggy fue directa al grano! Cuando Sarah llegó al picadero, el señor Takoto la miraba enfadado.

—¿Es que he dejado de pagarte alguna vez, Peggy? Que dudéis de mí es un insulto... Pero, por favor, te traigo el dinero ahora mismo... —Miró a su alrededor buscando a alguien a quien darle las riendas del caballo, y entonces vio a Sarah y pareció llegar a la misma conclusión que su hijo—. ¿O hay algo más, Peg? ¿Puede ser que tengamos a una pequeña espía en la hípica y que se desahogue con vosotros cuando somos un poco duros con un caballo? Mi hijo ha mencionado algo al respecto...

Peggy mantuvo la calma.

—Ya llegaremos a eso, Paora —contestó serena—. Deberíamos conversar a fondo acerca de si esos métodos del Salvaje Oeste que utilizas son acordes a la época en que vivimos. En cualquier caso, no responden a la filosofía de la protectora de animales. Queremos domar a los caballos, no doblegarlos. Pero por el momento se trata de que no has cumplido todavía el contrato que cerraste con nosotros. Los caballos que están contigo todavía son propiedad de nuestra asociación, y eso lo tienes negro sobre blanco. Además, sabes muy bien que la tarifa para garantizar la protección de los animales debe pagarse de inmediato y no después de haber probado si los caballos realmente se ajustan a tus conveniencias. Por lo tanto, podemos adjudicar los caballos a otra persona y en uno de los casos así lo hemos hecho. Hoy mismo el *silver dapple* se va al centro de entrenamiento. El nuevo propietario lo deja en nuestra hípica. Lo siento, Paora...

—¿El *silver dapple*? —El padre de Tuma parecía que iba a estallar de un momento a otro—. ¿El único de los caballos que vale algo? ¿El único que se venderá después del Challenge dejando beneficios tanto si gana como si no? No puedes hacerme esto, Peg, esto... —Se interrumpió. Los contratos con la asociación protectora de animales no dejaban lugar a dudas. Protestar no serviría de nada. El señor Takoto reflexionó unos instantes antes de cambiar de estrategia—. ¿Y qué sucede con todo el trabajo que he hecho hasta ahora? —preguntó desafiante—. ¿Van a indemnizarme al menos?

Peggy se encogió de hombros.

—Eso lo tendrás que hablar con el nuevo propietario. Pero, por lo que sé, al *silver dapple* todavía no lo habéis tocado. De todas formas, no me importa ver lo que ha aprendido el semental.

—¡Bah, vete al diablo!

El señor Takoto la fulminó con la mirada y condujo furioso a su caballo fuera del picadero. Para ello tenía que pasar junto a Peggy, Porter y Lucas, que estaban en la entrada, y Sarah se temía que fuera a derribarlos de un golpe.

—Pero una cosa voy a decirte... —Se giró de nuevo—. Si te llevas al *silver dappel*, llévate también al alazán. ¡Qué bicho endemoniado! Por su culpa, mi hijo está de baja. Por eso todavía no hemos domado al *silver dapple*. El sábado a más tardar ya lo estaría...

Se alejó a paso firme, con el caballo siguiéndolo con expresión resignada.

Peggy parecía igual de frustrada.

—Fantástico, ahora además tenemos que apechugar con el segundo semental salvaje... —Suspiró, pero enseguida se enderezó y sonrió a Porter, Lucas y Sarah—. En fin, es lo que hay —dijo con determinación—. Vamos a ver cómo podemos llevárnoslos a los dos. Supongo que Paora y su hijo no nos ayudarán. ¿Se le ocurre a alguien una idea?

Sarah intervino vacilante.

—¿Tenéis... avena?

Mientras los Takoto los observaban desde lejos y discutían entre sí a voz en grito, Porter llevó el coche lo más cerca posible de la puerta del cercado para que los caballos pudieran subir por la rampa enseguida y colocarse en el espacio de carga. Sarah supuso que los Takoto habrían hecho lo mismo para descargar los caballos. Entonces Peggy y Porter se prepararon para guiarlos lentamente, se pusieron detrás del alazán y de Dream para dirigirlos hacia el remolque. Dream enseguida los evitó. Tenía miedo de las personas que se le acercaban demasiado.

Con el semental adulto todo funcionó estupendamente. Gracias al trabajo de cuerda, ya se había acostumbrado a que lo condujeran y había aprendido que no podía huir de los seres humanos. En muy poco tiempo se subió nervioso por la rampa hasta el remolque y no intentó escapar cuando Porter y Peggy lo inmovilizaron con un tabique de separación. Se quedó parado temblando. A Sarah le daba pena. Le habló con cariño mientras colocaba un cubo con avena para Dream en el espacio de carga posterior. Ya había puesto otro en la rampa.

—Todavía no lo sabes, pero estás de suerte —susurró al alazán—. Eres un caballo afortunado. *A lucky boy.*

Peggy, que la había escuchado, se echó a reír.

—Ya tiene nombre —observó—, Lucky Boy. Y ahora

estoy impaciente por ver si el segundo hará honor a su nombre y se subirá al remolque con una docilidad de ensueño.

Solo cuando todos los demás, excepto Sarah, abandonaron el cercado, empezó a interesarse por el cubo de avena. Como era curioso, se acercó al primer cubo al cabo de unos pocos minutos, aunque se retiró asustado cuando metió la nariz. Dream volcó el cubo y lamió la avena de la rampa. Eso le abrió el apetito. Y, de todos modos, ya tenía las dos patas delanteras en la rampa.

Sarah le canturreó su melodía para relajarlo.

—Venga —le dijo con suavidad—. No sé quién te ha comprado, pero seguro que te va mejor... —El semental miró con preocupación el cubo y a Lucky Boy y dio un segundo paso. Ya casi había llegado al recipiente. Sarah contuvo la respiración. Si avanzaba un poco más... Se acercó a él lentamente, lo que ya era correr un riesgo. Podía ser que escapara de ella metiéndose en el remolque, pero también podía decidirse por girar sobre los cuartos traseros y salir huyendo—. Sube... —le pidió Sarah en voz baja.

Volvía a estar totalmente concentrada en él, parecía compartir sus sensaciones. Se esforzó por irradiar calma, confianza total y alegría anticipada ante la comida... Y entonces el joven caballo dio realmente el último paso y hundió la nariz en el cubo de avena. Sarah cerró la valla tras él, pero no pudo disfrutar de su logro.

—¡Cuidado, Sarah! —gritó Lucas, acercándose a cerrar la puerta del remolque con Porter.

Dream se dio un susto de muerte cuando se percató

de que estaba atrapado. Se levantó de manos y relinchó temeroso.

—Nunca más volverá a confiar en mí... —susurró Sarah.

Peggy negó con la cabeza.

—Qué va, enseguida se olvidará de esto. Eso es lo bonito de los caballos. Nos perdonan casi todo lo que les hacemos. No se toman a mal nuestros errores. Básicamente, parecen disfrutar estando con nosotros. Lo peor es que los hombres se aprovechan de ello... Y ahora marchémonos lo antes posible.

Lucas la miraba admirado.

—¡Ha sido genial, Sarah! —la elogió—. ¡Lo has metido en el remolque tú sola! Jamás lo habría imaginado... —Rio—. Ahora sé que todo ha sido para bien.

—Me gustaría estar yo también tan segura de ello —objetó Peggy—. ¿Te vienes con nosotros?

—No sé —respondió indecisa Sarah—. Tengo la bicicleta aquí.

Lucas movió la cabeza.

—¡Claro que te vienes con nosotros! —dijo—. Sal tú primero ahora, y luego nos encontramos en el taller de tu padre. Puedes dejar la bicicleta allí.

Sarah arrugó la frente.

—¿Y cómo vuelvo después a casa? —preguntó—. Y además, ¿por qué he de ir? A ver, está superbién que Dream vaya al centro de entrenamiento, y también Lucky, claro. Pero ahora Dream ya tiene un nuevo propietario... —Oscilaba entre la alegría y la tristeza por la inevitable pérdida.

Peggy suspiró.

—No es que seas muy sagaz —dijo—. Vamos a rebobinar. ¿Tú quién crees que ha comprado el caballo?

Sarah los miró incrédula a uno y a otro. Su mirada se posó en Lucas, que volvía a esconderse detrás del flequillo.

—¡No me lo creo! —exclamó—. ¿No... no serás tú?

20

El padre de Tuma le dijo un par de cosas desagradables a Peggy y le puso doscientos cincuenta dólares en la mano. De ese modo el caballo negro pasaba a ser propiedad indiscutible de los Takoto. El chico pondría todo su empeño en convertirlo en un perfecto caballo de silla antes del Challenge. Contempló con los ojos llenos de odio la partida de Sarah, pero ahora eso a ella le daba igual. Se marchaba de la hípica de los Takoto y seguramente nunca más volvería a poner un pie en ella.

Cuando llegó al local de alquiler de motos, su padre por suerte no estaba. Sarah dejó la bicicleta en el garaje y le envió un mensaje hablado. «Por favor, llévate la bici a casa, papá. Estoy con Lucas en Green Valley Center. Por el caballo... El resto te lo explicaré después.»

Probablemente, sus padres sufrirían un ataque de pánico y temerían que se hubiera comprado el semental. Aunque en realidad ya debían de saber que a los catorce años todavía no se podían realizar trámites comerciales de ese tipo sin el consentimiento de los primogenitores.

Sarah dejó a un lado estas reflexiones, pues en ese momento se detuvo delante el vehículo con Lucky Boy y

Dream. Subió a la cabina del conductor y primero tuvo que volver a respirar hondo.

—¿Puedes comprar un caballo... sin más? —le preguntó a Lucas.

Él hizo un gesto de indiferencia.

—No estoy seguro de que sea del todo legal —murmuró.

Peggy suspiró.

—La que corre más riesgo soy yo. Como los padres de Lucas armen un alboroto, tendré que volver a recuperar el caballo. Aunque aquí uno ya puede disponer del dinero que ha ganado cuando ha cumplido los dieciséis años, si se hubiera comprado un móvil o una máquina de fotografiar seguro que no habría ningún problema, pero un caballo...

El chico sonrió.

—Bueno, para Tuma no habría mucha diferencia entre una cosa y otra —bromeó—. En serio, Peggy, no te preocupes. Mis padres no se meterán. No tienen que enterarse de nada si no insistes en que también firmen. A fin de cuentas no es por largo tiempo.

—¿Qué es lo que no es por largo tiempo? —preguntó vacilante Sarah—. ¿No lo vas a conservar?

Lucas se echó el pelo para atrás.

—No lo vamos a conservar —la corrigió—. No lo he comprado para mí, sino... Caray, Sarah, estaba claro que en su situación actual tus padres no iban a cargar con un caballo. Algo tenía que hacer.

—Sea como sea, el caballo se quedará con nosotros hasta el Challenge —advirtió Peggy—. Espero que reunáis el dinero para pagar el alojamiento. Y tú solo tienes que ser buena, Sarah. Cuanto mejor entrenes a Dream, más posibilidades tendremos de encontrarle un propietario de primera categoría. —Sonrió—. En cualquier caso, este es el plan por el momento. Todavía faltan un par de meses. Quién sabe lo que sucederá. Además, también hay premios en metálico.

Sarah se había quedado sin habla, ya no sabía qué pensar. Montaría a Dream, lo domaría, pero luego tendría que dárselo a alguien.

«Amar significa desprenderse...»

Otro dicho estúpido que uno encuentra estupendo mientras no le afecte.

En coche, Green Valley Center estaba a un paso. Aunque Peggy conducía con mucha precaución, llegaron al centro de entrenamiento en una media hora. Sarah no tuvo ni tiempo de plantearse las preguntas urgentes relacionadas con la futura estancia de Dream en el centro de entrenamiento. ¿Cómo iba a llegar cada día hasta allí para trabajar con él? ¿Y quién iba a pagar los costes del alojamiento? Pero estaba animada. Lucas seguro que habría reflexionado a fondo sobre la compra del caballo y sus consecuencias.

En el centro de entrenamiento habían preparado un cercado relativamente pequeño para Dream. En uno vecino lo esperaba un afable caballo castrado algo mayor.

—El castrado tendrá que dejar el sitio a Lucky Boy —se lamentó Peggy cuando indicó a Porter que sacara el caballo—. Lástima... Es tan tranquilo y está tan acostumbrado a las personas, Dream seguro que enseguida habría seguido su ejemplo y cogido confianza. En lugar de eso, ahora tendrá de vecino a un caballo dos veces traumatizado. Primero a causa de los Musters y luego por los Takoto. No es favorable, pero logísticamente no nos queda otro remedio.

Mientras Porter volvía a maniobrar el vehículo para aproximarlo al cercado, en esta ocasión para que los caballos pudieran correr enseguida a su nuevo hogar, el resto del personal del centro se reunió junto a las vallas para dar la bienvenida a sus nuevos huéspedes.

Reka resplandecía y abrazó entusiasmada a Sarah.

—¡Me alegro tanto de que lo hayáis conseguido! —exclamó—. Por ti y por el pequeño semental, ¡también por los demás, claro!

Catherine no parecía tan eufórica cuando Peggy le contó lo ocurrido con Lucky Boy. Pero los dos caballos se pudieron descargar sin problemas. Dream dio un saltito fuera del camión, miró un momento a su alrededor y enseguida se puso a comer el heno que tenía preparado.

—Después también les daremos un poco de avena —prometió Reka, señalando los comederos de avena instalados junto a los henales.

Se podía echar la avena desde fuera y esperar a mayor o menor distancia que los caballos se atrevieran a acercarse. Sarah vio confirmados sus intentos de doma. También ahí se confiaba en el influjo irresistible de la comida.

Lucky demostró ser mucho más miedoso que Dream. Permaneció acobardado en el remolque hasta que Porter, que había abierto su compartimento, se fue muy lejos. Cuando ya no había ningún ser humano a la vista, saltó fuera y enseguida lo condujeron al cercado vecino al de su amigo.

—Es más sencillo si están separados —señaló Reka para explicar por qué no estaban juntos—. Además, los cercados no deben ser demasiado grandes. Tardan mucho más en acostumbrarse si se mantienen alejados de las personas.

Sarah también lo encontró sensato. Se sentía sumamente tranquila al ver ahora a Dream en esa instalación limpia, donde nadie lo atemorizaba. Por otra parte, estaba oscureciendo y tenía que empezar a pensar en cómo volver a su casa. Hasta el momento, nadie había resuelto esta cuestión.

—¿Cómo has venido hasta aquí? —preguntó a Lucas.

—A dedo —respondió él lacónico.

Peggy movió la cabeza.

—¿Y eso tendrá que hacer Sarah cada día para venir a ver a su caballo? —preguntó incrédula—. ¿O te traerán tus padres? Es lo que yo daba por sentado...

Peggy era inteligente. Había sacado algunas conclusiones de la breve conversación de Lucas y Sarah en el coche.

—No lo sé —murmuró la chica.

Tendría que hablar de todo eso con Lucas. Una cosa estaba clara: seguro que Gesa y Ben no iban a llevarla en coche al centro cada día, y tampoco había autobús.

—¡Que se instale aquí en un principio! —sugirió inesperadamente Reka, que parecía haber reflexionado al respecto—. La semana que viene empiezan las vacaciones de otoño. ¡Así tendríais otra estudiante en prácticas! —Era evidente que estaba muy orgullosa de la idea que se le había ocurrido.

—No tenemos habitación para dos estudiantes en prácticas —objetó Catherine—. Y no solemos coger a menores de edad.

—¡Solo son dos semanas! —insistió Reka—. Y puede dormir conmigo. En una colchoneta. O te quedas tú con la cama, Sarah, y yo saco mi esterilla de dormir maorí. De carrizo, yo misma la he tejido. En la escuela, en el curso de estudios maoríes.

Peggy se encogió de hombros.

—Por mí que no quede —dijo—. Pero por supuesto tus padres han de dar el visto bueno, Sarah.

Ella asintió con vehemencia. No veía ningún problema en ello.

—¿No... no me costará nada? —preguntó de todos modos, preocupada.

Peggy negó con un gesto.

—No. No si trabajas aplicadamente aquí. Pero que conste que esta situación no me gusta del todo. No tenéis dinero, no tenéis ningún vehículo... No son las mejores condiciones para adquirir un caballo. No sé ni cómo me he metido en este asunto, debo de estar loca. —Pero sonrió—. Por suerte, nosotros, los que amamos a los caballos, estamos todos un poco chiflados —reconoció para regocijo general—. Hay que admitirlo... Así que en marcha, Reka, enséñale a Sarah su habitación y luego coges un coche y los llevas a los dos a su casa. No puedo dejar que os marchéis ahora de noche haciendo autostop.

La habitación de Reka en el centro de entrenamiento era realmente diminuta. Quien fuera a utilizar la cama tendría que pasar por encima del colchón de la otra. Pero Reka se lo tomó a risa y a Sarah todo le daba igual mientras pudiera estar con Dream. Después de todos los acontecimientos de ese día, aún se sentía aturdida cuando de regreso a Waiouru miró el reloj. Ya eran las ocho y media.

—¿Vamos al Subway? —preguntó Lucas—. No sé cómo estarás tú, pero yo me muero de hambre.

Sarah no tenía mucho apetito, pero quería a toda costa resolver las preguntas que se planteaba antes de despedirse de Lucas. Durante el viaje con Reka había sido imposible. La joven había hablado sin parar de los ejemplares que tenía en casa y de sus prácticas con la organización para la protección de los caballos al mismo tiempo que tomaba las curvas a tal velocidad con su utilitario que Sarah solo podía pensar en agarrarse fuerte.

—¿Nos lo podemos permitir? —preguntó.

Lucas sonrió.

—Ahora ya no depende de eso.

Sarah buscó su móvil.

—Tengo que llamar a casa —dijo, recordando sus obligaciones.

En realidad, por las noches debía llegar a casa a las ocho si no había quedado de otro modo con sus padres.

Aunque Gesa y Ben pocas veces controlaban su hora de llegada, no quería correr el riesgo de que se enfadaran.

Una Gesa bastante inquieta atendió la llamada.

—¡Sarah! ¿Qué era ese mensaje que has dejado? ¿De qué caballo hablabas? Como esos Takoto te hayan vendido el caballo, se lo devolveremos, Sarah. Solo tienes catorce años.

La chica dejó que su madre hablara. Una vez más se sintió dolida por lo poco que se implicaba en sus problemas. Le había contado a ella y a Ben la historia de Dream con todo detalle. Gesa ya debería saber que no era propiedad de los Takoto.

—Lo ha comprado otra persona —explicó cansada cuando Gesa la dejó intervenir—. Y he ayudado a cargarlo en el remolque y tengo que seguir ocupándome de él. Y ahora solo quería preguntar si puedo ir al Subway.

Sarah oyó el suspiro aliviado de su madre. Parecía haberse tranquilizado y enseguida perdió interés por cualquier otra información acerca de Dream.

—¿Con ese Lucas? —se limitó a preguntar—. ¿Ese del curso de dibujo? Sarah, ¿se está cociendo algo? Tal vez deberíamos hablar...

La chica hizo una mueca.

—Cuando quieras, Gesa, me encantaría —mintió, ya más tranquila—. Pero solo se trata de mi cómic para el curso. Trabajo final de trimestre. Lucas va a echarle un vistazo.

Esperaba que su madre no se diera cuenta de que no llevaba la carpeta de dibujo. Tanto el bloc como los lápices estaban sobre su escritorio. De todos modos, era muy

improbable que entrara en su habitación para comprobarlo.

—Está bien —transigió su madre—. Hasta las nueve
y media. No más, mañana has de ir a la escuela.

—A las nueve y media estaré allí —prometió Sarah,
y cortó aliviada.

—¿Tú lo entiendes? —preguntó volviéndose a Lucas, y olvidando que él no había podido entender la conversación que había mantenido en alemán con su madre—.
Mis padres no se han enterado de nada de lo que les he
explicado sobre Dream. Pensaban que iba a comprarles
un caballo a los Takoto. Y se han quedado aterrorizados
cuando mi padre ha escuchado el mensaje de voz que le
he enviado.

El chico se encogió de hombros.

—Yo nunca hubiera pensado que fueran a reaccionar de otro modo. Ya te lo dije —observó, volviéndose
hacia la entrada iluminada del local—. A tus padres no
les interesan los caballos. Y si además están pensando en
regresar a Alemania... Nunca en la vida te habrían permitido comprar a Dream. El chasco ya estaba preprogra-
mado.

—¿Por eso no has cogido el teléfono estos últimos dos
días? —preguntó Sarah. Todavía se sentía un poco molesta—. ¿Porque no querías que te diera la paliza con mis
penas?

Lucas la miró atónito; él también parecía ofendido.

—¡Qué tontería! —dijo indignado—. Habría aguan-
tado todas tus penas. El problema más bien residía aquí...
—Sacó un teléfono del bolsillo y Sarah se dio cuenta

asombrada de que no era el suyo, sino un anticuado móvil plegable con teclas.

—La tarjeta SIM no encaja. —Lucas suspiró—. He intentado recortarla, pero bueno... Tengo que conseguir una tarjeta nueva para poner esto en marcha. De momento, estoy inaccesible. Lo que es una mierda. Estoy preocupado por Carrie y mi madre. —No siguió hablando.

Sarah le tendió su móvil sin pronunciar palabra.

—Llámalas —dijo al ver que él no reaccionaba—. Mientras, iré a buscar algo que comer.

Cuando Sarah regresó con dos bocadillos enormes y dos Coca-Colas, Lucas parecía tranquilo.

—¡Me muero de hambre! —dijo.

Durante un rato comieron en silencio.

—¿Dónde está tu otro móvil? —preguntó ella de repente.

—Lo he vendido.

Sarah lo miró perpleja y entonces cayó en la cuenta de algo más: el colgante de jade que nunca se quitaba.

—¿También has vendido el... el amuleto?

Lucas tragó y asintió.

—Por eso estuve en Auckland —dijo —. En la tienda del museo del War Memorial compran todos los *hei tiki* hechos a mano. Así que han aceptado el mío. —Sonrió orgulloso, aunque también algo triste.

—Era superbonito —opinó Sarah.

Sabía bien que Lucas había infravalorado sus propios méritos la primera vez que le había preguntado por el amuleto, pero su habilidad para tallar superaba con cre-

ces los conocimientos de los alumnos de estudios maoríes.

—Además, les he contado la historia de los guardianes
—añadió, como si eso hubiese sido determinante para
que los expertos del museo reconocieran la alta calidad y
autenticidad de su arte.

Sarah sonrió.

—En Alemania, mi madre seguramente lo habría vendido por el doble como amuleto protector contra los malos espíritus.

—Me han dado ciento cincuenta dólares por él —dijo
Lucas con orgullo—. Todavía tenía un par de dibujos...
y el móvil. En total, seiscientos dólares.

—¿Y todo eso por Dream? Todavía no me lo puedo
creer.

Sarah quería darle las gracias, pero no encontraba su-
ficientes palabras para expresar sus sentimientos.

Él volvió a esconderse tímidamente tras su flequillo.

—Pero no podremos conservarlo ni aunque ganes
el Challenge —señaló quitando importancia al asunto—.
Los premios en metálico no son demasiado altos. Solo
he podido salvarlo de los Takoto.

Sarah asintió contenida.

—Todavía tenemos que llegar hasta el Challenge
—dijo—. ¿Es verdad que piden doscientos veinte dólares al mes por alojar al caballo en Green Valley?

—Doscientos por ser nosotros —contestó Lucas—.
Aunque no lo parece, por mucho que se haga la implaca-
ble, Peggy tiene un corazón de oro. Es evidente que ella
no aprueba los métodos de los Takoto, pero la organiza-

ción no tiene una cantidad ilimitada de dinero, y es evidente que no cuenta con espacio suficiente. A veces tiene que renunciar a adoptar caballos.

Sarah volvió a asentir.

—Entonces, hagamos cuentas. Faltan unos cinco meses para el Challenge. Todavía te quedan trescientos cincuenta dólares, yo tengo unos trescientos, me parece... Depende un poco de a cómo esté el cambio, mi dinero todavía está en Alemania. Eso significaría tres meses de alquiler.

Lucas se rascó la frente.

—Pero hay que añadir otros gastos más —señaló—. Antiparasitarios, por ejemplo, cincuenta dólares como mínimo. Y vacunas. Antes del Challenge hay que hacer los cascos. Y luego la cuota de inscripción... y... y la castración.

—¿Vas a castrarlo?

Sarah levantó la vista horrorizada. Castrar o capar un semental significaba hacerlo infértil. Al extirparle los testículos se convertiría en un caballo estéril.

Lucas suspiró.

—Tenemos que hacerlo —explicó—. O no nos dejarán competir en el Challenge.

—Pero... pero... —Sarah sentía que toda ella se rebelaba contra la idea de convertir a Dream en un castrado—. Es tan hermoso... Sería un maravilloso caballo de cría.

—Si se criaran kaimanawas fuera de la naturaleza —objetó Lucas—. Pero no lo hacen. A lo mejor esto cambia algún día, pero por el momento hay demasiados. Nadie piensa en criarlos. La organización protectora de animales está expresamente en contra. La castración es condición previa para participar en el Challenge.

—¿Y si lo dejamos en libertad? —propuso Sarah con el corazón en un puño—. ¿Y si lo domo para que se acostumbre a la cabezada y luego lo devolvemos a las montañas?

Lucas hizo un gesto negativo.

—Te olvidas de los Musters —dijo en voz baja—. El año que viene volverán a celebrarse. Y otra vez. Y otra vez. Aunque lograra escapar la próxima ocasión, algún día lo volverían a atrapar. Y cada año será un año más viejo y más difícil de domar. No querrás que acabe en el matadero...

Sarah se rascó la frente. Lucas tenía razón. Y a pesar de ello... Mientras no se castrase a Dream, ella tendría una pizca de esperanza. Por ejemplo, el Tribunal de Waitangi. Si los jueces decidían que en el futuro no se volviera a capturar kaimanawas, a lo mejor sería posible volver a dejarlo en libertad. Sarah soñaba con verlo corriendo por las montañas con sus yeguas. En libertad no había cabida para un castrado. Con la castración el destino de Dream estaba determinado como caballo de silla.

—No tenemos que decidirlo hoy —apuntó Lucas, cuando vio asomar las lágrimas en los ojos de Sarah—. De todos modos, no tenemos dinero. Como mínimo, nos faltan dos meses de alquiler. ¿Cómo los reunimos? ¿Trabajamos en vacaciones? ¿Atracamos un banco? —Sonrió.

Sarah sonrió entre lágrimas.

—Ni una cosa ni la otra. Se los pediré a mis abuelos. Seguro que me ayudan.

Cuando llegó a su casa, Sarah estaba muerta de cansancio y excitada al mismo tiempo. Por suerte, Gesa y Ben no le hicieron ninguna pregunta fastidiosa. De hecho, él estaba sentado de nuevo delante del televisor, y ella, en la tienda. Debían de haber vuelto a enfadarse. Sarah suspiró. A lo mejor había que decidir antes del Challenge qué iba a suceder con su familia...

Pero apartó enseguida estos sombríos pensamientos de su mente. Lo primero que tenía que hacer era hablar con la abuela Inge y el abuelo Bill. En Alemania era mediodía y ellos enseguida respondieron al mensaje de texto en el que les preguntó si podían hablar con ella por Skype. Poco después estaba viendo a sus abuelos en la pantalla de su ordenador.

—Sarah... ¡Qué bien que contactes con nosotros! —La abuela Inge estaba emocionada—. Ya hace tiempo que queríamos llamarte, pero pensábamos que... que estarías acabando el trimestre en la escuela, ¿no? Seguro que tenéis muchos trabajos que presentar antes de las vacaciones de otoño, así que no... no queríamos molestarte.

Por lo visto, los abuelos habían contactado varias veces con Ben y lo habían encontrado raro. Al final les había hablado de los planes de Gesa de volver a Alemania. Desde entonces no podían contener su impaciencia.

Sarah les confirmó que entre sus padres saltaban chispas.

—Pero todavía no hay planes concretos de que vayamos a mudarnos —dijo.

—Nos da esperanzas al menos, cariño —respondió alegremente la abuela Inge—. Sarah, ¡nos alegraríamos tanto de que regresarais! ¡Todo volvería a ser como antes!

Ella lo dudaba. Intuía que volver significaría la separación de sus padres. Y, además, ¿querría Gesa regresar a Hamburgo o más bien tenía la idea de empezar desde cero en una nueva ciudad?

—No pareces muy entusiasmada —intervino el abuelo Bill. Siempre había sido el que mejor la había entendido—. ¿No te alegras? ¿Ya no te gustaría volver?

Sarah se rascó la frente.

—Sí..., pero... No... yo... Para ser sincera, ahora tengo otras preocupaciones —empezó diciendo—. Y necesito urgentemente vuestra ayuda. —La abuela Inge y el abuelo Bill la escucharon con atención y sin interrumpirla—. Necesitamos al menos cuatrocientos dólares —concluyó Sarah—. Y mejor aún quinientos. Son algo más de trescientos euros. A lo mejor os los puedo devolver si gano dinero en el Challenge. De algún modo, seguro que lo conseguimos. Pero ahora Lucas y yo tenemos que saber que vamos a poder pagar la tenencia del caballo. —Calló y miró temerosa los rostros de la pantalla. Era difícil interpretar su expresión. Los abuelos reflexionaban.

—¿Puedes prometerlo? —preguntó después de un rato su abuela—. ¿Seguro que solo es para estos cinco meses y que luego te separarás del caballo y volverás a Alemania? ¿Incluso si tu padre tal vez prefiere quedarse en Nueva Zelanda?

Sarah sintió un escalofrío. Así que los abuelos estaban al corriente de la posibilidad de una futura separación. Y también ellos, de quienes hasta entonces se había sentido querida incondicionalmente, querían hacer un trato: querían que ella volviese, querían estar seguros de que su nieta se decidiría por Alemania cuando tuviese que escoger dónde iba a vivir tras la separación de sus padres. ¿Qué le parecía a ella...? ¿Es que acaso todo eso no le interesaba?

Sarah tragó saliva. La verdad era que en ese momento no podía pensar en ese tema. Ahora lo que más le importaba era Dream.

—Sí —respondió con voz firme—. Sí, os lo prometo. Solo quiero asegurarme de que Dream esté bien. Si Gesa vuelve a Hamburgo, volveré con ella.

Único en el mundo...

21

Sarah no le contó a Lucas el acuerdo al que había llegado con sus abuelos. Solo compartió con él su alegría por la transferencia inmediata de setecientos dólares. Sus abuelos le habían dicho que no tenía que tocar sus propios ahorros, porque a lo mejor los necesitaría en otro momento.

—Podríamos pagar con ellos la castración —dijo Lucas.

Sarah no hizo ningún comentario sobre eso y le contó que sus padres habían aprobado que hiciera las «prácticas» en el centro de entrenamiento. El miércoles, justo al comienzo de las vacaciones, su padre la llevaría allí en coche. Antes de eso volvieron a visitar a Dream en el escúter de alquiler de Ben y se asombraron de lo mucho que ya habían cambiado los dos animales. Ahora permanecían tranquilos cuando la gente pasaba por sus cercados, lo que no era extraño, ya que estaban en medio de la instalación y todo el día había trajín. Dream ya se acercaba a un brazo de distancia cuando Reka llenaba el comedero de avena y el henal. Lucky, sin embargo, todavía estaba algo intimidado, pero en lugar de huir atemorizado, también levantaba las orejas cuando alguien se acercaba.

Sarah pasó la hora de visita en el cercado de Dream. Se sentó simplemente junto al henal y habló con él o le canturreó. Ese día el caballo comió por primera vez zanahorias cogiéndolas todavía del pesebre, pero Sarah confiaba en que dentro de poco las comería de su mano.

Después de la excursión, le habría gustado ir con Lucas al Subway, pero él rechazó la propuesta. Ese día se le notaba que no había dormido y que estaba literalmente molido. Sarah no hizo ningún comentario respecto al ojo derecho, medio hinchado, que él apenas podía esconder tras el flequillo. Pero Peggy sí preguntó bromeando si se había peleado con alguien.

Lucas lo negó con una expresión atormentada.

—Me he caído —respondió.

Con Sarah se ahorró decir una mentira. Quería llegar pronto a casa. Ella volvía a sentirse sola. No quería volver a llamar a sus abuelos, y Maja... A su amiga no le interesaba Dream, aunque sí mucho más su relación con Lucas. Pero Sarah no quería hablar de los problemas personales de él, le habría parecido una indiscreción. Ella misma se asombraba de ese sentimiento. Antes había compartido todos los secretos con Maja.

A mediados de la semana, Ben la llevó al centro de entrenamiento, y al menos fingió interesarse por los proteccionistas y por el trabajo de Sarah con los caballos.

Admiró el joven semental y se ofreció a buscar una

motocicleta que ella pudiera conducir con catorce años. Sarah se alegró, aunque era consciente de que todo eso formaba parte del juego. Ben deseaba que se quedara con él en Nueva Zelanda. No quería comprarle un caballo, pero sí podía conseguirle una motocicleta o una bicicleta eléctrica, que le saldría mucho mejor de precio.

Sarah encontraba todo eso muy fastidioso, pero estaba decidida a olvidarse durante las siguientes dos semanas y media de cualquier cosa que no tuviera que ver con ella y Dream. Y en gran medida lo consiguió, sobre todo porque tenía el día totalmente lleno. Colaboraba en las tareas de los establos y en dar de comer a los animales, y luego por fin se dedicaba a Dream. Comprobó satisfecha que ya el segundo día se comía las zanahorias que había distribuido alrededor de ella en el cercado. Por primera vez se le acercó realmente. Podía mirarlo a los ojos, admirar sus preciosas pestañas blancas como la nieve, así como el bigote también blanco de su suave nariz. Estaba deseando acariciarlo, pero creía que todavía necesitaría varios días para lograrlo. Se sorprendió cuando por la tarde Catherine la animó a intentarlo.

—Hasta ahora has dejado que él marcara el ritmo y lo has hecho bien. Pero a estas alturas ya no tiene tanto miedo de ti. Tú también puedes acercarte a él.

Sarah la siguió al cercado de un caballo que habían capturado en los Musters de ese año, una yegua gris. Catherine le demostró cómo acercarse de la forma más segura a ella.

—No la miro fijamente, eso tampoco es de buena educación entre las personas cuando acaban de conocerse.

He oído decir que entre ellas lo mejor es mirar el lóbulo de la oreja izquierda. Con los caballos has de mirar hacia el cuello. Y te acercas lateralmente en dirección al hombro. Entonces el caballo puede verte bien, que es lo que pretendes, a fin de cuentas no tienes nada que esconder. Y, por supuesto, mientras tanto le hablas. Tu voz es un instrumento importante, ya lo sabes.

Sarah asintió y luego contempló fascinada cómo Catherine se iba acercando a la yegua mientras le dirigía palabras halagadoras. Al principio el animal se alejó de ella, pero la entrenadora no se desanimó y la siguió por el cercado. En el fondo era lo mismo que el método del picadero redondo, pero, naturalmente, mucho más tranquilo y amable. Se invitaba, más que se forzaba, al contacto. Catherine tampoco volvió a alejar a la yegua cuando esta decidió de repente quedarse quieta y mirarla mientras la esperaba. La elogió y le dio una zanahoria. Al final, el animal se quedó tranquilo, mordisqueando, y permitió que Catherine la rascase. La entrenadora parecía conocer exactamente los lugares que picaban a los caballos salvajes.

—Le tiembla el belfo superior, le gusta que la acaricies —observó Sarah.

Catherine no cabía en sí de contento.

—Sí. Esto es lo mejor —dijo entusiasmada—. Este primer contacto... cuando empiezan a confiar en ti. Antes participaba en competiciones, ¿sabes?, y a menudo las ganaba. ¡Pero no hay nada que pueda compararse con esto, ni victorias ni aplausos ni medallas ni copas! ¡Esto es como un milagro!

Sarah estaba segura de que tenía razón. Por la tarde, ella misma experimentó ese milagro. Ya su primer intento de acercarse a Dream fue un auténtico éxito. Si bien el semental se había alejado receloso, enseguida había parecido que pretendiera más bien jugar con Sarah que huir atemorizado de ella. La paciencia, según Catherine, era lo más importante, podía ocurrir que un caballo aceptara la invitación de comer después de una o dos horas y, cierto, al cabo de media hora Dream se hartó de escaparse. Avanzó al paso y dejó que Sarah se fuera acercando cada vez más a él, en lugar de evitarla, y luego se quedó quieto para cogerle una zanahoria de la mano. Sarah sintió por primera vez su roce... ¡Se le puso la piel de gallina!

Su rostro resplandecía cuando más tarde se lo contó a Catherine y a Reka. Al día siguiente, repitió el acercamiento, y esta vez Dream también se dejó tocar el hombro. Cuando Sarah tendió la mano hacia él, experimentó una increíble sensación de suspense. Pensaba que iba a estallar de alegría cuando sus dedos tocaron su pelaje cálido y suave. Y eso que al principio el joven semental estaba tenso como un cable. Dirigía las orejas hacia atrás, observaba hasta el más mínimo movimiento de Sarah y parecía listo para saltar a un lado en cualquier momento. Sarah canturreaba y hablaba con él, le tocaba los hombros y al final empezó a acariciarlo tal como había hecho Catherine con la yegua gris. Dream se relajó y Sarah se habría echado a llorar de felicidad cuando la nariz del animal empezó a vibrar y luego a temblar de placer. Al final hasta volvió inquisitivo la cabeza hacia ella.

—Esto significa: ¿puedo rascarte yo también en algún

sitio? —tradujo sonriente Peggy desde el borde del cercado—. Estamos imitando la socialización a través del aseo del pelaje. Ya sabes que los caballos se asean mutuamente...

Sarah asintió. Jackpot ya lo había intentado alguna vez con ella, pero Eva Betge le había indicado que lo impidiera con dulzura, pero con determinación. «A veces se sirven de los dientes», le había explicado.

Sarah estaba como borracha de éxito, y a punto estuvo de dar gritos de alegría cuando al final Dream superó todas sus expectativas: ella se dio la vuelta para marcharse y él la siguió hasta la salida.

—Mañana te estará esperando —profetizó Peggy, y Sarah volvió a pensar en el principito y el zorro, que era feliz esperando los pasos de quien lo domesticaba.

Por la tarde llamó a Lucas para contarle su triunfo, pero él parecía distraído e incapaz de concentrarse.

—¡Has de venir a vernos sin falta! —le pidió Sarah, para reconfortarlo—. Habla con mi padre. Seguro que te alquila un escúter.

Lucas apareció finalmente el sábado con su hermana, que iba sentada detrás de él en el escúter, con un casco en la cabeza, y estaba muy emocionada. Sarah no podía dedicarles mucho tiempo. Se tomaba muy en serio sus tareas como estudiante en prácticas con los proteccionistas, y los fines de semana en especial había allí mucho ajetreo. Seguía habiendo ejemplares en venta y además la gente que había dejado allí sus caballos para que los domasen querían informarse acerca de los progresos que hacían. Los empleados del centro estaban muy atareados, tenían que cepillar los animales, ensillarlos y pasear a los visitantes por el recinto. Por supuesto, todo debía de estar impoluto y causar una buena impresión.

—Ya no lleva cabezada —observó Lucas enseguida, cuando Sarah lo condujo al cercado de Dream.

Ella asintió con vehemencia.

—Desde anteayer. Fue muy divertido, los otros caballos que han cogido este año están aprendiendo a dejarse poner la cabezada. Con Dream y Lucky tuvimos que empezar quitándosela. Es mucho más difícil, los dos lo pasaron muy mal cuando se la pusieron. Son más miedosos que los demás cuando se les toca la cabeza y las orejas. Pero anteayer Dream dejó que me acercara a él.

—Resplandecía.

—¿Y ahora le enseñas a volver a ponérsela? —preguntó Lucas, que parecía nervioso. Intentaba no perder de vista a Carrie, que estaba encantada con los caballos. Sarah pensaba que se comportaba como un auténtico paranoico. De hecho, Rake enseguida se había llevado a la niña y dejaba que la ayudase a limpiar el estiércol de los cercados. Le había prometido que después podría montar en un poni muy dócil.

—Tengo que enseñárselo —respondió Sarah—. Pero en realidad no necesitaría hacerlo. ¡Mira! —Se introdujo en el cercado y fue directamente hacia el caballo, que ya se acercaba a ella al verla llegar.

—¡Ven, Dream! —dijo alegremente, moviendo el índice para que se aproximara.

El semental enseguida acudió a la llamada. Como si hubiera un lazo invisible entre ambos, el caballo la seguía por el cercado, se paraba, daba marcha atrás e incluso se puso al trote cuando ella se echó a correr. Parecía estar disfrutando de lo lindo con ese juego. Sarah lo premió acariciándolo y rascándolo.

Lucas estaba visiblemente impresionado.

—Nunca hubiera pensado que fuera todo tan rápido —dijo, volviendo a buscar inquieto a Carrie a su alrededor—. Si esto sigue así, pronto podrás montarlo.

Sarah asintió.

—Todos aquí dicen que ha sido rapidísimo —señaló orgullosa—. Dicen que hay algo especial entre nosotros, que tenemos una relación extremadamente buena. Aunque Lucky tampoco es malo. —Reka se había encargado de domar a Lucky Boy. Si Sarah iba a montar a Dream en el Challenge, la hípica tenía que hacer algún apaño—. En realidad, se necesita una licencia de entrenador para competir —explicó—, y Peggy, Porter y Catherine son los únicos que la tienen. Peggy quiere utilizar como argumento que el nombre de la hípica está en los permisos y que por ello también puede servir para los estudiantes en prácticas. Reka presentará a Lucky, y yo, a Dream. Seguro que los Takoto también actúan así —supuso—. ¡Tuma no tiene una licencia ni en broma!

Ella, con catorce años, todavía era demasiado joven, pero él ya habría podido obtenerla... Sarah sabía que el plan de Peggy presentaba algunos puntos cuestionables, pero agradecía que Lucas no los mencionara. Tampoco hablaron de la castración de Dream. Esa semana,

Sarah se sentía tan feliz y Lucas tan distraído que ambos prefirieron dejar a un lado los temas delicados.

El resto de las vacaciones transcurrió con no menos logros. El domingo anterior al comienzo del curso, cuando Sarah empaquetó entristecida sus cosas, Dream ya estaba acostumbrado a que le pusiera la cabezada y a dejarse llevar. La seguía de buen grado desde su cercado hasta el picadero. El siguiente paso del programa consistiría en superar la prueba de obstáculos y luego acostumbrarse a la silla.

Reka también había avanzado considerablemente con Lucky, pero este no trabajaba tan contento como Dream ni era tan aplicado. Aunque era dócil, cogía la comida de la mano de Reka, permitía que le pusiera la cabezada y luego que lo guiara, cuando la joven volvía a soltarlo, se marchaba, y cuando ella quería volver a ponerle la cabezada, tenía que ir a buscarlo a un extremo del cercado. Dream, en cambio, relinchaba al ver a Sarah, aunque fuera a lo lejos. Trotaba a su encuentro y después de los ejercicios la acompañaba hasta la puerta. El juego con el lazo invisible funcionaba también fuera del cercado. Dream la seguía por el picadero, es probable que también hubiera podido salir a pasear con él por la hípica sin que él la abandonase. Pero Peggy no lo permitía.

—Cuando esté castrado podrás hacerlo —dijo—. Pero es inconcebible dejar que un semental se pasee en libertad por aquí.

Últimamente se hablaba de la castración cada vez con

mayor frecuencia. Las entrenadoras pensaban llevar a Lucky el mes siguiente al veterinario y suponían que también habría que castrar a Dream.

—¡De verdad que no es una operación peligrosa! —la consoló Catherine al darse cuenta de que Sarah permanecía en silencio—. Raramente hay complicaciones y, en general, al cabo de una semana los animales ya se han olvidado de todo, y a partir de ahí todo es más sencillo.

Sarah tampoco hizo ningún comentario al respecto. No le daba miedo la operación, lo que ocurría era que no le gustaba lo que significaba. Seguía soñando en una vida en libertad para su caballo. Al comenzar el curso, a Sarah se le complicaron algo más las cosas. Se había propuesto seguir visitando cada día a Dream y trabajar con él, pero no había, sin embargo, ningún medio de locomoción con el que ella, a sus catorce años, pudiera circular. Su padre había comprado dos modernas bicicletas eléctricas para la tienda de alquiler de motos, pero Sarah comprobó enseguida que solo cubrían una distancia de veinte kilómetros y que después había de volver a cargarlas, por lo que era demasiado incómoda para trayectos largos. Así que esos juguetes le resultaban de poca utilidad.

Encontró en eBay un pequeño motor auxiliar que se podía adaptar a su bicicleta. Su padre se lo instaló en un abrir y cerrar de ojos, ahorrándose con ello un montón de dinero, algo de lo que no se dio ni cuenta. Era de la opinión de que las bicicletas eléctricas habrían revalorizado considerablemente su negocio y, sorprendentemente, Gesa no le contradijo en esa ocasión. Sarah comprobó con asombro que la relación entre sus padres había mejorado. Posiblemente se debiera a que la tienda estaba funcionando. En el centro municipal se habían empezado a dar cursos de yoga y el profesor había despertado el interés de las alumnas hacia la filosofía del Lejano Oriente. Gesa vendía libros, velas aromáticas, barritas de incienso y otros accesorios que entusiasmaban a las mujeres en su camino a la iluminación.

Sarah se alegraba, eso demoraba tomar la decisión de volver o no a Alemania. Así que podía concentrarse en Dream y en sus desplazamientos al centro de entrenamiento. Tener que recorrer casi veinte kilómetros por un terreno irregular, aunque fuera con una bici eléctrica, no era moco de pavo. Para cada viaje debía calcular una hora, y después de la escuela y del recorrido en bici —la bicicleta no funcionaba totalmente sin la potencia muscular—, llegaba a la hípica hecha polvo.

Aunque las unidades de trabajo con los caballos jóvenes eran breves, Sarah quería echar una mano también en la granja. Así que, siempre que podía, intentaba limpiar ella misma el cercado de Dream y, a ser posible, también el de Lucky. A veces ella y Reka se ayudaban mutuamente en los ejercicios; por ejemplo, con el trabajo a la cuerda. A Dream le resultaba difícil comprender que ahora debía trabajar a una mayor distancia de Sarah y siempre intentaba ir con ella hacia el centro; mientras que Lucky parecía recordar el picadero redondo de los Takoto y al principio corría inquieto en círculos. Hasta que los dos sementales comprendieron los principios básicos, siempre se le hacía tarde, y Sarah odiaba tener que recorrer la solitaria carretera nacional de noche. Tampoco a Peggy le gustaba.

—¿Es que a tus padres no se les ocurre nunca la idea de venir a buscarte? —preguntó disgustada cuando por tercera vez en una semana tuvo que pedir a uno de sus empleados que acompañase a Sarah a su casa.

La chica se encogió de hombros. Se avergonzaba un poco de Gesa y Ben, pero a ninguno de los dos le importaba cuándo volvía a casa. Bastante tenían con ocuparse de sí mismos. Gesa también iba a yoga e intentaba aficionar a las demás participantes a otras técnicas asiáticas de relajación. Cuando el profesor, a quien todas adoraban, se declaró expresamente afín a la distribución de los espacios domésticos de acuerdo con los principios del *feng shui*, se ganó dos clientas que solicitaron su asesoramiento.

Ben se relacionaba últimamente con un club de motoristas y trabajaba con algunos de sus miembros un concepto de negocio que ofreciera a los turistas rutas guiadas en moto. «¡En Estados Unidos ya hace tiempo que esto funciona! —explicaba—. Por ejemplo, en la Ruta 66.»

Estaba obsesionado con una ruta que llegara a la playa de las Noventa Millas, arriba, al norte de la isla Norte de Nueva Zelanda, que se pudiera recorrer en moto por la costa durante kilómetros. Atravesar luego el país hacia la costa este, y de vuelta al Taranaki, una montaña cónica. En Wellington, al sur de la isla Norte, se podía coger el transbordador y llegar a la isla Sur, bajar la costa oeste por unas sinuosas carreteras despobladas, pasar por bahía Dorada, y luego cruzar los majestuosos Alpes hasta llegar a Milford Sound, en el Parque Nacional de Fiordland, en el extremo meridional de la isla Sur.

A Sarah todo le parecía bien, con tal de que Ben estuviera de buen humor y ocupado.

Lucas solo la veía los fines de semana, aunque tampoco todos, pues ella tenía que hacer deberes al acabar de trabajar con Dream. A menudo se quedaba estudiando hasta altas horas de la noche.

—Mi madre siempre está enferma —se justificaba Lucas por no poder acompañarla casi nunca a ver a Dream— y tengo que ocuparme de Carrie. Y los tres no podemos ir en el escúter. Lo siento de verdad. —Miraba a Sarah abatido—. Me encantaría ir contigo. Pero... la situación en casa es ahora muy complicada.

Lucas intentaba explicarse y volvía a esconderse detrás del flequillo. Ella notaba que de nuevo se retiraba en su caparazón y pensaba entristecida que, mientras que su relación con Dream avanzaba, no sucedía lo mismo con su relación con Lucas. Y eso que había pensado que la compra del caballo los acercaría más...

22

Sarah sentía un cosquilleo en el vientre y el corazón le latía más deprisa el día en que condujo a Dream ensillado y embridado al picadero, y en esa ocasión no para trabajar en el suelo y acostumbrarlo a la montura, tal como había hecho las dos últimas semanas. No, el semental ya conocía desde hacía tiempo la silla y la brida sin bocado por la que se había decidido Sarah. Ese transparente día de invierno de mediados de junio, diez semanas después de los Musters, Sarah iba a montar por primera vez a Dream.

—¿Qué tal? ¿Lista? —preguntó Peggy, preparada para ayudarla—. ¿Va a grabarlo alguien? ¿Dónde está Lucas? ¿No quería presenciar vuestro gran día?

Sarah hizo un tímido gesto de negación. Si tenía que ser sincera, ni siquiera le había contado a Lucas lo que iba a ocurrir ese sábado. Tampoco quería que nadie filmara el evento. Era la primera vez que subía a la silla, un momento íntimo, particular, un instante importantísimo en la historia de su relación... Sarah no quería compartirlo con nadie. Habría preferido estar a solas con Dream. No creía que él fuera a cometer ninguna tontería. En realidad, estaba tan segura que, cuando nadie la veía, había intentado a escondidas poner un pie en el estribo y apoyarse en el lomo. El semental lo había tolerado sin ni siquiera parpadear. Pero Peggy no le permitía que actuara a solas. En el Green Valley Center, la primera vez que se montaba un caballo, un auxiliar debía sujetarlo y conducirlo.

—Creo... creo que Lucas vendrá mañana —dijo. Había quedado con él el domingo. Su madre se había recuperado y ya podía ocuparse de Carrie. ¿O acaso dejaba a su hermanita sola con su madre porque el ejército estaba realizando unas maniobras en el campo de instrucción y su padre estaría fuera durante varios días?—. Ya lo filmará entonces.

—De acuerdo. —Peggy le sonrió.

Parecía entender, y Sarah se tranquilizó. Eso era lo que hacía tan bonita la atmósfera en la hípica: todo el mundo había sentido en algún momento la magia que se creaba entre el ser humano y el caballo.

Sarah se esforzó por respirar con calma y normalidad mientras se subía primero a la escalera para montar junto a la cual Peggy acababa de colocar a Dream, una acción que había practicado minuciosamente durante los últimos días. Luego colocó el pie en el estribo. Peggy acariciaba al caballo y Sarah hablaba con él mientras iba desplazando cautelosamente su peso en el estribo y se dejaba caer, como ya había hecho una vez, atravesada sobre el lomo. Dream aguantaba todo su peso.

¿Se asustaría cuando ella se enderezase y él viera su sombra a su espalda? ¿La tomaría por un predador? Sarah pasó la pierna derecha por encima del lomo de Dream y se deslizó sobre la silla, conservando la parte superior del cuerpo inclinada sobre el cuello del caballo. Luego se fue enderezando poco a poco. Dream prestó atención. Escuchaba su voz.

—¡Estupendo! —lo elogió Sarah—. ¡Y ahora toma una chuche!

Le tendió una zanahoria junto a su pierna derecha. Ya hacía tiempo que Dream había aprendido a doblar el cuello para coger golosinas por un lado, y en ese momento repitió el gesto tranquilamente. Era evidente que no le daba miedo que Sarah ya no estuviera a su lado, sino sobre su lomo.

—Ahora ponlo en movimiento —le pidió Peggy.

Sarah levantó las riendas y presionó con cuidado con los muslos. Naturalmente, Dream no conocía todavía esas ayudas, pero, unidas al amable requerimiento de que se pusiera al paso y al ligero tirón de Peggy en el ronzal, entendió. Algo inseguro, empezó a caminar. No estaba acostumbrado al peso del jinete, todavía tenía que aprender a equilibrarlo.

—¡Estoy montando! —susurró Sarah—. Jo, estoy montado. ¡Estoy montando a Dream!

En realidad, había esperado verse superada por la alegría, pero en ese momento tampoco la afectaba tanto. Estaba demasiado abstraída en el joven semental como para ocuparse de sus propios sentimientos. Peggy le hizo dar una vuelta alrededor del picadero y Sarah le fue dando las ayudas correspondientes con los muslos cuando cambiaba de mano. Dream conocía la orden de voz, ahora se añadían las ayudas de peso y piernas. Todo funcionó estupendamente. Era obediente y estaba atento.

—Suéltanos —susurró Sarah cuando Peggy empezaba una segunda vuelta—. Por favor, desátanos. Puedo... puedo montarlo sola.

En realidad, no había creído que la joven entrenadora soltara el ronzal, pero lo hizo sin protestar. Eso sí, permaneció junto a Dream cuando Sarah se puso en marcha de nuevo. Ese primer día acompañaría a amazona y caballo. Pese a ello, Sarah lo vivió como otro paso adelante más en la transformación de Dream en un caballo de silla. Estaba orgullosísima cuando realizaron el primer cambio de dirección tan bien como la primera parada.

—Ahora ya tendrías que acabar —indicó satisfecha Peggy.

En total, Sarah había montado a Dream por vez primera durante no más de cinco minutos, aunque para ella habían sido horas. Y cuando desde el lomo del caballo se deslizó cuidadosamente al suelo, sintió que iba a estallar de alegría. Abrazó al potro. Lo colmó de golosinas y lloró contenta y aliviada.

Tal como habían quedado, Lucas fue a recogerla al día siguiente y después de tanto tiempo volvieron a vivir un par de horas totalmente relajadas y felices. El padre del chico estaba, en efecto, de maniobras, y ese día él no tenía que preocuparse de Carrie y su madre. Gena y Ben, por su parte, iban de excursión a un encuentro de motoristas, lo que Sarah consideró muy positivo. Su madre tenía que haberse enamorado de nuevo para acompañar a su marido a tales eventos. Y la segunda sesión con Dream transcurrió tan bella y armoniosamente como la primera. Esta vez, Lucas la grabó y Sarah pudo contemplar lo hermoso que era su caballo bajo un jinete.

—En el Challenge de este año no habrá otro caballo más bonito —dijo Peggy.

—Ni otro que sea mejor —concluyó Sarah con una seguridad completamente nueva—. Para entonces estará perfecto.

—Espero que ya esté también castrado —señaló la entrenadora, mirando seriamente a Sarah y Lucas—. Tenéis que decidiros de una vez o será demasiado tarde. Tiene que haberse recuperado del todo antes de la competición. Intentad reunir el dinero.

Hasta entonces, Sarah siempre había puesto la falta de dinero como excusa cuando se hablaba de castrar al caballo. Tres semanas antes habían intervenido a Lucky y todo había transcurrido sin problemas. El castrado volvía a sentirse bien y Sarah tampoco veía que su conducta hubiese cambiado gran cosa. En principio, no había nada en contra de la castración..., salvo el sueño de unas crines ondeando al viento en libertad.

—¡Correré el riesgo! —Sarah confesó a Lucas lo que había decidido cuando estaban celebrando ese estupendo fin de semana en la pizzería, como excepción, y no en el Subway—. Lo presentaré tal como está. Si los jueces no le miran debajo del vientre, no verán nada.

—Bueno, no sé... —objetó Lucas—. ¡No son tontos! Se nota también en su forma de comportarse. Todos los caballos se inquietan cuando de repente se ven confrontados con los jinetes y con un montón de caballos desconocidos. Y entonces...

—¡Justo! —lo interrumpió Sarah—. También los castrados hacen escarceos y pueden trotar de forma intimidatoria o algo así. Incluso Jackpot se ponía nervioso cuando participaba en una carrera. Su dueña siempre decía: «¡Ni que fuera un semental!». Nadie sospechará nada.

—A no ser que Dream se porte mal —señaló Lucas—. Que también puede pasar. Y entonces tendremos además el problema de no encontrar a nadie que lo compre.

No dijo que esto también sería más difícil si todavía no estaba castrado para el Challenge. Sarah se mordió el labio. No había pensado en la venta.

Al igual que Lucas, Peggy y los demás empleados de la organización movieron negativamente la cabeza al escuchar el plan de Sarah, pero, a pesar de todo, estaban dispuestos a cubrirle las espaldas.

—Ninguno de nosotros irá a los jueces a señalárselo —dijo Catherine—, pero en cuanto se den cuenta, te desclasificarán.

Sarah no quería oír nada al respecto, en un principio relegó al olvido el riesgo que corría, así como el asunto de la venta. Por el momento se concentraba exclusivamente en la preparación para el Challenge y en superar el día a día entre la escuela y la hípica. Era puro estrés, además de que hacía un frío de muerte en Waiouru: las montañas estaban cubiertas de nieve. Por mucho que se abrigara, pasaba mucho frío durante el largo trayecto por el campo. En general, la ida todavía era soportable, volvía a entrar en calor al montar, pero al oscurecer aumentaba el frío y cuando llegaba a casa estaba congelada. Lo que más le hubiera gustado en ese momento habría sido meterse en la cama con una botella de agua caliente, pero, claro, tenía que hacer los deberes.

Las notas de la escuela iban empeorando y ella se temía que los profesores hablaran con sus padres. Volvían a estar en crisis, pues con el invierno la tienda de su madre permanecía absolutamente vacía y nadie alquilaba motos a causa del frío. Gesa seguía trabajando de camarera y Ben se mantenía a flote gracias a trabajos de reparación. Pero eso no era suficiente y volvían a pelearse más a menudo.

El único rayo de luz en todo eso era la velocidad vertiginosa con que Dream aprendía. Se diría que disfrutaba tanto como ella de su trabajo compartido. Estaba segura de que ambos resplandecerían en el Challenge, y tenían la suerte de que la hípica de los proteccionistas sería ese año el escenario de la competición. Así que no habría que organizar ningún transporte, y Dream y Lucky podrían mostrar sus progresos en un entorno que les resultaba familiar.

—¡Pero eso también significa que debéis ser mejores que los demás! —advirtió Peggy a Sarah y a Reka—. Los jueces saben que jugáis con ventaja. Os dejarán pasar menos errores.

—¿Vamos juntos? —preguntó Sarah a Lucas cuando por fin llegó el gran día.

Había preguntado cautamente a su padre si quería llevarla, pero Ben no mostró el menor interés. Así que esperaba que Lucas pudiera acompañarla con el escúter y no tener que aparecer agotada en el centro de entrenamiento después del largo viaje en bicicleta. Además, las pruebas empezaban temprano, tendría que emprender el viaje a primera hora de la mañana si quería cepillar a Dream a fondo. Habría preferido lavarlo: le brillaría todavía más el pelo si se le aplicaba un buen champú. Pero no era posible. Aunque la primavera neozelandesa estaba a la vuelta de la esquina, todavía hacía mucho frío. El caballo se helaría y no se secaría si no estaba en la cuadra. Y ni Dream ni Lucky estaban acostumbrados a las cuadras.

—Claro —respondió Lucas, aunque no parecía demasiado optimista—. No puedo perdérmelo. Aunque me gustaría llevarme a Carrie. Mi... mi padre volvió a presentarse para una operación en el extranjero y lo rechazaron de nuevo, como en las últimas veces. Después habló con sus superiores no sé de qué, pero por lo visto no le fue muy bien y está muy irascible.

Cuando al día siguiente fue a entrenar, le contó su problema a Peggy. Esta enseguida hizo una mueca.

—Durante el Challenge iremos de cabeza, Sarah. Solo nos faltaría tener que ir a recogeros.

Al final, fue Reka de nuevo quien encontró una solución para ese problema. Prometió que iría a buscar a Sarah el día antes del acontecimiento. Podría practicar una vez más con Dream y luego dormir con ella y ayudar al día siguiente en el establo. Lucas y Carrie podrían llegar en escúter si Ben se lo volvía a prestar. Sarah estaba algo escéptica, pero Lucas dijo que podía pedir prestado un ciclomotor a un conocido de la escuela.

«Todo irá bien», lo tranquilizó Sarah en un SMS. Ya no tenía tiempo para reunirse con él.

Y por fin llegó el día del Major Milestone Challenge. Para entonces, Sarah ya sabía que iba a competir contra veinte concursantes más. Los caballos salvajes domados desfilaban primero a la mano y luego montados. Cada entrenador tenía cinco minutos para ello. Una parte de las pruebas era fija, pero si se superaba pronto, se podía hacer una demostración especial para impresionar a los jueces. Sarah estaba animada, había reservado algunos números estelares con Dream. Por último, se premiaría a los mejores caballos, algunos serían seleccionados para el Kaimanawa Stallion Makeover Challenge. Los entrenadores tenían cien días para prepararse para esta última competición. Los mejores deberían mostrar sus caballos en el espectáculo de estilo libre, y Sarah se sorprendió varias veces a sí misma pensando en una coreografía y la música adecuada para ella. Sin embargo, no se atrevía a compartir con nadie estos sueños. Para cuando llegara el Stallion Makeover, Dream ya haría tiempo que estaría vendido, y ella, posiblemente, de vuelta en Alemania. La relación entre sus padres no dejaba presagiar nada bueno y sus abuelos le habían recordado su promesa la última vez que habían hablado por Skype...

Tal como había prometido, Reka recogió a Sarah y estuvo hablando durante todo el viaje del ajetreo que reinaba en la hípica. Muchos de los concursantes ya habían llegado y todos querían practicar en el picadero y en las pistas circulares para que sus caballos se familiarizasen con ese entorno desconocido para ellos.

—Así que ya podemos olvidarnos de entrenar por última vez a Dream y a Lucky —dijo cuando entraban en el centro de la protectora. Sarah encajó bien la noticia. Su caballo dominaba los ejercicios. Los organizadores habían construido cercados con vallas eléctricas para los participantes de fuera, y en varios de ellos ya había animales inquietos. Sus jinetes habían aparcado al lado o delante los remolques y camionetas y planeaban pernoctar en ellos—. Esta noche celebrarán una fiesta. —Reka se rio complacida.

En efecto, algunos montaban barbacoas y hablaban de temas profesionales con sus vecinos. Pero la mayoría todavía estaba ocupada con sus animales. En la pista circular se alternaban unos a otros y en el picadero se montaban dos caballos y se daba vueltas a otros tres. Tal como Sarah esperaba, los animales hacían escarceos nerviosos y no parecían en absoluto serenos caballos de carreras. Sus entrenadores se lo tomaban con calma. Reinaba en general una atmósfera afable, pues los concursantes se conocían y parecían ver en los demás unos amigos y colegas más que unos competidores. Ninguno de ellos se tomaba el Challenge tan en serio como Tuma y su padre, probablemente la mayoría no dependía tanto ni de los premios en metálico ni de la venta final de los caballos.

Sarah echó un breve vistazo al recinto y no descubrió el coche de los Takoto entre los concursantes que ya habían llegado.

—Se han registrado —respondió Peggy, que ya estaba colgando el orden de participación del día siguiente, cuando Sarah le preguntó por ellos. Tuma intervendría hacia el final. Reka a mitad de la competición y Sarah era la penúltima de la fila—. Está bien, así ves lo que hacen los otros —la animó la entrenadora.

Pero Sarah estaba demasiado nerviosa para alegrarse de ello. Habría preferido competir al principio, y luego observar a los demás tranquilamente.

Se acercó a ver a Dream y lo encontró inesperadamente agitado. Se resentía de la presencia de tantos caballos desconocidos. Daba vueltas al galope por el cercado y mostraba unos gestos intimidatorios.

—¡Qué caballo tan bonito! —exclamó una entrenadora que pasaba de largo—. Flota por el cercado. Se diría que todavía es un semental.

Sarah se ruborizó al instante, pero la joven ya se había ido. Era evidente que no había sospechado nada.

Pese a su excitación, Dream se alegró de ver a Sarah,

se acercó a ella y se dejó acariciar y mimar con unas zanahorias.

—Lo único que espero es que duermas bien —le susurró la chica cuando, antes de irse a dormir, le dio de comer por la noche—. ¡Mañana tienes que estar en forma!

La mayoría de los participantes no eran tan estrictos. Estuvieron media noche de fiesta. Se sentaron fuera pese al frío, encendieron unas hogueras, tocaron instrumentos y cantaron. Pero Sarah no se unió a esos alegres corros. Se sentía intimidada, a fin de cuentas no formaba parte de ellos. Era mucho más joven y no era propiamente dicho una entrenadora. Además, no quería que le hicieran preguntas sobre Dream, lo de la castración le estaba produciendo dolor de barriga. Así que lentamente la idea de que al día siguiente todo habría pasado fue haciéndose presente.

Fuera como fuese, el Challenge estaba al comienzo de su final. Con el dinero que había ahorrado podía permitirse quizá un mes de alquiler. Luego habría que buscar un comprador. Sarah no estaba de humor para fiestas. Habló un momento por teléfono con Lucas, que esperaba poder ir por la mañana tal como habían planeado.

—Carrie ya está impaciente —dijo animoso—. ¡Está totalmente segura de que vamos a ganar!

Aun así, Sarah se sentía infeliz cuando se metió en la cama. Si era realista, ella solo podía perder.

23

Las competiciones empezaban a las diez, pero Sarah y Reka ya estaban a las siete en el establo para dar de comer a los caballos y acicalar a Dream y Lucky lo mejor posible. Sarah había pensado en trenzar las crines de Dream, como hacía Eva Betge con Jackpot antes de los torneos, pero al final se decidió por cepillar y dejar sueltas sus hermosas crines blancas como la nata. Reka trenzó un par de cintas de colores en la crin y la cola de Lucky Boy. Le quedaba muy bien y evidenciaba que su caballo salvaje era paciente, ya que todo el mundo deduciría que tenía que haberse estado quieto mucho rato mientras lo peinaba.

Entretanto, fueron llegando los participantes de los alrededores, entre ellos los Takoto. Sarah dirigió un breve y forzado saludo a Tuma cuando lo vio en el registro, pero él se limitó a lanzarle una mirada cargada de rabia, y ya no le hizo más caso. Tal vez le habría dicho algo si el pequeño despacho no hubiera estado lleno de gente presa de cierto nerviosismo. Aunque Sarah no volvió a sentirse segura del todo hasta que Lucas apareció poco después con su hermana. Le habría gustado abrazarlo, pero como él no hizo gesto de saludarla cariñosamente, se conformó con un hola entusiasta.

—¿Verdad que está precioso? —preguntó cuando lo acompañó acto seguido a ver a Dream—. ¡La cabezada le queda superbién!

Sarah había comprado una cabezada de cuadra de color azul cielo y ya había acostumbrado a Dream a la brida con filete. Encontraba que con este tenía una postura más bonita. Además, la brida con filete se adaptaba mejor a la silla mixta inglesa con que ella montaba. Por mucho interés que tuviera por el estilo *western*, estaba habituada al clásico y se sentía más cómoda en la silla correspondiente.

Como muchos de los participantes, Reka utilizaba una cabezada de nudos con la que también quería montar al caballo. Para eso se había decidido por una silla *western*. Peggy y Catherine no habían intentado disuadirla. Los participantes elegían el estilo con que querían presentar a su caballo, y en Green Valley Center se admitían los dos, el clásico y el *western*.

—Tú también estás estupenda —observó Lucas.

Sarah enrojeció. Nunca la había alagado de ese modo, aunque debía admitir que nunca se arreglaba especialmente cuando quedaba con él. Siempre se encontraban por casualidad o con demasiadas prisas o urgencias para pensar en las apariencias. Esa mañana, sin embargo, se había tomado su tiempo para trenzarse cuidadosamente el pelo, un peinado que le quedaría igual de bien cuando presentara al caballo a mano como cuando se pusiera el casco. Se había trenzado unas cintas azules y llevaba una blusa del mismo color, a juego con la cabezada de Dream, además de las botas camperas y unos vaqueros negros. Después se pondría el pantalón claro y las botas de montar. También se había cubierto las espinillas con un corrector y se había aplicado un poco de rímel en las pestañas y brillo rosa claro en los labios.

—¡Tú y Dream sois los más guapos! —exclamó contenta Carrie.

Sarah sonrió nerviosa.

—Vaya, ojalá los jueces piensen lo mismo —respondió.

El tribunal se componía de dos mujeres y un hombre mayor. No daba la impresión de que a ninguno de los tres le importara especialmente la belleza. Se sentaron en unos asientos algo más elevados junto al picadero redondo donde se realizaría la clase Halter, la presentación de los caballos a mano.

Puesto que Sarah contaba con más de una hora antes de ir a buscar a Dream, ella y Lucas se colocaron al principio en el borde de la pista. Todavía había mucho sitio, pues la mayoría de los espectadores no llegaría hasta el mediodía.

Cuando la competición empezó, Sarah buscó emocionada la mano de Lucas. Peggy saludó al público y a los participantes y habló un poco de los caballos salvajes kaimanawas y de los esfuerzos que la organización protectora de animales hacía por salvarlos.

—Sin embargo, hoy queremos demostrar que adoptar un kaimanawa salvaje no solo es una buena obra. Estos caballos no precisan de una asistencia social, sino que pueden convertirse en unos perfectos compañeros para practicar deportes y disfrutar del tiempo libre si se invierte en ellos algo de trabajo y amor. Eso han hecho los entrenadores que hoy van a mostrarnos a sus animales y ya ahora puedo afirmar que han conseguido maravillas. Así pues, disfruten con nosotros de nuestros primeros concursantes: Julia Baker de la hípica Sommerland de Hamilton, con Lollypop.

Peggy salió de la pista para dejar sitio a una joven con un castrado blanco. Lollypop era bonito y realizó todos los ejercicios sin problema. Se dejó llevar y detener, retrocedió y dio la pata sin necesidad de que lo ataran. Solo cuando Julia quiso levantar la última pata trasera, dio dos pasos hacia delante, pero se detuvo de nuevo. A continuación su entrenadora le quitó la cabezada y lo dejó correr. Uno de los ejercicios obligatorios consistía en cogerlo y ponerle la cabezada. La inesperada libertad volvió travieso a Lollypop, que empezó a galopar dando botes por el picadero. Julia tuvo que hacer varios intentos antes de lograr volver atraparlo, luego ya había agotado su tiempo.

—Bastante correcto —opinó Catherine, que se había reunido con Sarah y Lucas—. Obtendrá una buena puntuación media.

Peggy llamó entretanto a la segunda participante, que sacó peor nota. Si bien realizó todos los ejercicios obligatorios, tuvo que atar al caballo para que diera la pata, que él retiro varias veces. Además, no se dejó coger de buen grado.

—Este parece ser el punto clave —señaló Lucas.

Catherine asintió.

—Seguramente también depende del entorno extraño. Los caballos se distraen. No hay que sobrevalorarlo.

Los siguientes participantes no dieron ninguna sorpresa. En realidad, todos los caballos y entrenadores cumplieron los requisitos básicos, solo un pequeño caballo pío corrió desorientado hacia la salida, relinchando atemorizado. La entrenadora arrojó la toalla al cabo de un par de minutos.

«Todavía no está preparado», dijo con serenidad, y la aplaudieron por su decisión.

Al final les llegó el turno a Reka y Lucky Boy. Según la opinión de Sarah y Lucas, ofrecieron la mejor presentación hasta el momento. Lucky se dejó llevar, detener, dio la pata obedientemente y mostró además que se dejaba trabajar bien a la cuerda y que cambiaba los tres aires básicos a la voz de mando. Reka hizo lo mismo otra vez sin cabezada, dejándolo dar vueltas libre. Lamentablemente, Lucky no hizo el cambio de mano practicado siguiendo la orden de voz, pero todo el tiempo obedeció las indicaciones que se le daban y se dejó poner la cabezada de nuevo sin problemas.

Los espectadores de la organización gritaron jocosos cuando Reka obtuvo la mayor puntuación hasta el momento. Acto seguido, compitió por ella Jenny Seagal, una pelirroja con un caballo castaño. Los dos realizaron los ejercicios obligatorios enseguida, de forma experimentada y sin cometer errores. Sarah contuvo el aliento cuando Jenny intentó hacer exactamente lo que ella había planeado con Dream: dejó que el caballo anduviera junto a ella, se pusiera al trote, se detuviera y retrocediera sin cabezada. Daba las ayudas con una fusta.

Todo fue muy bien durante los primeros minutos, pero luego el caballo castaño, que se llamaba Willie, pareció acordarse de la época en que era libre y podía hacer algo mejor que estar obedeciendo a su ama, y empezó a dar unos alegres botes y a correr a su aire por la pista. Luego se detuvo de golpe unos minutos y examinó a fondo el suelo buscando algo que comer. No hacía ni caso de las órdenes de su entrenadora. Volvió a acordarse de la buena educación cuando Jenny se acercó a él y le dio unos leves golpecitos con la fusta. Al final la siguió otra vez por la pista sin la cabezada, se la dejó poner de nuevo y manifestó su alegría al recibir la zanahoria que su entrenadora le puso en la boca. Los jueces les dieron dos puntos más que a Reka y Lucky.

Esto animó a Sarah. ¿Qué puntuación darían a una demostración como esa si todo salía bien? Y ya era casi su turno. Con Dream cogido del ronzal, vio desde cierta distancia cómo Tuma, el antepenúltimo participante, entraba llevando el caballo negro. Black Hawk, como ahora se llamaba, se comportó al principio con el mismo sometimiento que en su hípica habitual. A Sarah no le sorprendió, a fin de cuentas había sido el más apocado de los tres sementales. Pero cuando Tuma le quitó la cabezada, el joven castrado los sorprendió a todos. Al principio obedeció la orden de que se alejara, tal como estaba planeado, pero cuando Tuma quiso cogerlo, Black no le siguió el juego. Primero dio la vuelta a la pista al galope y luego empezó a correr arriba y abajo delante de la entrada. Al mismo tiempo chillaba llamando a los otros caballos, y que Dream le contestara lo animó a seguir rebelándose. Finalmente tuvieron que intervenir tres auxiliares para controlarlo.

Como era de esperar, la puntuación fue aplastantemente baja. Tuma casi estallaba de rabia cuando dejó la pista. Peggy indicó a Porter con una mirada de reojo que lo siguiera. Había que evitar que descargara su cólera en el caballo.

Sarah inspiró hondo antes de entrar con Dream en la pista redonda. Había decidido poner toda la carne en el asador y confiar desde el primer momento en su caballo. Lo condujo al centro, saludó a los jueces y le quitó la cabezada. No se había llevado una fusta; si todo iba bien, Dream respondería al menor signo de la mano. Sarah lo llamó con el dedo índice y él la siguió alrededor de la pista. Cada vez estaba más tranquila. Había surgido la magia entre ella y Dream, y se alegraba de poder enseñársela a todos. Reka dijo más tarde que, cuando los dos se movían por el círculo, cuando se detenían y volvían a emprender el paso, trotaban y luego retrocedían, era como si estuvieran bailando.

El semental se separó cuando Sarah hizo una señal con la mano, dio la vuelta a la pista, cambió de aire obedeciendo a su voz y volvió al centro para concluir cambiando de dirección. Sarah se dedicó a los ejercicios obligatorios. Volvió a poner la cabezada a Dream, pero dejó caer el ronzal cuando el caballo le dio las patas delanteras. Después tuvo que poner atención: al levantar las patas traseras, el animal solía volverse para mirarla y perdía de ese modo el equilibrio. Sarah tenía que dejar entonces el casco. Esta vez el caballo también volvió la cabeza hacia ella y Sarah terminó deprisa de rascarlo para que él no perdiera el equilibrio. De ahí que el ejercicio se realizara algo precipitadamente; la chica esperó que los jueces no se hubieran dado cuenta. De todos modos, ya tenía que terminar.

Rápidamente dio unas vueltas a derecha e izquierda llevando a Dream del ronzal, lo detuvo, le hizo retroceder y al final volvió al centro para saludar otra vez. La mayoría de los participantes no lo había hecho, pero en Alemania era algo obligatorio en todos los torneos, y a Sarah le habría faltado algo si no hubiese saludado. Los jueces devolvieron el saludo algo sorprendidos y se pusieron a deliberar acerca de la puntuación.

Lucas la abrazó cuando dieron el resultado de la puntuación.

—¡Solo podrían haberte dado una puntuación más alta si hubieras hecho un número de circo! —bromeó Catherine—. ¡Ha sido fantástico, Sarah, maravilloso!

La última participante, que presentaba un simpático alazán oscuro, no supuso ningún peligro para Sarah. Obtuvo un respetable puesto medio y aplaudió de buen grado, como la mayoría de los participantes, cuando Peggy anunció los tres primeros puestos: Sarah con Dream, seguida de Jenny con el travieso caballo castaño y, en tercera posición, Reka, loca de alegría, con Lucky Boy.

Porter hizo fotos de todos para la web de los proteccionistas, lo que por una parte llenó de orgullo a Sarah, pero, por otra, le planteaba un dilema: cuanto más se mostrara o más se mencionara a Dream, más deprisa encontrarían un comprador.

—Míralo desde un punto de vista positivo —le dijo Reka, a quien Sarah confió su preocupación. La joven estudiante comprendía muy bien lo mucho que le costaría separarse del caballo—. Si hay muchas personas interesadas, podréis elegir el mejor lugar para Dream. A lo mejor se queda cerca y lo puedes ir a ver de vez en cuando.

No desde Alemania, pensó triste Sarah. Ya no creía tener un futuro en Nueva Zelanda.

Los jueces y participantes del Challenge hacían una pequeña pausa al mediodía antes de exhibir los caballos montados. Cada vez llegaban más espectadores. Las demostraciones de caballos montados eran más interesantes que su presentación con ejercicios a la mano, y para los habitantes de las ciudades de provincias circundantes constituían un atractivo pretexto para salir a pasear. Muchos se tomaban la tarde libre y los niños no tenían escuela.

—Todavía acude más gente al Stallion Makeover —señaló Catherine—. Ahí sí que se juega algo. Y se celebra por la tarde, con la luz de los focos impresiona más.

Sarah asintió nostálgica, pero decidió seguir sin pensar en nada hasta la tarde. Tal vez se le presentara la oportunidad de volver a brillar con Dream.

24

En las demostraciones de caballos montados también había que cumplir unas normas. Los caballos debían permanecer tranquilos al montarlos y desmontarlos, y debían mostrar todos los aires básicos. Las figuras de pista no eran obligatorias, pero, naturalmente, los jueces querían ver que los jinetes controlaban a sus caballos.

Para la mayoría de los competidores, eso no suponía ninguna dificultad. Salvo Sarah y Reka, todos eran profesionales, entrenadores, profesores de equitación y participantes en torneos. Sin embargo, la gran mayoría de los concursantes solo exponía lo que les pedía el programa. Las diferencias residían sobre todo en la brida: se obtenían más puntos cuando se montaba sin embocadura, pero también obtuvo una puntuación alta una joven amazona que practicaba la doma clásica.

Reka, al igual que otros jinetes de estilo *western*, se había propuesto hacer dos pruebas de obstáculos adicionales. Condujo a Lucky sobre un balancín y por encima de una alfombra de plástico. También había practicado la prueba de hacer el recorrido en forma de ele hacia delante y hacia atrás, pero en esos momentos, durante la exhibición, Lucky y ella se pusieron nerviosos, y al caminar hacia atrás cometieron un pequeño error. En el segundo intento, Lucky ya no quería volver a hacer el recorrido. Reka, que no tenía intención de discutir con él y que de todos modos ya estaba acabando su demostración, desmontó e hizo que el caballo realizara los ejercicios guiándolo con el ronzal. De nuevo obtuvo una muy buena puntuación, seguro que también porque solo dirigía al caballo con la cabezada de nudos. Por delante de ella solo estaba la joven amazona de doma clásica.

Llegó el momento de que Sarah ensillara a Dream, pero antes tenía que ver montar a Jenny Seagal con el castaño. Y de nuevo los dos fueron sorprendentes. Jenny también montaba a Willie en una silla mixta, y empezó con filete. Ejecutaron relajadamente los ejercicios obligatorios, el balancín y trotaron sobre la alfombra de plástico. Luego el auxiliar de Jenny colocó dos soportes en forma de aspa y encima un palo de madera, un *cavaletto*. Willi lo superó al trote y luego saltó por encima de un obstáculo de medio metro aproximadamente de altura.

Sarah se mordió el labio. No había practicado el salto con Dream. Ahí en Nueva Zelanda nunca había visto a nadie saltando obstáculos y creía que su caballo era demasiado joven para hacerlo. Eva Betge había empezado con los saltos cuando Jackpot había cumplido los cinco años. Willie tal vez era mayor que Dream, pero ¿lo tendrían en cuenta los jueces? El castaño volvió a superar elegantemente el obstáculo y Jenny aprovechó los últimos minutos que le quedaban para quitarle la brida y conducirlo solo con un aro de cuerda al cuello a través de un par de figuras de pista. Mostró todos los tipos de aires, Jenny superó tranquilamente un par de cabriolas al galope y, al final, saludó a los jueces. No cabía duda de que tenía experiencia en torneos.

—Va a ser difícil de ganar —supuso Catherine.

Lucas no perdió su optimismo.

—Vosotros tenéis mejor apariencia —dijo, un comentario un poco feo. Jenny no podía remediar estar un poco llenita y Willie era un caballo bonito, aunque no tan llamativo como Dream—. Tú limítate a sonreír amablemente y que Dream deje flotar sus crines al viento, y todo irá bien.

—¡Quiero cepillarlo! —intervino Carrie, que estaba empezando a aburrirse.

Sarah no estaba muy de acuerdo, habría preferido pasar a solas con el caballo los últimos minutos antes de su aparición. Pero accedió a que Lucas y su hermana la acompañaran mientras esperaban su turno, y Carrie acabó felizmente subida a un taburete cepillando la cola a Dream. Un periodista que pasaba por allí le hizo una foto.

—Es probable que escriba un artículo sobre los kaimanawas como caballos familiares —supuso Lucas—. Será una publicidad estupenda. Peggy estará encantada.

«Y todos los niños querrán tener a Dream en su jardín», pensó Sarah. No estaba segura de qué era lo que le deseaba a su caballo, ¡pero eso desde luego que no!

Por fin llevó a Dream ensillado al picadero donde Tuma estaba montando al caballo negro. Catherine le cogió el semental y Sarah pudo ver tranquilamente la demostración.

Black Hawk lo hacía bien, casi demasiado bien para un período de aprendizaje tan breve. Tuma lo montaba con bocado *western*, lo que le daba un aspecto estupendo, y más aún con la brida con apliques de plata. Sin embargo, Sue había enseñado a Sarah que a los caballos jóvenes se los montaba con filete. En las competiciones *western* especiales se podían utilizar bocados más duros con caballos de silla que a partir de los cinco años ya tenían más experiencia. Al montar de ese modo, lo ideal era que las riendas colgaran. Tuma, por el contrario, las tenía sujetas con fuerza.

Al final, la puntuación volvió a ser decepcionantemente baja, pese a haber mostrado ejercicios bastante difíciles. Una vez más, el jinete dejó indignado el picadero y con el rostro contraído.

—¡Ahora tú! —dijo Catherine a Sarah. Acarició a Dream y se lo dio—. ¡Y nada de experimentos! Haz simplemente lo planeado, no pasa nada si quedas segunda.

Sarah sintió que la había pillado. Catherine se había dado cuenta de que estaba evaluando la dificultad de los obstáculos que Jenny había utilizado en su demostración y que todavía no se habían retirado. Estaba en un dilema. ¿Debía intentarlo? No, sería una locura...

Tal como esperaba, Dream realizó obedientemente los ejercicios obligatorios del programa. A Sarah le habría gustado que estirase el cuello hacia delante y abajo, pero el semental estaba inquieto y no acababa de relajarse. Como consecuencia, no pudo compenetrarse totalmente con él, y no alcanzó el nivel de la amazona de doma clásica. En cambio, superó muy bien el recorrido con los obstáculos. Y entonces Sarah miró indecisa el *cavaletto* que había utilizado Jenny en su demostración. De acuerdo, Dream todavía no había saltado nunca. Pero ella lo hacía realmente bien. Era la que había alcanzado la nota más alta de todos los participantes en los exámenes.

Volvió a apartar de su mente esa idea mientras le quitaba las bridas a Dream. Pero no montó con un anillo de cuerda al cuello como Jenny, sino con una cinta azul. Salvo por ello, los ejercicios eran parecidos. Dream varió los aires obedeciendo a las leves ayudas de Sarah, cambió de dirección con precisión e incluso pasó por encima del balancín, lo cual le valió el aplauso general. Todavía le quedaba un minuto.

Sarah tomó una profunda bocanada de aire y se dirigió hacia el *cavaletto*. Podía hacerlo. Dream levantó las orejas asombrado cuando de repente advirtió un obstáculo en su camino. Hasta el momento no lo había hecho saltar por encima de barras, solo había tenido que recorrer los palos en forma de ele y el laberinto, pero nunca había pasado por encima de ellos. Sin embargo, ahora... Sarah lo estimuló, chasqueó la lengua, y Dream superó el *cavaletto* con un saltito. No bien del todo, en realidad tendría que haber trotado. Willie lo había hecho mejor...

Y entonces a Sarah le picó el gusanillo. Valía la pena intentarlo. Si Dream dudaba, ella simplemente interrumpiría la acción. Hasta el momento lo había hecho todo tan bien que le perdonarían el error. Sarah se puso a galope con brío y condujo al semental hacia el obstáculo, lo guiaba con energía y, cuando estaba a punto de llegar, redujo la velocidad, se colocó sobre los estribos... y entonces Dream voló sobre el obstáculo con un salto tan brutal que seguramente había un metro entre él y la barra. Sarah tuvo que agarrarse a las crines para sentarse después del salto, pero eso no estaba prohibido. No podía creer lo que había conseguido cuando el semental aterrizó. Dio un par de trancos más al galope y cuando se dio cuenta de que no sentía las ayudas de una perpleja Sarah sentada sobre su lomo, se puso al paso y se detuvo.

Para regocijo del público, se volvió hacia Sarah buscando con los belfos una recompensa. Ella entonces volvió en sí y le dio una zanahoria. Luego lo condujo hasta el centro de la pista y saludó. Fue un aplauso abrumador. Sarah bajó del caballo —desmontar formaba parte de las pruebas— y abrazó a Dream. Reía y lloraba al mismo tiempo y ni siquiera oyó la puntuación.

¡Dream había ganado!

En esta ocasión, Reka no se encontraba entre los tres primeros puestos, pero había obtenido la puntuación suficiente para calificarse con Lucky para el Stallion Makeover. Si bien no contaba con tener la posibilidad de ganar, estaba orgullosa de participar.

Sarah se sentía como en un sueño cuando condujo a Dream al picadero para la entrega de premios. Habían acordado no sacar a todos los potros al mismo tiempo para no agobiarlos. Era mejor llevarlos a la mano cuando los entrenadores recogieran los premios.

Los jueces se acercaron con los trofeos y una sonrisa

en los labios. Sarah ya iba a responder con una sonrisa cuando vio a los Takoto en la entrada de la pista.

—Lo siento, pero tenemos que presentar varias objeciones. —El señor Takoto hablaba lo suficientemente alto para que al menos los espectadores de las primeras filas pudieran oírlo—. Así no se hacen las cosas. Aquí se han infringido muchas reglas.

La presidenta del tribunal, una señora madura con el cabello rubio casi blanco, corto, y un rostro apergaminado y muy tostado por el sol, se dirigió a él extrañada.

—¿Y eso? No he visto que se infringiera ninguna regla —dijo—. Y ahora tal vez sea un poco tarde para objetar...

Hizo ademán de dejar a los Takoto y de encaminarse de nuevo hacia los jinetes. Sarah ya suponía lo que iba a seguir.

—Entonces, señora jueza —dijo con ironía el padre de Tuma—, es que no tiene usted ojos en la cara. Ya durante las competiciones me he dado cuenta de que las valoraciones no siempre eran correctas. Pero a lo mejor vale la pena que eche un vistazo debajo del vientre a ese bonito ganador. Me refiero a que, sin contar con que la amazona no tiene el carnet de entrenadora, algo que se podría pasar por alto, en la convocatoria consta bien claro que los sementales han de estar castrados antes de competir en los *challenges*. ¿Y? ¿Ese *silver dapple* es un castrado?

Parecía como si el corazón de Sarah fuera a salírsele del pecho cuando los tres jueces observaron a Dream con mayor atención. Estaban disgustados. Por supuesto, les resultaba lamentable haber quedado en evidencia. El señor Takoto había planeado perfectamente su intervención.

—Por Dios, pero ¿qué te has creído? —preguntó desconcertada la presidenta del tribunal a Sarah—. Mira que aparecer aquí con un semental... Sabías que solo se admitían castrados...

La muchacha bajó la cabeza.

—No podía —admitió en voz baja—. Todos me dijeron que tenía que castrarlo, pero yo...

—No teníamos dinero. —De repente Lucas apareció junto a ella—. A duras penas si conseguimos comprar el semental —explicó mientras miraba furioso a los Takoto—. De lo contrario habría terminado como el caballo negro. Por desgracia, hemos gastado todos nuestros ahorros. Hemos conseguido alimentarlo hasta ahora...

—Esperábamos un premio en metálico —añadió Sarah—. Y yo...

Lucas le lanzó una mirada de advertencia.

—Naturalmente, queríamos castrarlo antes del Stallion Makeover —afirmó.

La jueza deslizó la mirada por cada uno de sus compañeros, ambos negaron con la cabeza.

—A pesar de todo, tenemos que descalificaros —dijo con tristeza—. Aunque nos has impresionado mucho, Sarah. El caballo está sumamente bien entrenado y a los dos os une una relación muy especial. Que lo hayas conseguido con un semental es un logro todavía mayor. Los caballos jóvenes no son precisamente fáciles de entrenar. A pesar de todo, se ha realizado una grave infracción de las reglas y, lamentablemente, no podemos concederte el primer puesto.

Sarah escuchaba con el rostro petrificado. En ese momento percibió claramente lo que eso significaba. No le importaba renunciar a un bonito trofeo, pero con el dinero que conllevaba habría podido mantener a Dream dos meses más en el centro de entrenamiento.

No quería llorar, pero unas lágrimas brotaron de sus ojos. Tanto jueces como espectadores se la quedaron mirando apenados, y de las filas de estos últimos salieron un par de abucheos. Sin grandes esperanzas, Sarah y Lucas se quedaron mirando a los jueces, que se habían reunido para deliberar de nuevo.

—Prestad atención, vamos a hacerlo de este modo —explicó al final la presidenta del tribunal—. Hoy no podemos clasificarte, es imposible. Pero sí es posible que conserves la calificación para el Stallion Makeover. Si para entonces has castrado a tu caballo, podrás participar. ¡Ya estamos impacientes por ver el espectáculo!

Y dicho esto, se volvió hacia la segunda clasificada, que al instante se convirtió en la ganadora. Pero Jenny Seagal no parecía alegrarse de ello, por ella habría concedido de buena gana la victoria a Sarah.

Esta dio las gracias con voz apagada y sacó a Dream del picadero. Por muy amable que fuera la autorización para que el caballo pudiera competir en el Makeover, a ella eso no le serviría de nada. Dentro de cien días ya haría tiempo que su potro se habría vendido.

25

—¡Qué desgraciados!

Lucas era incapaz de tranquilizarse, todavía seguía despotricando contra los Takoto cuando estaba con Sarah en el Subway y Carrie jugaba en el espacio habilitado para niños en el local. Se habían ocupado de Dream, limpiado el estiércol del cercado y luego se habían despedido de Peggy y de los demás empleados del centro de entrenamiento antes de que Reka llevara rápidamente a Sarah a Waiouru. Todos, también otros participantes del Challenge, le habían comunicado su pesar. Ella, por su parte, apreciaba mucho que Peggy y Catherine no le recriminasen nada ni le señalasen que ya sabían que eso iba a suceder. Y seguro que habían tenido que escuchar los reproches de los jueces por haber encubierto a Sarah y conseguido con ello que el tribunal se pusiera en ridículo. Sobre los jueces pesaría largo tiempo esa historia del semental que casi había pasado por castrado.

—En cualquier caso, la coordinación ha sido perfecta... —Sarah suspiró—. Tuma y su padre nos han echado una buena reprimenda tanto a mí como a los jueces. También estaban enfurecidos con ellos. ¿Has visto la cara que ponía Tuma?

Lucas asintió.

—¡Me habría gustado partírsela! ¡Nos hemos quedado sin el dinero del premio! ¡Yo también te habría concedido el trofeo! Al menos tendrías algo que te recordara a Dream.

Sarah sintió de nuevo que las lágrimas le anegaban los ojos.

—Como si pudiera olvidarme algún día de él —dijo en voz baja—. ¿Qué... qué pasará ahora? —Apartó a un lado el bocadillo.

Lucas la miró muy serio.

—En fin, tendremos que seguir pagando el precio del alojamiento por un par de días —contestó—. Hasta que se encuentre a alguien para Dream. Tú tienes ahorros y yo ya sacaré algo de algún sitio. Es probable que Peggy nos dé una prórroga. No puede durar mucho.

—Pero ahora todo ha cambiado. No hemos ganado —objetó Sarah—. ¿Lo querrá alguien? —Había un deje de esperanza en su voz.

—Seguro —afirmó Lucas—. Yo creo que no importa si ha ganado o no. La gente no va a comprar un trofeo, sino un buen caballo. De hecho, esta historia hasta puede sernos útil. Lo de la descalificación saldrá en varios diarios. Dream atraerá mucho interés y Peggy colgará sus mejores fotos en la web de la organización para ponerlo a la venta. ¡No podremos salvarnos de tantos interesados!

Sarah suspiró.

—Entonces no hay la más mínima posibilidad...

—¿De conservarlo? —preguntó Lucas—. Ay, Sarah..., yo también lo siento. Pero no lo podemos pagar. Ni siquiera si gana y se convierte en Stallion of the Year. El premio en metálico no nos haría ricos. Además, antes tendríamos que castrarlo. Seguro que no volverías a pasar con un número como el de hoy. Y aparte de todo esto... ¿Quieres seguir tres meses más así?

—¿Quieres decir entrenando? —preguntó Sarah, disgustada—. Me ha encantado que...

—Ostras, Sarah, ¡mira cómo estás! —Lucas la observaba muy serio, se había colocado el pelo tras la oreja—. En estos últimos cuatro meses no has tenido nada de tiempo libre. Te estás matando a pedalear con esa absurda bicicleta casi dos horas diarias para ir y volver de la hípica. Es una locura. Estás como un palillo...

—Antes has dicho que tenía buen aspecto —replicó, ofendida.

Lucas puso los ojos en blanco.

—Estás preciosa —dijo. En otras circunstancias Sarah se habría enternecido, pero ahora lo miraba enfadada—. Pero lo que haces no es saludable —prosiguió—. Y la escuela... ¿Cuándo haces los deberes, Sarah? ¿Por la noche? Es un milagro que a la buena Aputa no le haya dado un ataque. Enseguida nota que una de sus ovejitas se siente mal.

Sarah se ruborizó. No le había contado a Lucas que la semana pasada la habían llamado para que explicara por qué de repente había bajado tanto su rendimiento. Por supuesto, había prometido que mejoraría. Pero Lucas estaba en lo cierto. Tal como tenía planificado el día era imposible abarcar más.

—Deberías hacer otras cosas en tu tiempo libre... —El chico bajó la cabeza, pero el flequillo no le hizo el favor de deslizarse ante sus ojos—. Quiero decir que solo te dedicas a los caballos... Podríamos ir algún día al cine. O podrías venir más a menudo aquí, al Subway...

Sarah se lo quedó mirando con los ojos redondos como platos.

—¿Tengo que dejar a Dream para salir más contigo? —preguntó—. ¿Estás... estás celoso?

Estaba muy susceptible últimamente, y esto parecía explicarlo todo. ¡Por eso quería Lucas desprenderse de Dream lo antes posible!

Él frunció el ceño.

—¿De un caballo? —preguntó incrédulo—. Sarah...

—¡No es un caballo cualquiera! —respondió ella con vehemencia—. Es... especial.

Lucas suspiró.

—Sarah, te lo he comprado yo —le recordó.

La muchacha hizo un gesto compungido. También eso se le apareció desde una nueva perspectiva.

—¿Para hacerte el simpático conmigo? —preguntó agresiva—. ¿O para que no vaya con Tuma?

Lucas se llevó las manos a la cabeza.

—Sarah, ¿de qué me estás hablando? Yo lo único que quería... Jo, estos meses te habría visto más si hubiera dejado a Dream con los Takoto.

—¿Y te estás arrepintiendo? —preguntó ella.

Él la miró a los ojos.

—No. No me arrepiento. Estoy contento de haberlo hecho. O al menos lo estaba hasta ahora. Aunque podría haberme gastado el dinero de otra forma muy distinta. En mí mismo, por ejemplo. Una conocida fotógrafa de caballos está dando un curso de fotografía justo en Australia. Con la de dinero que ha costado Dream...

—¡Te lo devolveré! —exclamó ella—. Si lo venden ahora... ¿Por cuánto van a subastarlo? ¿Dos mil o tres mil dólares? ¡Ahí sí que te llevarás un buen bocado, Lucas! —Se levantó. Un vez más, los ojos se le inundaron de lágrimas.

Él alzó las manos.

—Sarah, ¡no lo decía por eso! Lo hice de buen grado, yo...

—¡Bah, no te esfuerces! —Se dio media vuelta para irse—. Es probable que hayas estado especulando sobre lo que ganarías y...

—Sarah, ¡te has vuelto loca! —Lucas se levantó de un salto. Tenía el rostro contraído por una mueca que oscilaba entre la tristeza y la rabia—. No he especulado nada. Yo lo único que quería era que algo saliera bien, ¿lo entiendes? ¡Por una vez no quería sentirme impotente!

Sarah lo miró fijamente.

—Pues bien, eso sí lo has conseguido. Ahora eres responsable de Dream. Esto también está en el libro, ¿sabes? El del principito: «Eres responsable del ser que has domesticado». ¡Pero tú no quieres esa responsabilidad! ¡Solo quieres quitártelo de encima!

Y dicho esto, salió del local, consciente en ese mismo momento de que se comportaba como una niña tonta.

Lucas no se merecía esos reproches. No era él quien había domado a Dream. Solo ella debía asumir la responsabilidad.

Durante la semana siguiente, Sarah siguió con el mismo ritmo frenético de las semanas anteriores. No tenía un minuto de respiro entre la escuela, los deberes en casa y los largos trayectos a Green Valley, y, considerando las perspectivas, ni siquiera podía disfrutar de estar con Dream. El semental aparecía en la web de la asociación protectora de animales, Peggy incluso había colgado un pequeño vídeo. En otras circunstancias, Sarah se sentiría pletórica por el aspecto tan extraordinario que presentaba con el caballo, pero no era así. Se había sentido en armonía con él, pero nunca había soñado con conseguir una actuación tan elegante y natural. El salto improvisado del final resultaba especialmente impresionante. Si bien su asiento no era perfecto, el modo en que Dream había volado sobre el obstáculo era fabuloso. Lucas tenía razón: cualquier persona que viera estas imágenes querría quedarse con el caballo.

—¡Ya tenemos cuatro llamadas! —anunció Peggy justo el día después del Challenge—. He quedado con dos personas para el sábado que viene. Las otras no entraban en consideración. Solo tenéis que escoger entre los interesados que sean serios.

Sarah no dijo nada. Así que el sábado próximo. Tendría a Dream para ella sola únicamente una semana más... Afligida, evitó cruzarse con Reka, que ya estaba planeando concienzudamente su aparición en el Stallion Makeover y entrenaba en el picadero. Ella, por su parte, quería aprovechar los últimos días para cabalgar con Dream por la montaña. Aunque todavía no era posible hacer largos recorridos con él, una media hora larga bastaba para llegar a las estribaciones de los montes Kaimanawa.

Sacó a Dream del cercado, lo cepilló y lo ensilló para conducirlo después a las montañas. Al final subió a galope a un alto desde el que tenía unas vistas maravillosas de las cumbres todavía nevadas.

—¿Y si te dejo escapar? —preguntó al caballo en voz baja—. ¿Encontrarías a tu familia?

Dejó las riendas sueltas y esperó a que Dream determinara la ruta que quería seguir. Pero él no se dirigió hacia las montañas. Quería volver a la cuadra. Los otros caballos eran ahora su familia... y Sarah.

No supo nada de Lucas en toda la semana. Aun así le rondaba por la cabeza la idea de llamarlo y disculparse, pero siempre le surgía otra cosa que hacer. Hizo algunos trabajos para clase que le salieron fatal porque ni encontraba el momento de estudiar ni podía concentrarse. Para más inri, cuando el viernes por la tarde llegó de la hípica a su casa hecha polvo, su madre le dijo muy seria que tenía que hablar con ella. Tal como era de esperar, acerca de Alemania. Gesa había tomado la decisión definitiva.

—Tenías razón desde un principio, Sarah —dijo—. Intuías que no saldría bien. Todavía me acuerdo perfectamente. Yo... yo estaba demasiado deslumbrada para hacerte caso. Y, sin embargo, hay niños clarividentes por naturaleza. —Su mirada volvió a perderse en el crepúsculo espiritual—. En fin, sea como sea..., aquí no salgo adelante. En realidad, tu padre tampoco, aunque él no quiera admitirlo. No pertenecemos a este país. Nueva Zelanda es... No sé. Áspera, inaccesible... Al menos para mí... —Sarah se preguntaba cuántos eufemismos iba a emplear su madre para referirse a un negocio que desde un principio carecía de perspectivas—. No encuentro ningún acceso espiritual... —prosiguió Gesa.

Sarah suspiró.

—¿Cuándo? —preguntó lacónica—. ¿Y nos vamos todos juntos o solo tú?

—Tú y yo, creo —respondió sorprendida Gesa—. Tú nunca quisiste venir aquí. Al contrario, siempre quisiste volver con los abuelos, con tus amigos, con tu caballo...

Sarah no creyó oír bien. ¿Su caballo? ¡Por aquel entonces, Gesa no hizo el menor caso de Jackpot y ahora ni siquiera pensaba en Dream! Una vez más, tuvo claro que su madre no se interesaba lo más mínimo ni por ella ni por sus sentimientos.

—Y ¿cuándo...? —Gesa reflexionó unos segundos—. Bueno, pensaba en coger el avión a Alemania cuando hayas acabado el curso, en diciembre. Así podemos celebrar las Navidades en casa. ¡A lo mejor nieva, Sarah!

Realmente eso era lo último que podía atraerla a su antiguo hogar. Hacía semanas que estaba nevando en los montes Kaimanawa y en el fondo no le gustaba el invierno. Pero reprimió cualquier comentario. Así que en diciembre. Y luego medio planeta se interpondría entre ella y Dream. Tampoco volvería a ver nunca más a Lucas...

Ya podía ahorrarse la llamada para disculparse.

—La alternativa, por supuesto, es que te quedes conmigo —le sugirió su padre a la mañana siguiente. Había tocado el tema «Alemania» durante el desayuno—. Me gustaría, y en realidad eres la mar de feliz aquí, ¿no? Piénsatelo... Quiero decir que..., en general, tú y yo nos llevamos bien, ¿no crees?

Sarah se habría echado a reír si no hubiera estado tan abatida. De hecho, su padre y ella no cruzaban prácticamente nunca una palabra el uno con el otro. Claro que estaba dispuesto a prestarle un escúter a Lucas si ella se lo pedía, pero eso no le costaba ningún esfuerzo. Si lo que ella le pedía le resultaba incómodo, Ben lo rechazaba con la misma indiferencia que Gesa.

Pese a ello, asintió, no quería empezar ninguna discusión. Y menos aún porque ya hacía tiempo que había tomado una determinación: sus abuelos habían cumplido con su parte del trato y ahora ella tenía que cumplir su promesa.

Infinitamente triste, emprendió el camino para ir a ver a Dream. Algunos interesados en su compra habían llamado. Los primeros tenían previsto llegar a las diez y media. Si se daba prisa, todavía tendría algo de tiempo para estar con él a solas.

26

—¿No viene Lucas? —preguntó Peggy acercándose a Sarah, que estaba cepillando a fondo a Dream. El semental disfrutaba y alzaba el belfo superior mientras ella pasaba enérgicamente el cepillo por el pelo de invierno.

—No sé —respondió.

Peggy la miró con el ceño fruncido.

—¿Os habéis peleado? —inquirió—. Bueno, no es asunto mío, pero él es el propietario oficial y por lo tanto el vendedor. Y también había pensado que él..., él te serviría un poco de apoyo.

Sarah ni la miró.

—Ya me basto yo sola, no necesito apoyo —replicó con naturalidad.

Peggy suspiró.

—No voy a repetir por enésima vez que lo siento —dijo—. Tú y Lucas habéis hecho realmente todo lo que habéis podido, y habéis llegado muy lejos. Podréis escoger el lugar en el que dejar a Dream, y yo creía que lo haríais juntos. Por lo demás, no tienes que cepillarlo antes de que lleguen los interesados. Deja que lo hagan ellos. Por el modo en que sacan del cercado a los caballos y los ensillan uno se hace una idea de cómo son... —Y acto seguido, Peggy se marchó para resolver un par de asuntos antes de que llegaran los posibles compradores.

Después no dejó a Sarah sola con ellos. Primero acompañó a un matrimonio, el señor y la señora Parrish, con sus dos hijas al vallado de Dream. Las chicas estaban eufóricas y enseguida se abalanzaron sobre el caballo, que todavía estaba atado al poste. Este retrocedió un instante y luego se dejó acariciar.

—¿Puedo cepillarlo? ¡Ya he cepillado una vez! —La mayor cogió con avidez la rasqueta.

—¡Yo también! Mamá, ya está bien, ¡Charly se ha vuelto a colar!

La más pequeña no parecía haber visto nunca un cepillo. Aun así, pilló uno con el que se acercó a toda prisa a Dream por detrás.

Instintivamente, Sarah sintió que tenía que proteger al caballo de esa invasión. Ya iba a interponerse entre el semental y la hija mayor cuando Peggy la agarró.

—Disculpen, me temo que hay un malentendido. ¿No habían dicho que sus hijas tenían experiencia en montar? Pensaba, además, que eran más mayores. ¿No me dijeron que eran «adolescentes»? ¿De la edad de Sarah aproximadamente?

La chica calculó que las niñas tenían diez y doce años.

La señora Parrish, una mujer bajita, de cabello castaño rizado y cara pálida, sonrió con superioridad.

—¡Charly lleva tres meses montando! —contestó con voz estridente—. Y Roxy ha estado tres horas...

Peggy arrugó la frente.

—Entonces las dos son principiantes... ¿De verdad quieren comprarles un semental que lleva silla desde hace solo tres meses?

La señora Parrish la miró sin entender.

—Lo hemos visto en la web.

—¡Es tan moooooono! —exclamó fascinada Charly.

—¡Y tan cariñoso! —chilló Roxy.

—¡La chica que lo presentó no tenía más que catorce años! —intervino el señor Parrish. Hablaba de Sarah como si ella no estuviera presente.

Peggy se frotó las sienes. A esa gente había que explicárselo todo desde el principio. Mientras Sarah alejaba a las niñas del caballo suavemente, pero con determinación, explicó a los Parrish cuánto se tardaba en aprender a montar. Con ello dejó claro que Dream no era un animal para Charly y Roxy, y sugirió que fueran a ver otros ejemplares adultos que también estaban en venta. Durante dos horas, estuvieron enseñando caballos a la familia, pero ninguno de sus cuatro miembros estaba realmente interesado por ellos.

—¡Los otros no son tan bonitos! —oyó decir Sarah a Charly cuando la niña volvía al coche—. ¡Yo quiero un caballo bonito!

Peggy puso los ojos en blanco cuando Sarah se lo contó.

—Lo siento, ha sido una desagradable sorpresa, claro —se disculpó—. Por teléfono parecían distintos. Llevo tres años proporcionando kaimanawas, pero a veces todavía me engañan. La gente cuenta unas mentiras tremendas... o no, esto es injusto. Se creen realmente lo que cuentan. Pero hay que comprobarlo todo, incluso la instalación donde van a alojar al caballo. A veces hablan de una espaciosa cuadra y una superficie para pastar, y en realidad no hay más que un pequeño prado con un cobertizo en el que apenas cabe una oveja, ni qué decir de un caballo.

Sarah no dijo nada. Se sentía aliviada ante el fracasado primer intento de compra. ¡A lo mejor ocurría lo mismo con todos los siguientes compradores, y al final ella tenía que quedarse con Dream!

La segunda interesada llegó sola. Era una mujer de la edad de su madre con el cabello rojo y rizado recogido en la nuca. A Sarah, la señora Smith también le recordaba a Gesa en otros aspectos.

—Sabía que este caballo me estaba destinado cuando lo vi contigo en la web —dijo dirigiéndose directamente a Sarah—. Él... busca armonía, es un mensajero del amor. Yo soy una especie de susurradora de caballos, ¿sabes? He percibido este vínculo... —Sarah tenía en la punta de la lengua la pregunta de por qué había venido para destruirlo—. Y sé que puedo acogerlo. Esta vieja alma solo me está esperando...

Como quedó demostrado poco después, Dream no esperaba en absoluto a la señora Smith. Se dio media vuelta y salió corriendo en cuanto la «susurradora de caballos» se acercó a él. La señora Smith lo atribuyó a la potencia de su aura y observó que primero el animal tenía que adaptarse a ella, aunque Sarah suponía más bien que el semental se había asustado de la cabezada que ella iba moviendo torpemente de un lado a otro.

Peggy enseguida se cansó de tanta tontería. Preguntó

sin rodeos a la señora Smith qué experiencia tenía como amazona, especialmente con sementales, y la despachó en cuanto supo que sus vivencias se habían producido a un nivel espiritual.

La entrenadora movió la cabeza cuando la mujer se hubo marchado.

—Habría que tomárselo a risa, pero cuando uno piensa que un tratante como Takoto habría vendido despreocupadamente un caballo a esa mujer y a la familia Parrish...

Sarah asintió. Empezaba a entender por qué los proteccionistas ponían tanto interés en castrar los sementales antes de venderlos, aunque tampoco le habría deseado a ningún castrado que viviera con los Parrish o con la señora Smith.

Los siguientes interesados eran más serios. Apareció un padre con su hija de quince años, que también se había enamorado de Dream en las fotos y el vídeo. El semental tampoco permitió que lo cogiera. Pese a que Sarah la ayudó, ensilló el caballo con torpeza.

—En la escuela de equitación nos los suelen dar ya ensillados —se disculpó Sally—. Seguro que me queda mucho por aprender, y a veces todavía tengo un poco de miedo. Pero si tengo el caballo en casa y siempre estoy con él...

Era una chica realmente agradable, pero se puso nerviosa cuando Dream le hizo un par de escarceos y cogía las riendas con tanta prudencia al montar que el semental estaba inseguro y no sabía hacia dónde tenía que ir.

—¡Y contigo respondía con una cintita alrededor del

cuello! —se sorprendió la chica, decepcionada—. ¿Puede ser que yo no le guste?

Al final, Peggy les aconsejó a ella y a su padre un caballo con más años, pero los animales más tranquilos no les interesaron.

—Me temo que mientras Dream esté aquí, no venderemos ningún otro caballo —dijo con un suspiro cuando los dos se hubieron machado—. Están todos obsesionados con este caballo color chocolate, y es difícil devolverlos a la realidad.

—¿Cuántos más quedan por venir? —preguntó Sarah. Ya se sentía agotada. Y eso que Dream había colaborado mucho todo el tiempo.

Sin embargo, la situación cambió con los clientes que llegaron después, una madre con una hija muy segura de sí misma y campechana. La madre ya tenía un caballo con el que la robusta Candy (el nombre no le iba demasiado bien) había aprendido a montar, y ahora estaban buscando un segundo ejemplar.

—Que no esté formado del todo no es problema —dijo la madre de Candy—. Mi hija ya ha montado potros con frecuencia. Castraremos al semental la semana que viene.

A Sarah se le agolparon las lágrimas en los ojos cuando Candy puso el pie en el estribo y se dejó caer como un saco de harina en la silla.

—Montamos al estilo *western* —explicó, cogió las riendas con rudeza, golpeó a Dream con los talones para ponerlo en movimiento y se extrañó de que el caballo reaccionara sobrecogido dando un salto. Aun así, aguantó en la silla y consiguió dar una vuelta con él al trote. No se entretuvo mucho con el paso. La madre contemplaba complacida y Sarah con pavor cómo la amazona se desplomaba sobre el lomo del animal durante el trote. Por lo visto, no sabía lo que era el trote levantado—. ¡Ha ido bien! —exclamó después de haber arreado a Dream para ponerlo también al galope—. Así que por mí, mamá...

—Deja que yo también lo pruebe —le pidió la madre, para lo cual Candy colocó a Dream en el centro y, dando un tirón a las riendas, lo detuvo de golpe.

—¡No! —Sarah miró a la mujer horrorizada—. No, así..., así no está entrenado. Esto no va así...

Había decidido no abandonar. ¡Esa chica gorda con su manera insensible de montar a caballo no se quedaría con Dream!

—A ver, yo pensaba que queríais venderlo —se asombró la madre de Candy—. Así que... deberíamos hablar del precio...

Entretanto, Candy había desmontado. No parecía haber entendido la reacción de Sarah, pero soltó las riendas sin rechistar cuando la chica le cogió el caballo y se apresuró a llevarlo a su cercado.

A continuación, Peggy se encargó de librarse diplomáticamente de las dos amazonas *western*. No les ofreció ningún otro de los caballos que estaban en venta.

Cuando fue a reunirse con Sarah y Dream, encontró a la primera en un baño de lágrimas.

—Dime que no va a venir más gente —le pidió sollozando—. No puedo más. Es... es horrible...

—Hasta ahora no ha sido tan terrible —dijo, sosegadora, Peggy—. Tenemos a otros candidatos que buscaban a toda costa un caballo salvaje. Y ya ves que no se lo damos a cualquiera. Ya vendrá la persona adecuada para Dream. ¡Seguro!

La joven que se presentó después fue la que mejor le cayó a Sarah. Tras un par de intentos, Dream se dejó coger, ella lo ensilló correctamente y se subió de una manera aceptable sobre el lomo del joven semental.

—Aunque al principio tendré que montarlo sin silla —dijo alegremente—. No tengo tanto dinero, ¿sabes? —Sarah miró a Peggy buscando ayuda, a continuación la entrenadora planteó a la muchacha una serie de preguntas. Nellie se estaba formando como enfermera y vivía en un piso de alquiler en Wanganui. En el jardín de su patrona, explicó solícita, había una cuadra que podía alquilar por poco dinero. Si ahorraba, podría hacer por fin realidad el sueño de tener un caballo propio—. A veces hago turno doble —aseguró a Peggy—. A Dream no le faltará de nada. Solo me queda ahorrar para la silla.

—¿Y el caballo se queda en el jardín o solo en el establo mientras haces el turno doble? —preguntó Peggy—. ¿Y qué ocurre si se pone enfermo? ¿Podrás pagar a un veterinario? ¿A un herrero? ¿Los antiparasitarios? ¿Qué ocurrirá cuando acabes la formación si no encuentras un puesto en el mismo hospital y has de irte al centro de Auckland... sin establo?

Nellie se mordió el labio.

—Ya... ya veré —contestó.

Peggy volvió a mover negativamente la cabeza y se

despidió de la joven. En tales condiciones los protecciones de animales no daban caballos.

—Se podría quedar aquí, con nosotros... —dijo Sarah, siguiendo con la mirada y casi con tristeza a la interesada, que se marchó frustrada en un coche viejísimo.

—Pronto necesitará un coche nuevo —observó Peggy—. Hoy, desde luego, no estamos de suerte.

Los últimos interesados eran un joven matrimonio. Se pelearon por quién iba a ser el primero en montar sin antes preocuparse de coger al caballo ni de cepillarlo. Pero tampoco Sarah se lo había pedido. No habría soportado ver cómo Dream huía de unos desconocidos tan torpes.

Al final, fue la mujer, que se llamaba Jenna, quien se impuso. Dijo que había montado de niña al estilo inglés, pero que a estas alturas prefería la silla *western*, lo que para Sarah ya la descalificaba. Naturalmente, sabía que no era justo. Muchos entrenadores habían mostrado en el Challenge un espectáculo muy bonito en sillas *western*, sobre todo Reka. Pero la imagen de Candy sobre el sensible lomo de Dream la había traumatizado.

Jenna, que subía a la silla en ese momento, era totalmente distinta. Cabalgaba lenta y cuidadosamente, y seguro que tras un breve período de aclimatación se habría compenetrado bien con Dream, de no haber sido por el marido. Pete reveló ser un *cowboy* quiero y no puedo, y un profesor de equitación frustrado. Puso a Jenna por los suelos, la criticó abiertamente, pero sin tener ni idea. Un par de minutos después había conseguido que se sintiera totalmente insegura.

Sarah habría corrido al picadero para proteger a Dream cuando Jenna lo colocó en el centro para ceder el caballo a su esposo.

—Ahora te enseñaré cómo se hace —fanfarroneó él.

Mientras Pete ajustaba el estribo, sonó el móvil de Peggy. Lo atendió al tiempo que el hombre parecía estar pensando cómo subir correctamente a una silla mixta. La entrenadora intercambió un par de palabras con quien la había llamado y su rostro se iluminó. Todavía se estaba guardando el móvil cuando entró en el picadero.

—Pete, lo siento, pero hemos cambiado de parecer. Ya ves, este caballo está montado al estilo inglés, lo que ya le ha causado problemas a tu esposa. Si ahora lo acosas con ayudas de la doma *western* realmente correctas... Me temo que no sería satisfactorio ni para ti ni para el semental.

Pete la miró desconcertado, aunque halagado al menos por el hecho de que ella creyese que dominaba perfectamente el estilo de montar.

—Eso se puede cambiar —respondió—. Yo me encargo...

Colocó el pie en el estribo al tiempo que clavaba la punta de la bota en el vientre del animal. Dream se apartó a un lado y Pete tiró fuertemente de las riendas.

Peggy se puso entre él y el semental.

—¡Pete, por favor, esto no es un rodeo! —advirtió con determinación—. Casualmente, me acaban de hacer una oferta. Una chica que cabalga estilo inglés... Para el caballo no supondrá ninguna diferencia con respecto a su amazona actual. Y todos nosotros queremos lo mejor para el animal, ¿no es cierto?

Peggy le quitó las riendas a Pete y pidió a Sarah que se llevara a Dream. A esta se le rompió el corazón cuando vio que el caballo se asustaba. Ese día le había cogido las riendas mucha gente insensible.

La entrenadora fue a su encuentro cuando estaba desensillando al caballo. Este la dejaba hacer con indiferencia, ya no se volvía hacia ella como siempre ni pedía una golosina o reclamaba su atención. Estaba agotado. Al menos Peggy había evitado lo peor.

Sarah se volvió hacia ella con una sonrisa triste.

—¡Muchas gracias! —dijo—. Gracias por deshacerte de ese hombre. Era... Habría acabado con Dream, en serio. Y tú... tú has sido muy diplomática con la excusa que has puesto.

Peggy seguía resplandeciente.

—No ha sido ninguna excusa, Sarah. Hay realmente nuevos interesados, y esta vez va en serio. Marisa Sarrandon pasará mañana con su padre.

Despedida

27

Sarah nunca había oído hablar de Marisa Sarrandon, pero a los empleados de la organización para la protección de animales se les iluminaron los ojos cuando Peggy la mencionó. Al parecer, a Dream se le brindaba una oportunidad única.

Los proteccionistas se habían reunido en la sala de descanso delante de la máquina de cafés antes de que Sarah se marchase a casa, y Catherine había abierto un paquete de galletas. Como ya era habitual los fines de semana, ese también había sido ajetreado, todos habían guiado por las instalaciones a compradores potenciales y excursionistas curiosos por saber de la asociación y su trabajo. Porter incluso había atendido a unas personas seriamente interesadas por una de las yeguas adultas. Catherine había logrado vender uno de los potros nacidos en la granja a una mujer. Estaba segura de que el pequeño había caído en buenas manos y se sentía muy satisfecha.

—Y ahora Marisa Sarrandon se interesa por Dream —dijo—. Jolín, si monta un kaimanawa... ¡Ya solo la publicidad que representa para la raza! Subiremos de nivel...

—¿Quién es? —preguntó Sarah con curiosidad.

Estaba muy afligida. Una vez hubo dejado a Dream en su cercado, él no la había seguido hasta la puerta. Ese día ya estaba harto de seres humanos. ¿Y al día siguiente tenía que pasar por ahí otra amazona desconocida?

—Marisa compite en salto —respondió Peggy—. Es la gran estrella nacional de la plantilla de jóvenes. Tiene quince años y ya ha ganado tres veces el campeonato juvenil de Nueva Zelanda. Todo el mundo cree que llegará a las Olimpiadas.

—¿Y sabe montar también? —preguntó Sarah, escéptica.

—¡Claro! Es una amazona excelente. El asiento es perfecto, sostiene las riendas con sensibilidad... —Peggy rebosaba entusiasmo—. Sus triunfos son merecidos, aunque, por supuesto, nada funcionaría sin su papi, que puede comprarle los mejores caballos del mercado. Me ha dicho por teléfono que los están criticando por eso, y que es una de las razones por las que su hija quiere formar ella misma un potro. Desea a toda costa que sea un kaimanawa. Así que Marisa misma entrenará a Dream si se lo queda. Los Sarrandon se quedaron totalmente impresionados por tu atrevido salto en el Challenge, Sarah.

—Es una chica estupenda —dijo Reka, también eufórica—. Nunca hubiera pensado que se interesara tanto por la protección de animales. Si se lleva a Dream, nos habrá tocado realmente el gordo.

Sarah no sabía qué opinar al respecto. Reka se ofreció a buscar en YouTube un par de vídeos de Marisa compitiendo para enseñárselos, pero la chica dijo que, si finalmente se decidía a comprar a Dream, ya los miraría en casa, ahora estaba demasiado cansada, y se sentía completamente vacía. La esperaba el largo camino de vuelta, y había empezado a llover. Le habría gustado acurrucarse en el rincón de un sofá y llorar. Desde luego, no le alegraba la noticia de la nueva propietaria en potencia de Dream. Tal vez Marisa Sarrandon fuera una fantástica amazona, pero para el joven caballo sería una desconocida. Lo podría entrenar, pero ya no domar. Para Marisa no sería único en el mundo.

Sarah recorrió el trayecto de vuelta llorando. Sus lágrimas se mezclaban con las gotas de lluvia, y apenas si podía distinguir la carretera que tenía delante. Por fortuna, no había casi circulación ese sábado por la tarde. Tenía una sensación irreal de estar sola bajo el cielo cubierto de nubes. El bosque, las montañas y las colinas a su alrededor le parecían de repente amenazadores, como si el país, igual que como lo percibía su madre, se hubiera confabulado contra ella. Y, sin embargo, había habido días en que se había sentido feliz. Pensó en Dream y pensó en Lucas. Tal vez podía soportar perder a uno de ellos, pero no a los dos.

En cuanto llegó a su casa y se refugió de la lluvia, llamó a Lucas. Por desgracia, no respondió, en ese anticuado móvil que últimamente llevaba ni siquiera había un buzón de voz. Al final le escribió una nota.

«Siento haberme comportado últimamente como una tonta. Entenderé muy bien que no quieras volver a verme. Pero, por favor, ven mañana a ver a Dream. Hoy ha sido horrible, no sé si podré soportarlo otro día más. Y él tampoco. Te necesitamos. Sarah.»

¿Bastaría con eso? Seguro que se podía formular mejor, pero estaba demasiado cansada para hacerlo. Esperaba que al menos sus padres la dejaran en paz. Al entrar en casa oyó que se estaban peleando. No entendió cuál era el tema de discusión, pero le daba igual.

—¿Eres tú, Sarah? —Gesa se esforzó al menos por saludar.

La chica se asomó a la sala de estar.

—Estoy empapada —explicó por si acaso sus padres no se daban cuenta una vez más de lo cansada e infeliz que se sentía.

Gesa sonrió.

—¡Prepárate un baño caliente! —le aconsejó—. ¿Quieres cenar?

Sarah se preguntó si su madre realmente habría preparado algo.

—Lo único que quiero es meterme en la cama —respondió.

Gesa asintió.

—¡Que descanses! —le deseó Ben, saludándola con un gesto.

Siempre se habían entendido bien...

Tomó una ducha caliente y se acurrucó debajo de la colcha. Esperaba que Lucas todavía la llamara, pero sus deseos no se cumplieron.

Lucas tampoco apareció el domingo por la mañana. Sarah había tenido la vaga esperanza de que pasara a recogerla, para así no tener que ir en bicicleta, pero entonces cayó en la cuenta de que a lo mejor debía ocuparse de nuevo de Carrie, y supuso que iría directamente a la hípica más tarde.

Se puso en camino temprano. A lo mejor llegaba a tiempo para dar de comer a los animales y sentarse luego una hora junto a su caballo para escucharlo masticar el heno como al principio. Temblaba dudando sobre si Dream la saludaría esa mañana con un relincho como hacía habitualmente o si le reprocharía el horrible día anterior. Suspiró y lo acarició aliviada cuando él entonó su grito de alegría. No estaba enfadado con ella.

Ese día tampoco la molestó nadie mientras lo cepillaba. Peggy y los demás empleados estaban demasiado ocupados colocando barras y *cavaletti* en el picadero, y discutiendo ampliamente acerca de los obstáculos que necesitaría Marisa Sarrandon para estimar la capacidad para saltar de Dream.

El semental disfrutó de la compañía de Sarah, aunque ella no estaba muy concentrada. Todavía no había novedades de Lucas, no había ni escrito ni llamado, así que no parecía que fuera a llegar pronto para ver montar a Marisa Sarrandon. Sarah lo encontró extraño. No era propio de Lucas, y ella cada vez sentía más remordimientos. Debía de haberlo ofendido mucho con sus estúpidos comentarios. Era evidente que no quería saber nada más de ella... ni tampoco de Dream.

Marisa y su padre llegaron a la hora convenida. Debían de haber salido a primera hora de la mañana, pues vivían en los alrededores de Wellington, a tres horas y media en coche de Green Valley. Con ello se desvanecía la perspectiva de ir a visitar a Dream de vez en cuando en casa de su nueva propietaria, aunque de todos modos Sarah volvería a Alemania al cabo de unos pocos meses. Observó desde el cercado de Dream que entraba un coche en la hípica. Peggy y Catherine se acercaron como comité de bienvenida y se desvivieron por saludar a Marisa y a su padre. Los dos bajaron de un brillante y enorme todoterreno nuevo y lujoso. El padre de Marisa era alto, delgado y de porte deportivo, y Marisa...

Cuando la chica se acercó más, Sarah solo pudo pensar en que las tres hadas madrinas habían intervenido en su nacimiento para dotarla de buena apariencia, talento y riqueza. Era delicada, pero el ceñido pantalón de montar mostraba unas formas muy femeninas. Llevaba su cabello rubio casi blanco recogido en una larga y gruesa trenza. Con ese peinado no se le escaparía ni un pelito de debajo del casco. Pese a que la primavera acababa de empezar, Marisa tenía la tez ligeramente bronceada, lo que contrastaba de fábula con el pelo tan claro y, naturalmente, no tenía ni una espinilla. Sus ojos azul celeste estaban rodeados de largas pestañas y sus labios eran de un rojo frambuesa, pese a no llevar brillo. Tenía una sonrisa que desarmaba a cualquiera. Era evidente que Peggy y Catherine se derretían ante ella, e incluso Sarah no consiguió que le cayera mal. Marisa la saludó amablemente y la felicitó por su demostración en el Challenge.

—Ya hace tiempo que nos interesamos por los kaima-nawas —dijo con una voz clara y cantarina—. Pero hasta ahora no habíamos encontrado ninguno que realmente fuera apto para el deporte. Y que tuviera además buena presencia... —Apartó la vista de Sarah y la dirigió a Dream. El joven semental se había retirado a la parte posterior de su cercado cuando se habían acercado los visitantes—. Como este... —concluyó satisfecha.

—Se llama Dream —dijo Sarah con la voz quebrada.

El padre de Marisa esbozó una sonrisa tan seductora como la de su hija, aunque también algo displicente.

—Sí, correcto —observó—. En el coche hemos esta-do pensando que podríamos registrarlo con el nombre de Marisas Jumping Dream o Marisas Silver Dream.

Algo en Sarah protestó, apretó con fuerza entre sus manos la cabezada de Dream, pero no pronunció pala-bra.

Marisa vio la cabezada.

—¿Me lo vas a buscar? —preguntó a Sarah como si estuviera acostumbrada a la ayuda de los mozos de cua-dra.

Pero en ese momento intervino Peggy.

—Nos gusta observar cómo lo hacen los mismos in-teresados —explicó—. Enseguida se ve si conectan bien con el animal...

Marisa cogió relajadamente la cabezada. Se introdujo grácilmente entre las vallas del cercado y se dirigió a Dream. Se acercaba a él correctamente por el lado, le ha-bló con amabilidad y lo acarició en el hombro antes de ponerle la cabezada. El semental lo aceptó, obediente.

Aunque parecía algo vacilante, la seguridad con que se comportaba Marisa lo convenció. La siguió dócilmente fuera del cercado para que lo atara. Sarah no apartaba la vista de ella, pero debía admitir que Marisa lo hacía todo bien.

—También puedes cepillarlo —la animó Peggy.

En la frente de Marisa se dibujó una diminuta arruga.

—Ya está limpio —observó, y le pasó brevemente el cepillo sobre el lomo para que quedara constancia.

Entretanto, Catherine había sacado la silla y la amazona la colocó sobre el semental con confianza en sí misma. Trabajaba tranquila, no ciñó la cincha de golpe, sino que la dejó algo suelta al principio y luego la apretó. También el filete se deslizó sin problemas y sin causar desazón entre los dientes para acabar en la boca de Dream. Marisa sabía lo que se hacía, no cabía duda de que tenía experiencia con los potros. Seguramente, solo Sarah se dio cuenta de que hacía todo esto sin decirle nada a Dream, sin acariciarlo ni elogiarlo.

—¿Quieres que lo monte yo antes para enseñártelo? —preguntó Sarah cuando Marisa se dispuso a ir al picadero.

La chica negó con la cabeza.

—No hace falta, ya hemos visto el vídeo.

De todos modos, Sarah no se separó de Dream, que siguió a Marisa apaciblemente al picadero. Sarah sentía que todo en ella se rebelaba ante la idea de dejarlo en manos de esa desconocida. Pero ¿qué otra cosa podía hacer? Marisa no le daba ninguna razón para protestar. Al contrario. Colocó al semental delante de la escalera para montar, le apretó la cincha y se deslizó ágilmente sobre la silla. Dream enseguida se volvió hacia ella. Sarah solía darle una golosina en esa ocasión. Marisa no llevaba zanahorias, pero le dio unos golpecitos benévolos en el cuello antes de indicarle que se moviera. De nuevo no había nada que objetar.

Se tomó su tiempo para soltar al caballo, dio una vuelta e hizo un par de figuras de pista al paso antes de ponerse al trote. Con ello reunió suavemente con las riendas al caballo, estaba totalmente relajada y en una posición perfecta sobre la silla y sabía trotar con toda seguridad al estilo inglés. En general, era más exigente que Sarah, lo que resultaba positivo para la posición de Dream. Se redondeaba más, andaba de forma adecuada, movía con viveza las orejas y mordía la embocadura. Sarah tuvo que admitirlo a su pesar: Marisa montaba el potro mejor que ella. En el galope eso todavía se vio con más claridad. Dream galopaba más sosegadamente y la joven amazona iba más recta sobre la silla que ella.

—¡Tiene un aspecto estupendo! —exclamó entusiasmada Peggy, y Sarah no pudo contradecirla. Marisa y Dream se compenetraban maravillosamente bien, sus tamaños, sus movimientos...

Incluso el color del pelo, pensó Sarah abatida.

—¿Intentamos saltar? —preguntó el padre de Marisa, y bajó el móvil con el que había estado grabando a su hija.

—En... en realidad nunca he saltado todavía con él —señaló Sarah, pero se dio cuenta de que nadie la estaba escuchando.

Peggy, Catherine y el padre de Marisa se pusieron a colocar las barras. Primero montaron un *cavaletto* que Marisa y Dream superaron hábilmente al trote y a continuación saltó elegantemente y con la misma naturalidad sobre dos y luego tres caballetes que habían colocado en el suelo.

—Probemos ahora a dar un saltito —dijo Marisa, para lo cual construyeron un obstáculo similar a aquel sobre el que habían saltado Sarah y Dream en el Challenge. Una audacia de la que Sarah ahora se arrepentía. Tal vez Marisa no se habría fijado en el semental si este no hubiese saltado con tal potencia sobre el *cavaletto*. Por otra parte..., no podía desear para Dream otra amazona mejor que Marisa. Así que en realidad tenía que alegrarse.

El señor Sarrandon colocó una barra previa al obstáculo con ánimo de que el caballo evaluara el salto. La amazona se situó frente al salto, acercó un poco al semental y animó al animal a vencer el obstáculo. Y esta vez, Dream no voló a la distancia de un metro por encima de la barra, sino que la superó con elegancia. Marisa aligeró perfectamente el lomo, se acopló al ritmo del caballo como en un manual y pasó al trote y de allí al paso.

—Y bien, ¿qué dices? —preguntó su padre mientras ella daba unos golpecitos de reconocimiento en el cuello de Dream sin la menor muestra de entusiasmo o de agradecimiento.

—Súper —respondió Marisa—. ¿Lo has grabado? Entonces echaré un vistazo. Pero intuyo... que es él. ¡En un año saltará como un campeón!

El señor Sarrandon asintió.

—¡Y además tendrá buena prensa! ¡Una chica neozelandesa triunfa con un caballo neozelandés! Creo que también podría participar en certámenes internacionales...

—Ya veremos —respondió con calma Marisa.

Sarah sintió que la invadía una sensación de frialdad. Para Marisa, Dream era todo lo contrario a un ser único en el mundo. Si no era suficiente para competir internacionalmente, lo cambiaría sin ceremonias por otro caballo.

—Solo tiene tres años —se atrevió a intervenir—. A lo mejor..., bueno, en realidad todavía no debería saltar mucho...

—Empezaremos poco a poco —aseguró el señor Sarrandon—. Y no hay problema... Marisa casi no pesa nada. Con ella, un caballo tan fuerte puede dar un par de saltos de vez en cuando.

Sarah esperaba que Peggy o Catherine dijeran algo, pero permanecieron en silencio. Y, sin embargo, sabía que en el fondo ellas compartían su parecer sobre competir demasiado temprano en el salto ecuestre. Con Marisa hacían concesiones. La visión de un kaimanawa amansado y montado después por una exitosa amazona que participaba en torneos era demasiado atractiva. Cuando Marisa y Dream alcanzasen la primera victoria, ya no habría ningún problema para encontrar propietarios para los ejemplares capturados en los Musters.

Sarah estaba preparada para cogerle el caballo a Marisa y esta aceptó de buen grado su ayuda. Así que desensilló a Dream mientras la amazona miraba el vídeo de su padre y comentaba cada ejercicio realizado. Al final los dos estaban muy satisfechos.

—Lamentablemente, hasta dentro de dos semanas no podremos pasar a recogerlo —dijo el señor Sarrandon a Peggy—. La semana que viene Marisa tiene torneo de picadero cubierto en Wellington y la próxima monta en Auckland. El transportista que llevará allí su caballo podría recoger a Dream en el viaje de vuelta. ¿Os parece bien?

Peggy asintió solícita.

—¡Por supuesto! —contestó diligente—. Puede quedarse aquí mientras tanto. ¿Deberíamos castrarlo? Así podría recuperarse de la operación en un entorno familiar.

A Sarah se le encogió el corazón, la mayoría de los caballos que participaban en torneos eran castrados. Pero Marisa le dio una sorpresa.

—Por mí puede seguir entero —observó—. Al menos en un principio. Si sigue comportándose así de bien... Nunca se sabe. Si realmente adquiere fama, tal vez entre en consideración para la cría de ponis de carreras.

—¿Criarías con él? ¿Podría cubrir yeguas?

Sarah la miró esperanzada. En su mente surgió la imagen de Dream con un par de yeguas pastando. No en plena naturaleza salvaje, pero al menos con cierta libertad, con un poco de naturaleza.

—Congelaríamos el esperma —respondió Marisa tranquilamente—. A menudo los sementales que han cubierto yeguas de forma natural se vuelven difíciles.

—¿Tiene entonces la posibilidad de acoger un semental? —preguntó Peggy cumplidora—. ¿Sabe que eso lo hace todo más complicado?

El señor Sarrandon hizo un gesto con la mano.

—Claro —respondió—. Le daremos un bonito box, en verano hasta podrá mirar al exterior. Y es posible que salga una hora a pastar.

Sarah lo miró horrorizada.

—¿Quieren encerrarlo? —preguntó con la voz chillona—. ¿Van a dejarlo solo?

Marisa no parecía entender su agitación.

—Los sementales siempre están solos —observó—. Es así. Tampoco soltamos las yeguas y los castrados todos a la vez. Hay peligro de que se hagan daño...

Sarah dirigió una mirada desesperada a Peggy y Catherine. ¡No podían permitirlo! Pero ambas parecían dispuestas a aceptar eso también.

—Entonces tendrán que moverlo realmente de forma periódica —advirtió Peggy al menos.

El padre de Marisa asintió.

—Si hasta tenemos un caminador...

28

Sarah no recordaba después cómo se había despedido de los Sarrandon, tampoco fue capaz de quedarse más tiempo con Dream tras haberlo llevado al cercado y haberle dado de comer. Sabía exactamente la vida que llevaría con Marisa, una vida en un box de tres metros por tres metros de superficie, sin vistas al exterior en invierno. Los caballos de competición no debían desarrollar el pelaje de invierno, así que en la cuadra no tenía que hacer demasiado frío. Lo montarían una vez al día, sin duda muy bien, sin tener en cuenta que, aunque los saltos se practicaran correctamente, eran fatales para los huesos de un potro, y luego lo atarían a un caminador una o dos horas. Estaría dando vueltas sin parar, aburrido, sin amigos, sin ningún contacto con otros caballos. Ni siquiera Marisa sería amiga suya, ese día ya había visto cómo trataba a los caballos: amable y profesionalmente, pero sin amor, sin ni siquiera hablar con ellos. A ella le daba igual que la saludaran con un relincho cuando llegaba a la cuadra.

Sarah emprendió el camino a su casa, ese día ni siquiera podía llorar. ¡Dream estaba condenado a una vida horrible y ella era la culpable! ¡Si no hubiera evitado que lo castraran! Entonces al menos no estaría totalmente aislado. Si no lo hubiera hecho saltar ese obstáculo, si no hubiera estado entrenando tan tenazmente para el Challenge..., Dream nunca habría llamado la atención de Marisa. Quizá incluso habría sido mejor que Lucas no lo hubiese comprado. Claro que los Takoto se lo habrían hecho pasar mal durante un tiempo, pero ahora sería un castrado y a lo mejor lo habría comprado una chica amable como Katie o Sunny. Tendría un pastizal detrás de la casa y disfrutaría de la compañía de otro caballo o al menos de una oveja o de una cabra. Una existencia casi paradisíaca comparada con la vida de un caballo de competición con Marisa.

Pero Lucas lo había comprado...

¿Podría hacer algo más? Teóricamente, podía negarse a venderlo a los Sarrandon. Pero ella la había pifiado con Lucas. El hecho de que no hubiera contestado a sus desesperados SMS lo decía todo. Seguramente se alegraba de quitarse de encima a Dream. Sarah sentía un frío vacío en su interior. La había fastidiado totalmente.

Llegó a Waoiuru a primera hora de la tarde. No tenía prisa por entrar en su casa, era demasiado pronto para refugiarse en la cama y taparse la cabeza con la colcha. Y, además, sus padres... Ben seguramente estaría en el taller, aunque era domingo, o igual habría ido de paseo con el club de motoristas. Gesa probablemente estuviera en casa. Se daría cuenta de lo mal que estaba. Se planteó si le sentaría bien confiarle sus preocupaciones a su madre. Le habría gustado contarle sus penas a alguien. Su madre, sin duda, la escucharía y mostraría comprensión, pero se olvidaría acto seguido...

En ese momento, Sarah pasaba pedaleando con fuerza junto a una parada cuando el autobús de Wanganui se detuvo. Frenó bruscamente cuando vio bajar a un chico. Escondía el rostro bajo la capucha de la sudadera, pero ella reconoció la típica postura ligeramente encorvada y los movimientos flexibles del experto paseante y senderista... Lucas. Sarah sintió una mezcla de rabia, alivio... y miedo. ¿Querría hablar con ella? Dirigió resuelta la bicicleta hacia él.

—¿Lucas?

Él se volvió hacia ella y Sarah se estremeció. Tenía el ojo derecho hinchado y el izquierdo inyectado en sangre. Sobre la ceja izquierda se veía un corte recién cosido y en la nariz un esparadrapo. Tenía el labio partido.

—Lucas... Lucas, ¿qué te ha pasado? —Sarah ya lo suponía, pero la pregunta salió de su boca sin poder retenerla.

El joven intentó sonreír, pero solo consiguió hacer una triste mueca con su rostro hinchado.

—Drama familiar —masculló. Tenía la voz velada y nasal, la nariz debía de estar rota.

Sarah lo miró aterrada. De nuevo sintió vergüenza, en comparación con los problemas del chico, los suyos eran insignificantes.

—¿Dónde está Carrie? —susurró.

—En el hospital, en Wanganui —respondió escuetamente Lucas—. Pero su vida no corre peligro. Mi madre está con ella.

—¿Y tu padre? —Era una indiscreción, pero tenía que preguntárselo.

—En la cárcel —respondió—. Por el momento. A la larga lo soltarán, claro. Tiene que hacer terapia y al parecer ha aceptado. El trabajador social me lo ha explicado antes utilizando muchas palabras bonitas. Esto —se señaló la cara— es la consecuencia de su «trastorno de estrés postraumático». Así se llama la alteración que aparece cuando alguien ha tenido una mala experiencia y no ha conseguido superarla. Entonces no sabe lo que hace... —escupió.

—Pero ¿tiene... tiene realmente ese trastorno? —Sarah intentó mostrar comprensión.

Lucas la miró.

—Carrie ahora también lo tiene.

Sarah bajó la mirada.

—Lo siento mucho —dijo.

—Tú no has pegado a nadie...

—Pero yo... —Se esforzó por volver a mirarlo—. Lo que dije hace poco... de ti y Dream... Yo...

—Está olvidado —respondió Lucas con generosidad—. Fue un día duro... No eras tú.

A Sarah se le quitó un peso de encima.

—Entonces no estás... Los SMS... no los has contestado.

Lucas se llevó la mano a la cabeza como si quisiera apartarse el cabello del rostro, pero lo tenía sujeto con una cinta. Los médicos querían evitar que se le cayese sobre las heridas, y por eso necesitaba la capucha para ocultarse.

—Sarah, ¿vamos al Subway o a otro sitio? —preguntó—. No... no me gusta que me vean así, pero... pero necesito ir a algún sitio cerrado. Y no puedo irme a casa... ahora. Todavía no.

—Tienes pinta de no haber comido en tres días —observó ella.

Estaba terriblemente pálido y no es que pareciera haber perdido simplemente peso. Parecía como si se hubiera encogido.

—Tú también —murmuró él.

Sarah empujó la bicicleta a su lado hasta que llegaron al local de comida rápida. Cuando entraron, Lucas fue enseguida a sentarse en el rincón más apartado. Ella fue a buscar dos bocadillos enormes y pidió una bebida caliente. Naturalmente, no tenían. Sarah pidió dos latas de Coca-Cola y llevó la bandeja hasta la mesa donde estaba Lucas. Este desenvolvió su bocadillo e intentó dar un mordisco, dejando entonces a la vista dos dientes rotos.

—Ha tenido... que ser horrible —susurró Sarah.

Se avergonzó enseguida por las palabras que había elegido. Había descrito del mismo modo el día anterior con los compradores de caballos y la vida que Dream tendría que llevar en el futuro. En comparación con lo que le había ocurrido a Lucas, todo eso era la mitad de malo.

—Quería ir, Sarah —dijo él, en lugar de responder a su comentario—. De verdad. Ayer mismo. Acabo de leer tu SMS en el autobús.

—¿Cuándo... cuándo ha ocurrido? —Esbozó con un gesto de la mano la tragedia familiar de Lucas.

—Ayer por la noche. Ya comenzó por la mañana. Yo quería ir con Carrie a Green Valley, pero mi padre tenía un capricho... Quería que hiciéramos algo en familia, que emprendiéramos algo juntos... Yo ya intuía que eso acabaría mal, pero mi madre estaba encantada y Carrie, por descontado, también. Si me hubiera opuesto, seguramente la situación se habría agravado al instante. Así que nos fuimos a una granja donde los niños pueden acariciar vacas y ovejas y donde muestran perros pastores. Carrie estaba fascinada, se lo pasó estupendamente, pero en un momento dado se cansó, claro, y empezó a lloriquear.

—Natural —dijo Sarah—. Solo tiene cinco años.

Lucas asintió.

—En el viaje de vuelta, las cosas empeoraron, porque también tenía hambre y mi padre se puso de mal humor. Cuando por fin llegamos, casi no había comida en casa. Mi madre compra los sábados, y ayer no pudo hacerlo, claro. En fin, no había nada para cocinar. Mi padre empezó a beber whisky, Carrie comenzó a berrear... Y a él se le fue la olla. Primero pegó a mi madre, y cuando mi hermana corrió a sus brazos, la agarró, la echó a un lado con fuerza y se golpeó la cabeza contra la pared. Yo me peleé con él, sin mucho éxito como puedes ver... Mamá se asustó y fue a casa de los Simson, los vecinos. Excepcionalmente, estos llamaron a la policía. No es algo que se dé por sentado. Cuando la señora Simson está sola en casa, no suele hacer nada. Pero esta vez, por suerte, estaba su marido, que también vino a casa y consiguió evitar que mi padre me matara.

—¿Qué hizo la policía? —preguntó Sarah.

—Se lo llevó, llamaron a una ambulancia para Carrie, y ella, mi madre y yo nos fuimos juntos al hospital de Wanganui. Tuve que declarar en la policía, y el trabajador social me interrogó... Estoy hecho polvo, Sarah, pero hay un rayo de esperanza: mi madre ha mencionado el divorcio. —Lucas la miró moviendo la cabeza, como si todavía no pudiera creérselo.

—Dios mío... —fue todo lo que consiguió pronunciar Sarah.

Estuvieron un rato sin hablar.

—¿Me cuentas algo de Dream ahora? —preguntó Lucas—. Ayer y hace un rato me ha llamado Peggy, pero tenía el móvil apagado. No está permitido utilizarlo en el hospital. Me ha dejado un mensaje. Parecía eufórica. ¿Tenéis un comprador para Dream? ¿Un buen sitio para él?

Sarah no quería agobiarlo más con sus propios problemas, pero no pudo contenerse y se lo explicó todo. Mientras Lucas iba mordisqueando con prudencia su bocadillo, ella le habló de todos los que se habían interesado por Dream, y al final de Marisa.

—Monta estupendamente y seguro que lo tratará bien. Pero... ¡lo encerrarán, Lucas! Toda su vida. ¡Se quedará en un pequeño y oscuro box y nunca más volverá a ser libre! Y eso..., eso que él no ha hecho nada. —Rompió a llorar.

—En cambio, a los que sí que hacen algo los dejan enseguida en libertad —farfulló el chico—. ¿Qué te apuestas a que mi padre no se queda ni dos semanas en la cárcel? Ay, Sarah...

—Todavía puedes evitarlo —se le escapó a Sarah—. Si no aceptas...

—Ay, Sarah... —repitió Lucas—. Ya hemos hablado de eso. No podemos mantenerlo. Ahora desde luego que no... Nadie sabe lo que va a pasar. En mi caso, no está claro, y tus padres están pasando una crisis, me contaste...

—Mi madre vuelve a Alemania —admitió.

—Y seguro que querrá que te vayas con ella —concluyó Lucas—. En el caso de que la mía realmente se separe de mi padre, sin duda también sería mejor que nosotros nos fuéramos. Preferiblemente a la isla Sur o directos a Tombuctú. A donde sea que mi padre no pueda encontrarnos. Solo nos faltaba un caballo... Si quieres, podemos seguir buscando comprador, a lo mejor encontramos otro mejor. Pero deberíamos castrar primero a Dream, así será más fácil venderlo. Es solo... Hasta ahora hemos tenido a Peggy y los demás de nuestra parte, pero que Marisa monte a Dream arroja una nueva luz sobre los kaimanawas. La gente se peleará por esos caballos, a lo mejor ya no se lleva ninguno más al matadero...

—Y para ello hay que ofrecer a Dream en sacrificio —susurró Sarah.

Lucas puso una mano sobre la de ella.

—Para eso hay que sacrificar a Dream —confirmó—. Peggy nos presionará si nos oponemos. Ya sabes que yo, con dieciséis años, tengo una capacidad limitada para cerrar negocios. Dream aportará tres mil dólares. Para un negocio así de grande necesito el consentimiento de mis padres. Y si Peggy los llama, tanto da si a mi madre o a mi padre, los Sarrandon tendrán inmediatamente vía libre...

Sarah intentó comer algo de su bocadillo, pero le resultaba imposible tragar un bocado. Al final se rindió. Se sintió un poco mejor cuando él le cogió la mano en el camino de regreso. Estaba frío, pero la consolaba. La acompañó hasta casa, aunque cuando se despidieron parecía algo perdido.

—¿A dónde vas ahora? —preguntó ella.

Lucas se encogió de hombros.

—A casa de Denise —respondió. La profesora de arte de la escuela de Waiouru siempre había tenido una relación muy buena con su mejor estudiante—. Ella siempre ha sospechado algo y el trabajador social la ha llamado esta mañana cuando se ha hablado de a dónde iría yo... Me habría ido a buscar también, pero he preferido ir yo a su casa en autobús. Para estar un rato solo...

Sarah se mordió el labio.

—Y vas y te encuentras conmigo —suspiró—. Lo siento...

Lucas le puso un dedo sobre la boca.

—Deja de decir siempre lo mismo —le pidió—. No tienes la culpa de todo lo que pasa en el mundo. Y a mí, a mí... me gusta estar a veces solo, Sarah, pero lo que más me gusta, lo que más me gusta de todo es estar contigo.

29

Sarah intentó no sacar a Dream de su rutina habitual mientras fuera posible. Lo iba a ver cada día y se lo llevaba a dar largos paseos, tenía que volver a ver las montañas, subir a galope colinas verdes y vadear arroyos fríos como el hielo antes de empezar su vida entre caminadores e hipódromos. Se alejaba con él de los empleados del centro de entrenamiento todo cuanto podía. No habría soportado que alguien le hablase de su brillante futuro como caballo de competición con Marisa Sarrandon.

No obstante, Peggy se dirigió a ella el jueves.

—Sarah, he estado pensando... —La directora del centro de entrenamiento empezó con cautela—. En fin, me preguntaba si lo que estás haciendo, venir cada día y seguir fortaleciendo tu vínculo con Dream, te beneficia a ti y a él. ¿No crees que sería más fácil para él y para ti que dejaras de venir un par de días, para que pueda acostumbrarse a que otros cuiden de él e incluso lo muevan? Catherine y yo lo podríamos montar...

Sarah abrió los ojos de par en par.

—¿No quieres... no quieres que venga más? —preguntó horrorizada—. Tengo que dejarlo solo, tengo que...

Peggy suspiró.

—Sarah, dentro de una semana se habrá marchado de todos modos. Y que os vayáis separando progresivamente lo hará todo más fácil...

La chica se la quedó mirando.

—¿Y qué vais a hacer con él? —preguntó enfadada—. ¿Vais a hacer que salte un rato para satisfacer a vuestra querida Marisa y que todavía le cause mejor impresión? ¿O vais a esquilarlo porque con el pelaje de invierno tiene un aspecto algo desaliñado?

Era lo que Marisa había comentado cuando, después de la prueba, Dream se había revolcado un rato por el suelo y luego tenía el pelaje algo revuelto y sucio.

—Venga, Sarah, no me refería a eso... —replicó Peggy—. Todos queremos lo mejor para él. Y Catherine y yo hemos hablado al respecto. Las dos encontramos que no puede ser bueno que estés tan apegada a él. Por favor, quédate un par de días en casa. Eso no significa que no vuelvas a verlo más...

Sarah ya no podía soportarlo más. Con los ojos enrojecidos, se dio media vuelta, lanzó una última mirada a Dream y corrió a su bicicleta antes de que Peggy pudiera prohibirle algo más. Pero no consiguió llegar más allá de la carretera principal. Cuando perdió de vista el centro, arrojó la bicicleta al andén, se sentó en una piedra y se echó a llorar.

A continuación intentó contactar con Lucas. Durante un largo rato no pudo hacer otra cosa que llorar, luego consiguió recobrarse y ser capaz de hablar.

—¿Podemos vernos? —preguntó, después de haberle contado lo ocurrido de forma más o menos comprensible.

—Es imposible, Sarah, voy en el autobús camino de Wanganui. Tengo que ir al hospital a ver a Carrie y también tengo que hablar con mi madre. Mañana tiene una cita con mi padre. Me temo que se reconcilie otra vez con él. Ahora ya está empezando a disculparlo. Pero puedo llamar a Peggy. Todavía es nuestro caballo, no puede prohibirte que vayas a verlo.

—No me lo ha prohibido —aclaró ella—, lo que ha dicho es que... que sería mejor para todos que yo, que yo... —empezó a llorar de nuevo.

Lucas la dejó llorar.

—Escucha, piénsatelo bien —dijo en voz baja—. No quiero decir que ella tenga razón, pase lo que pase yo estoy contigo, pero el domingo que viene irán a buscar a Dream, y como mínimo tienes que pensar en despedirte.

Ella sabía que trataba de ayudarla, pero a pesar de todo se enfadó.

—¿Crees que estoy pensando en otra cosa? —le soltó.

—Sarah, lo siento mucho.

Lucas parecía tan desamparado que ella enseguida se arrepintió de su réplica.

—No vamos a estar disculpándonos todo el rato —susurró—. Está bien, mañana... mañana no iré a ver a Dream. Y el sábado... —Tragó saliva—. Puede que el sábado tampoco. Pero luego...

—El domingo iremos juntos —le prometió Lucas—. Necesito urgentemente cambiar de aires. Por suerte, Carrie cada día está mejor. Pero mi madre, siempre llorosa..., el trabajador social..., el capellán del ejército que atiende a mi padre... No hacen más que hablar conmigo. Acabo destrozado. Lo único que quiero es salir...

Sarah asintió, lo que Lucas no podía ver por teléfono, naturalmente.

—Pienso en ti —susurró ella.

—Cuando no estás pensando en Dream —intentó bromear él, a pesar de sus preocupaciones.

Ella fue incapaz de reír.

—La mayoría de las veces pienso en los dos —reconoció—. En nosotros tres.

Al día siguiente, al salir de la escuela, su madre la llamó para que pasara por la tienda.

—Tienes aquí una cosa para ti —dijo, dándole un paquetito grande y plano—. Lo ha traído ese chico, tu amiguito. Estaba bastante magullado, se ha peleado. ¿Cómo se llama...? ¿Tuma?

—Lucas —dijo Sarah, demasiado cansada para enfadarse.

Su madre nunca había distinguido a sus caballos, y al parecer le sucedía lo mismo con sus amigos y enemigos. Reconoció la caligrafía de Lucas en el paquete. Solo había escrito su nombre, SARAH.

—Seguro que lo echas un poco de menos cuando volvamos a casa, ¿verdad? —observó Gesa. Lo dijo casi como si estuvieran conspirando, como si fueran dos amigas hablando de mujer a mujer.

¿A casa? Alemania estaba tan lejos... Para ella había

perdido todo su atractivo. Apenas si recordaba las hileras de viviendas de Hamburgo. La casa era el lugar que uno añoraba, en el que se sentía a gusto, y para ella su casa eran ahora los montes Kaimanawa, porque de ahí era Dream y porque Lucas encontraba allí la paz.

—Un poco —respondió de mala gana.

Lo que menos le apetecía era una conversación madre e hija. Sarah huyó a su habitación. Se sintió conmovida cuando abrió el paquetito y encontró dos cuadros en el interior. Uno ya lo conocía, era la acuarela de Dream que Lucas había colgado en la exposición del Museo Militar. El semental color chocolate apenas si era entonces un potro, un caballito de dos años con patas largas y aspecto infantil, salvaje y libre, feliz, sin la menor idea de lo que eran los helicópteros y los cercados, los picaderos y las sillas de montar. De nuevo experimentó la sensación de que el caballo iba a galopar hacia ella. El talento artístico de Lucas seguía impresionándola.

Antes de que pudiera ver el segundo cuadro, encontró una tarjeta que él había colocado entre los trabajos envueltos independientemente. «Los títulos de las acuarelas son *Dream* y *La tierra ignota*. Creo que es lo que ves con el corazón», leyó.

Desenvolvió impaciente el segundo cuadro y se le cortó la respiración. Mostraba al potro ya crecido y a sí misma. Ella estaba junto al semental y ambos miraban hacia la cordillera. El viento jugaba con las blancas crines de Dream y el cabello rubio de Sarah; en los ojos de ambos había añoranza y amor, pero no se miraban. Estaban juntos, se pertenecían el uno al otro, pero no compartían el futuro, la tierra ignota.

Sarah no pudo evitar echarse a llorar otra vez, pero en esta ocasión no sentía rabia, sino tristeza y melancolía. Empezó a despedirse.

30

—¿Hoy no vas a ver tu caballo?

Ben se había marchado temprano al taller, pero Gesa echaba un vistazo al periódico mientras Sarah desayunaba sin apetito. Ese sábado no se había levantado pronto, por primera vez en meses, y se sentía un poco mejor. Ahora, la pregunta de Gesa provocó que de nuevo asomara el dolor.

—Lo han comprado —dijo con tristeza.

La madre suspiró.

—Vaya, lo siento mucho, mucho... —Sarah se habría echado a llorar cuando oyó esa frase—. Pero si no tienes que ir al centro hoy —siguió diciendo su madre—, a lo mejor podríamos hacer algo juntas. ¿Te gustaría que fuéramos a Wanganui? Nos damos una vuelta por allí, vamos a comer... y... mira esto —hojeó el diario—, acabo de leerlo. ¿Te apetecería?

Sarah cogió por cortesía el periódico y leyó por encima el artículo sobre la inauguración de una exposición. Un tal Gino Benotti, al parecer un fotógrafo de fama internacional, exhibía sus nuevas imágenes en una pequeña galería. La exposición se llamaba *Free*, y trataba de caballos salvajes. Estaba inspirada en los kaimanawas locales. Según afirmaba el diario, Gino Benotti había buscado y fotografiado caballos salvajes de todo el mundo y trabajado las fotografías de forma manual y también digital, consiguiendo con ello unos efectos visuales muy peculiares. La inauguración se celebraba esa tarde a las cinco y la entrada era libre. Gino Benotti, que vivía con su mujer, una maorí, en las montañas por encima de Ohakune, estaría presente y se alegraría de recibir a todos los aficionados al arte y los caballos.

—¿Vamos? —preguntó animada Gesa—. Así pensarás en otra cosa. Y tendrás algo que contar a tu amiguito...

Sarah pensaba que estaba alucinando cuando volvió a escuchar que llamaba a Lucas su «amiguito». Además, su madre casi parecía un poco condescendiente. ¿Habría oído hablar de la catástrofe familiar de Lucas? Seguro que en Waiouru los Terrison estaban en boca de todo el mundo. Sin embargo, reconoció que era una invitación de buena fe y que, conociendo a Gesa, mostraba con ella una empatía digna de admiración. «Al menos, se ha acordado de que me encantan el arte y los caballos», pensó.

Aun así, las ganas de Sarah de ver caballos salvajes precisamente ese día eran limitadas. Para pensar en otra cosa, habría sido mejor ir a ver una exposición de coches. Pero entonces se acordó de las acuarelas de Lucas y de su sueño de hacer un curso con la fotógrafa australiana de caballos de quien él le había hablado. No sabía lo conocido ni lo bueno que era ese Gino Benotti, pero si sus trabajos eran realmente tan espectaculares, tal vez podría mostrarle los de Lucas y preguntarle su opinión. A lo mejor, lo invitaba a trabajar con él. Lucas se había esforzado tanto para que sus deseos se hicieran realidad que ahora sería justo que ella hiciera algo por él.

Sarah esbozó una sonrisa forzada y le dijo a su madre que le apetecía mucho ir a Wanganui con ella. Esta resplandeció, como si le hubiera hecho un regalo. Cerró la tienda por ese día y media hora más tarde estaba lista para salir.

La excursión resultó ser sorprendentemente agradable. Gesa charló con ella sobre la escuela y un poco sobre los planes que tenía para Alemania. La propietaria de la tienda en donde había trabajado anteriormente estaba dispuesta a contratarla de nuevo. Esto significaba para Sarah que al menos regresaba a Hamburgo. No tendría que empezar desde cero en una ciudad totalmente distinta.

En Wanganui, lo primero que hicieron fue ir de compras. Pasearon por la zona peatonal y Sarah se compró unos tejanos nuevos y una camiseta azul cielo con motivos neozelandeses: un helecho tierno y un delfín. En una librería descubrió el nombre de Gino Benotti. Había postales artísticas y un libro ilustrado: *Taniwha*. Según el texto de portada, el título, en maorí, aludía a los espíritus del agua encarnados en delfines y ballenas. Las imágenes plasmaban, en efecto, esos mamíferos marinos, y eran sensacionales. Sarah ignoraba cómo lo conseguía el fotógrafo, pero los animales parecían vivos, casi tridimensionales. A veces se solapaban varias imágenes y los seres que había en ellas parecían estar en movimiento. En otras ocasiones, el artista trabajaba el color, trasladaba sus motivos a otro mundo, y las ballenas y delfines saltaban a un universo paralelo de luces y sombras. Sarah estaba como hipnotizada, le habría encantado comprarle el libro a Lucas, pero, por desgracia, era demasiado caro y tuvo que contentarse con un par de postales. Esperaba que hubiera también de los caballos salvajes que exponía Gino Benotti. Si eran igual de espectaculares, habría merecido la pena hacer el viaje solo por eso.

Al mediodía, Sarah y Gesa comieron en un restaurante chino. No era en absoluto *haute cuisine*, pero sí un cambio con respecto a las ofertas que encontraban en Waiouru.

—Será agradable volver a vivir en una ciudad como es debido —dijo entusiasmada Gesa. Igual de eufórica había hablado un año antes de la vida en el campo.

Llegó la hora de ir a la exposición y a Sarah no la decepcionó. La galería tenía unos espacios amplios y luminosos, en dos de los cuales exponía sus fotografías Gino Benotti. Al natural, todavía impresionaban más que en el libro ilustrado. Sarah permanecía como hechizada ante las fotos de caballos salvajes de todo el mundo. Los mustangos galopaban a través de un Monument Valley de colores insólitos, los dibujos indios de los animales se mezclaban con las fotos de los mustangos vivos en un romántico *collage*. Una colorida manada de islandeses se apretujaba de tal modo que uno tenía la impresión de estar mirando a través de un caleidoscopio. Los brumbies galopaban a través del calor abrasador de Australia y unos caballos flacos y perdidos atravesaban el desierto de Namibia. Sarah no sabía cómo lo hacía el artista, pero se experimentaba el calor, la resignación de los caballos y sus ansias de agua.

En una manada de kaimanawas, tras la cual se veía la silueta de un guerrero maorí, reconoció la técnica empleada en el volumen ilustrado, también ahí se sugería el movimiento. Los caballos... eran los guardianes de los montes Kaimanawa.

Sarah estaba fascinada.

—¿Te gustan las fotos?

Al señor mayor que había estado sentado en el fondo de la habitación, observando a los todavía pocos visitantes de la galería, no le había pasado desapercibida su fascinación.

Asintió.

—Son... superguais —admitió.

El hombre rio.

—Vaya, nunca habían descrito así mis trabajos —bromeó—. Más bien, dicen que son épicos. Se supone que cuentan historias.

—¿No deberían verse también personas? —preguntó Sarah—. Quiero decir que... ¿acaso la historia no empieza cuando los caballos se doman? Los caballos solos... no creo que se preocupen por gran cosa. Ellos... simplemente viven. —No pudo evitar volver a pensar en Dream. Miró al extraño afligida. ¿Sería el galerista?

El hombre sonrió.

—¿Y acaso no es la historia más importante de todas? —Evaluó a Sarah con la mirada—. Y tú llevas contigo una muy triste, ¿verdad? ¿Tendrá que ver con un caballo? Pero discúlpame, antes de hacer preguntas indiscretas tal vez debería presentarme. Soy Gino Benotti, estas fotografías son mías.

Sarah ya iba a contestar cuando su madre se acercó a ellos.

—¿Es usted el artista? ¿He entendido bien? —se cercioró—. ¡Qué emoción! ¿No es verdad, Sarah? Es mi hija Sarah, señor Benotti. Ama a los caballos. —Gesa sonrió—. Y creo que incluso tiene que pedirle una cosita... —Sarah ya se arrepentía de haberle explicado en el trayecto a Wanganui que tenía pensado enseñar al artista los trabajos de Lucas—. Mi hija tiene un amigo, sabe...

—Mamá... —Sarah hizo una mueca—. Por favor...

—Su hija iba a hablarme ahora de su caballo —contestó Gino Benotti.

Sarah tuvo la oportunidad entonces de observar más de cerca al artista. Calculaba que andaría por los sesenta años, su cabello abundante era casi blanco y parecía peinarse en escasas ocasiones. Tenía el rostro tostado por el sol o quizá su tez era oscura de natural. Según el artículo del diario, era italiano y ciertamente hablaba con un ligero acento. Gino Benotti tenía unos cordiales ojos castaños y el semblante redondo surcado de arruguitas. No era mucho más alto que Sarah.

Gesa suspiró.

—Ay, otra vez ese caballo... —dijo—. Creía que aquí pensaría en otra cosa... ¡Venga, enséñale al señor Benotti los cuadros de Lucas!

Sarah volvió a ruborizarse, qué patética era su madre... Aun así, sacó con cuidado las acuarelas de la mochila y las desenvolvió.

—Ahí está —dijo a Gino Benotti, que por suerte no parecía molesto—. Este es Dream.

—Es precioso. —El artista le sonrió—. Un kaimanawa, ¿verdad? ¿Salvaje? Ahora lo entiendo. Tú...

—Lo he domado —dijo ella con tristeza—. Antes tenía una vida. Ahora tiene una historia. Y yo...

Benotti también examinó con atención el segundo cuadro.

—Tu amigo tiene mucho talento —constató—. ¿Vivís por aquí? Me gustaría conocerlo. Pero háblame primero de Dream. ¿Es una víctima de los Musters?

Sarah asintió. Enseguida se sintió comprendida. También Gino Benotti opinaba que los Musters eran horribles. Para no dar a su madre la oportunidad de cortarle la palabra de nuevo, habló con la mayor brevedad posible de los Takoto y de que Lucas había salvado a Dream.

—Y luego yo he trabajado con él y hemos ganado el primer Challenge.

Benotti silbó entre dientes.

—¡Uau! —exclamó con admiración—. Es fantástico. Aunque, por otra parte, es también una pena, claro. Si no estuviera castrado, podría venirse con nosotros.

Sarah frunció el ceño.

—¿Con... ustedes?

Benotti señaló los caballos que galopaban ante el telón de fondo de los montes Kaimanawa.

—Son nuestros —dijo con orgullo.

—Pero son libres —se sorprendió Sarah—. ¿O es que ha borrado la cerca?

En cualquier caso, los caballos parecían felices. Era

una manada grande, de quince o veinte animales. Eran pocas las veces en que había cercados lo suficientemente grandes para que tales grupos pudieran hacer una galopada larga.

Benotti rio.

—No, no he retocado nada —aseguró—. ¿Y libres...? Bueno, la libertad es relativa. Tenemos treinta y cinco hectáreas. A veces ven el cercado.

Sarah lo miró con los ojos abiertos de par en par.

—Por favor..., repítamelo —dijo—. ¿Tiene usted una manada de kaimanawas y los animales corren en libertad por treinta y cinco hectáreas de terreno? ¿Dónde? ¿Cómo... cómo es posible que no se sepa nada de esto?

Gino Benotti se encogió de hombros.

—Digamos que no es algo sobre lo que hagamos publicidad. Y la gente de la organización para la protección de animales no se alegra de que criemos caballos. Prefiere que los adopten después de los Musters y en eso llevan razón. Además..., no todo el mundo confía en un caballo salvaje. Mucha gente prefiere tener un potro acostumbrado a la cabezada y familiarizado con los humanos. Nosotros intentamos que la crianza sea limitada. Les damos hormonas. Pero, a pesar de ello..., cuando las yeguas y un semental están juntos... —Levantó resignado los hombros, pero no daba la impresión de que rechazara a los potros.

—¿Cría usted kaimanawas? —Sarah estaba medio mareada.

Y no podía vivir demasiado lejos. ¿Qué ponía en el diario? ¿Y por qué nadie le había hablado de Gino Benotti?

El fotógrafo hizo una divertida mueca.

—Sí, por casualidad —afirmó—. Hace un par de años, cuando se empezó con los Musters, mi esposa quiso adoptar algunos caballos para montarlos. Ella monta a caballo, yo no. Pero yo quería salvarlos, ya había visto algo parecido en Australia. Ahí persiguen a los brumbies del mismo modo. Te... te avergüenzas de ser humano. —Dibujó una sonrisa afligida—. Pero esto lo pienso a menudo, no me hagas caso. Bueno, el caso es que al final adoptamos dos yeguas y un semental, pero mi esposa los dejó escapar ya el primer día.

—¿Los dejó escapar? —preguntó Sarah fascinada.

—Peggy, a quien ya conoces muy bien, se enfadó mucho. Sobre todo porque habíamos prometido castrar al semental, y al final este había huido.

Gino Benotti hizo una simpática mueca. Parecía que todavía ahora lo sucedido seguía divirtiéndole un montón.

—¿Los volvió a dejar en libertad? Yo quería... quería dejar a Dream... Estuve a punto de hacerlo, pero si los devuelves a las montañas los atrapan otra vez en los siguientes Musters. —Miró entristecida al artista.

—Como ya te he dicho, tenemos mucha tierra —dijo tranquilamente Benotti—. Bueno, es de mi mujer. Ella es maorí. Y esas tierras siempre han pertenecido a las familias más importantes de los ngati tuma whiti. Es decir, que son privadas, y el gobierno no tiene acceso a ella. El problema consistió principalmente en cercarla. Nos costó una fortuna y en parte solo tenemos vallas eléctricas. Mi esposa cabalga cada día durante horas para controlarlas... Para poder mantener todo eso, dirige un pequeño hotel y ofrece paseos a caballo para ver a nuestros kaimanawas, que entretanto ya han formado una manada, como es natural... —Sonrió disculpándose de nuevo.

—¿No capturan ningún caballo? —preguntó Sarah.

Se percató de que su madre empezaba a impacientarse, aunque al principio había escuchado incrédula su historia. Además, la galería se había ido llenando, y Gino Benotti debería ocuparse en breve de quienes estuvieran interesados en comprar sus fotos. Pero ella tenía que hablar con él. Si era necesario, se quedaría allí hasta que la galería cerrase.

—Sí, claro. —Benotti empezó a pasear entre los cuadros expuestos, sonriendo a algunas personas, pero siguió conversando con Sarah—. Los potros sementales. Cada año. Pero con suavidad. Nuestros caballos son..., sí, libres, pero no realmente salvajes. Conocen a mi esposa, ella los visita periódicamente, y en invierno les damos de comer. Para separar a los potros sementales, conducimos la manada tranquilamente con caballos, no con helicópteros. Luego seleccionamos y separamos a los pequeños, dejamos que se queden una noche junto a la manada y después llevamos a los grandes a las montañas. Los jóvenes se quedan primero juntos, y nosotros los acostumbramos cuidadosamente a llevar cabezada. Puedes venir a ayudarnos, si quieres. Durante las vacaciones escolares y semestrales siempre tenemos estudiantes en prácticas.

Interrumpió brevemente la conversación para responder a la pregunta de otro visitante. Sarah esperaba impaciente. A lo mejor podía convencer al artista y a su esposa de que se quedaran con Dream. Como caballo de silla para la señora Benotti o para los paseos con turistas. No era la vida más estupenda que uno podía imaginar, pero seguro que la mujer del fotógrafo procuraba que no maltrataran a ningún caballo.

—Si apartan a los potros sementales —dijo dirigiéndose al artista—, ¿por qué ha dicho que Dream podría haber estado con ustedes?

Benotti enderezó uno de sus cuadros.

—Oh, necesitamos un nuevo semental de cría —dijo despreocupadamente—. El nuestro, Fairest Lad, murió hace dos meses. Mi mujer todavía está desconsolada. Un cólico, y eso que dicen que los caballos salvajes no los sufren. Lad era tan dócil... Llamamos al veterinario e hicimos cuanto pudimos, pero...

Sarah lo miró.

—Dream también es muy dócil —dijo con vehemencia.

Benotti asintió.

—Te creo. Pero...

Sarah tomó una profunda bocanada de aire.

—Y todavía no está castrado.

31

Sarah contactó con Lucas cuando él se encontraba entre el hospital y la parada del autobús. Sabía que por la tarde quería ir al hospital y lo había bombardeado con SMS después de su conversación con Gino Benotti. Cada cinco minutos intentaba dar con él para pillarlo en cuanto hubiera salido del hospital y volviera a encender el móvil. Si entonces todavía estaba en Wanganui, podía acercarse fácilmente a la galería y conocer a Gino, que había insistido en que Sarah lo llamara por el nombre de pila.

Naturalmente, su visita a la exposición se prolongó, y Gesa se quejó varias veces de que ya deberían haber vuelto a casa y la apremió con insistencia para que se marcharan, pero Sarah no dio su brazo a torcer. Quería esperar a Lucas. Era la oportunidad para Dream, y ella no iba a dejar que se la arrebataran porque su madre, una vez más, no entendía nada.

Mientras Gino mostraba la exposición a sus visitantes, Sarah aprovechó para ver la web de la organización. Esperaba que Peggy todavía no hubiese borrado la información sobre Dream, pues quería a toda costa enseñarle a Gino los vídeos del Challenge. Por fortuna, el semental todavía se encontraba entre los «caballos en venta», aunque con la observación de que estaba reservado... a Marisa Sarrandon. Peggy ya estaba haciendo propaganda con la futura estrella del espectáculo. No sería fácil arrebatarle ahora a Dream.

Cuando Lucas por fin llegó, Sarah le dio la bienvenida con un abrazo.

Por suerte, Gino acababa de quedarse libre.

—Así que tú eres el artista —dijo sonriendo, mientras señalaba sus cuadros, que había colocado bien visibles sobre su escritorio. Luego le tendió la mano—. Me alegro de conocerte.

Conocer a Gino Benotti debió de abrumar a Lucas, pues se puso rojo, algo que Sarah nunca había visto en él. Era posible que los demás no se dieran cuenta, porque el flequillo volvía a taparle el rostro y le cubría su ojo todavía morado.

—Yo... yo quería venir a la exposición el lunes —murmuró—. Ya... ya había leído al respecto y soy... soy un fan.

Gino rio.

—Y el propietario de este caballo maravilloso, que tal vez se convierta en el siguiente semental de nuestra manada. ¿Estarías de acuerdo? ¿Cómo dices que te llamas...? ¿Lucas?

El chico no parecía creer lo que estaba escuchando, pero ahora Sarah ya se había tranquilizado lo suficiente como para poder contarle con Gino toda la historia del Santuario Wild River Kaimanawa. Al final, Lucas irradiaba tanta felicidad como Sarah, aunque preveía que surgirían problemas con Peggy.

—¿Qué otra cosa puede hacer además de enfadarse? —preguntó Sarah.

El chico se encogió de hombros.

—Cuestionar mi capacidad para negociar e informar a mis padres. Pero en tal caso me siento optimista. Por el momento, mi padre no tiene gran cosa que decir, y mi madre, aunque tiene sus... peculiaridades, no da mucha importancia al dinero. Claro que se pondría como un basilisco si se enterase de que he comprado un caballo y haría cualquier cosa para desprenderse de él, ya fuera pagando o gratis.

Sarah lo entendía, pero le parecía poco probable que a un adulto no le importaran en absoluto tres mil dólares.

—A lo mejor a Peggy tampoco le importa —reflexionó en voz alta—. Ella... ella ama a los caballos. Si por ella fuera, todos permanecerían en libertad. Tiene las mismas esperanzas que nosotros puestas en el Tribunal de Waitangi.

Lucas no lo veía tan fácil.

—Pero es realista —observó—. Lo del Tribunal de Waitangi puede durar años y, mientras tanto, debe mediar por tantos caballos capturados en los Musters como sea posible. Ya hemos hablado de eso. Marisa Sarrandon actúa como un imán para el público...

Gino había escuchado calmadamente la conversación.

—¿Por qué no os arriesgáis? —preguntó con la misma sonrisa pícara que había exhibido frente a las acciones en solitario de su esposa—. ¿Por qué no nos lo traéis sin más?

Sarah y Lucas estaban como electrizados, pero evitaron hacer planes mientras Gesa los llevaba a casa. En la galería, durante las últimas horas, había estado muy ocupada con el móvil. Sarah no sabía si estaba ordenando fotos, enviando mensajes a medio mundo o buscando en internet páginas sobre meditación para superar las esperas a través de la espiritualidad. Pero estaba bastante segura de que no se había enterado de la poco convencional sugerencia de Gino para solucionar su problema.

Naturalmente, Gesa estaba bastante enfadada y Sarah no se atrevía a pedirle que la dejara salir ahora con Lucas por si se llevaba un bofetón. Se había pasado con el abrazo de bienvenida. Su madre debió deducir que su hija echaría algo más que un poco en falta a su «amiguito». Seguramente, ahora tenía la intención de poner coto a su relación y vigilar con el mayor rigor posible los lazos que se establecían entre ellos.

—Espérame, enseguida salgo —susurró a Lucas cuando bajaron delante de su casa.

Gesa no se había ofrecido a llevarlo a casa, pero él seguía viviendo con su antigua profesora, no muy lejos de allí.

Para cuando Sarah consiguió volver a salir a la calle, Lucas ya era un cubito de hielo. Durante la primavera neozelandesa, el sol todavía no se dejaba ver con frecuencia. Aun así, no le reprochó nada, sino que comprendió la prudencia con que actuaba.

—Deja que adivine, soy una mala compañía —dijo con resignación—. Todo Waiouru habla de nosotros y los rumores ya han empezado a correr. Algunos dicen que soy un perturbado, un matón que ha agredido a su padre. Lamentablemente, Carrie ha caído entre dos frentes. Algunos de los colegas del ejército defienden a mi padre porque se supone que mi madre lo provocó... Otros simplemente nos consideran asociales. Entiendo que tu madre...

Sarah hizo un gesto de rechazo.

—En su caso, se trata de algo totalmente distinto. Pero es igual. Lo determinante es mi padre. Necesitamos un *quad*. Si no quieres que vaya yo sola a caballo...

—¿De verdad lo vas a hacer? —En los ojos de Lucas casi asomó algo así como admiración—. Son cuarenta kilómetros por la montaña con un caballo que apenas se ha montado.

—¿Que apenas se ha montado? —preguntó Sarah indignada—. ¡Se supone que va a brillar en la próxima competición internacional de salto ecuestre! —Sonrió—. Naturalmente, haré mucha parte del camino a pie. Todavía no puede cargar conmigo tanto rato, no está lo suficientemente entrenado. Pero deberíamos conseguirlo. Si yo... salgo a las diez, por ejemplo, o incluso a las once y cabalgo al principio deprisa, seguro que hago veinte kilómetros en dos horas. El resto lo cubrimos a pie. Por lo visto, se hacen cuatro kilómetros por hora caminando por la montaña. A las siete de la tarde ya tendríamos que haber llegado.

—Pero ya habrá oscurecido —advirtió Lucas.

Sarah se encogió de hombros.

—Al GPS le da igual —replicó atrevida—. Mi padre tiene unos GPS estupendos que utiliza en los paseos en moto de turistas. Podrás localizarme con uno cuando salgas detrás de mí.

—¿Y cuándo quieres hacerlo? —preguntó él. No parecía estar convencido del todo.

—Mañana —respondió Sarah sin pensárselo dos veces—. Mañana mismo. Mi padre ya nos ha dejado un escúter, ahora tenemos que decirle que preferimos un *quad*. Y como los domingos es cuando hay más ajetreo en la organización, Peggy no me echará de menos hasta tarde.

—Mientras yo esté allí, supuestamente esperándote, no sospechará nada —opinó Lucas.

—¿Tienes el contrato de compra? —quiso confirmar Sarah. Lucas asintió—. No esperes más de una hora —indicó—, y luego me sigues. Es inútil que estés la mitad del día sin hacer nada en el centro de entrenamiento... Bueno, ahora tienes que irte antes de que Denise dé la voz de alarma. O que a mi madre se le ocurra sostener una conversación de madre a hija sobre mi «amiguito».

Se puso de puntillas y plantó un besito en la mejilla de Lucas.

No se dio media vuelta, pero de algún modo tenía la

sensación de que él la seguía con la mirada como hechizado cuando ella entró en su casa.

A la mañana siguiente, Sarah también evitó la conversación de madre a hija levantándose muy temprano. Como era de esperar, Ben les dejó el *quad* en lugar del escúter sin plantear ningún problema. Aunque seguramente había oído hablar de los Terrison, se mostraba simpático con Lucas. O bien no daba crédito a los rumores o se limitaba a pasar de ellos. Un chico que tal vez retuviese a su hija en Nueva Zelanda, pensaba Sarah cínicamente, era más barato y necesitaba menos cuidados que un caballo.

Así que apenas había clareado cuando los dos juntaron fuerzas para empujar el *quad* fuera del garaje. Ben no se había levantado más temprano para entregárselo, se había limitado a darle las llaves a Sarah. El voluminoso vehículo era algo más lento que un escúter, pero llegaron al centro de los proteccionistas a tiempo para ayudar a repartir la comida a los animales. El grito de bienvenida de Dream resonó por todo el patio.

—Me ha echado de menos —susurró feliz Sarah, aunque también algo melancólica. ¿La echaría también de menos cuando volviera a estar en libertad?

—¡Claro que te ha echado de menos! —exclamó sonriendo Lucas.

Peggy no pareció tan entusiasmada cuando saludó a los dos chicos.

—Otra vez aquí —le dijo a Sarah—. Por cierto, nos

hemos apañado muy bien con Dream... —Sonaba como si hubiese preferido que la chica dejara de una vez de entremeterse.

—Todavía tenemos que despedirnos como es debido de él —intervino Lucas—. Sarah quiere montarlo una vez más. Y nosotros..., en fin, aún tenemos que discutir de algo más...

Peggy asintió encantada.

—Del contrato de compra, claro. Si quieres, puedes firmarlo enseguida, así la semana que viene no tendréis... Creo que para Sarah sería muy doloroso estar presente cuando carguen el caballo para el traslado...

La chica apenas si pudo contenerse. Ya iba a replicar que por supuesto tendría el valor de subir ella misma a su caballo en el remolque, que en ningún caso iba a dejar que un desconocido hiciera esa tarea..., pero Lucas le pidió con la mirada que no protestase.

—De eso ya hablaremos más tarde —tranquilizó a Peggy—. Creo que ahora lo único que Sarah quiere es estar un poco con Dream; yo, mientras, echaré una mano en los establos.

Sin alargarse más, Lucas cogió un rastrillo y se unió a Reka y Porter, que ya habían empezado a limpiar el estiércol.

Cuando nadie la veía, Sarah dio una porción extra de avena a Dream.

—Hoy daremos un paseo muy largo, precioso —dijo en voz baja—. Necesitas estar bien alimentado.

Sintió remordimientos al ponerle la silla y las bridas, que pertenecían al centro de entrenamiento. Dejó la cabezada azul colgando del poste, Lucas ya se la llevaría después. Y Gino había prometido que él y su esposa devolverían la montura al centro de entrenamiento por la noche. Probablemente, les divertía volver a hacerle una jugarreta a Peggy.

—Lo que estamos haciendo no está bien del todo, pero todos queremos lo mejor para los kaimanawas, ¿no? —le había dicho Sarah a Lucas por la mañana.

Él se había encogido de hombros.

—Siempre hay discusiones acerca de lo que es mejor para otro. Pero lamentablemente nunca se pregunta al afectado.

Lucas se veía a sí mismo y a Carrie como víctimas de intereses diversos. Había distintas propuestas para que su familia se dividiese o no se dividiese, pero la mayoría de ellas no le gustaban.

Finalmente, Sarah se puso en marcha a las nueve y media. El GPS había calculado que hasta el Santuario Wild River Kaimanawa de los Benotti solo había treinta y dos kilómetros yendo a campo a través, en parte por terrenos intransitables. Esperaba que Lucas lograra abrirse camino con el *quad*.

Dejó que Dream trotara con brío en dirección a los montes Kaimanawa. Era consciente de que corría un riesgo internándose en el territorio de los caballos salvajes. ¿Qué haría Dream si se encontraba con congéneres que seguían viviendo en libertad?

Pero en un principio amazona y caballo disfrutaron

del paseo. No tardaron en dejar los terrenos en torno a la población y ver las colinas cubiertas de nieve brillando al sol. Sarah contempló la majestuosa cumbre del Ngauruhoe que se elevaba en el cielo azul e inhaló el aire puro. Dream pisaba con prudencia y tanteando con los cascos los anchos ríos en cuyos bordes se quebraba una fina capa de hielo, y galopó por extensos valles y senderos rocosos. Pero de repente se detuvo y se quedó como petrificado: en el horizonte se perfiló una manada de caballos salvajes. Un temblor recorrió el cuerpo del animal cuando los llamó gritando. Sin embargo, no le hicieron caso. El semental del grupo levantó un momento la cabeza, pero pareció decidir que no valía la pena preocuparse por ese caballo desconocido. Los kaimanawas conocían a los jinetes y sabían que un caballo domado no suponía ningún peligro para ellos. Ni se incorporaría a su manda ni, desde luego, robaría ninguna yegua.

Ya no contaban historias.

Sarah sintió la tensión de Dream y también tembló al pedirle que reemprendiera la marcha.

—Una vez más, vamos —le susurró—. Sígueme esta última vez...

Dream se movió. Apartó la vista de los caballos salvajes y obedeció las suaves ayudas de Sarah, que lo guiaban hacia el oeste. Dócilmente se puso al trote.

Otras veces, montando a Dream, ya había pensado mientras cabalgaban por la montaña que ese era el paseo más bonito de su vida, pero esa mañana estaba completamente segura de ello. El semental y ella se hallaban sumergidos en un paisaje todavía casi invernal mientras la luz del sol jugaba con las blancas crines de Dream. Sarah veía las nubes de vaho que se formaban frente a sus ollares y seguía las sombras que caballo y amazona arrojaban cuando avanzaban al borde de un desfiladero. Después de dos horas largas, Dream se sintió cansado y ella desmontó compadecida.

Según el GPS, todavía quedaban catorce kilómetros, pero eran de bajada, y el recorrido no era tan difícil como se había temido. Sin embargo, comenzaba a estar preocupada por Lucas porque ya debería de haberla alcanzado, aunque, por otra parte, ella había pasado por caminos infranqueables en *quad*. Seguro que el chico había tenido que dar algunos rodeos.

De hecho, la alcanzó cuando ya hacía rato que había dejado a sus espaldas el mundo de las montañas y emprendía los últimos ocho kilómetros por unos senderos más amplios. Estaba cansada, hambrienta y muerta de frío, y se alegró tanto de ver la cesta con comida que Lucas llevaba como de verlo a él. Para su satisfacción, Dream apenas se asustó del vehículo.

—¿Todo bien? —preguntó preocupada cuando el chico se quitó el casco. Sonrió e hizo el signo de victoria—. ¿Qué ha dicho Peggy?

Lucas hizo un gesto de indiferencia.

—Nada. Estaba muy ocupada, así que... En fin, he colgado una hoja en el tablón de anuncios pidiendo comprensión por haber vendido a Dream a otras personas, apelando a su amor por los caballos y a su lucha a favor de su bienestar. He dejado los últimos dólares que tenía para pagar el establo... A estas alturas ya debe de haber leído la nota y encontrado el dinero. —Sonrió—. Si has oído un estallido, es que debe de haber reventado... Yo no he oído nada, lamentablemente el ruido del motor me lo ha impedido.

Sarah frunció el ceño.

—Ha sido una cobardía, Lucas —sentenció.

Él hizo una mueca.

—Soy un cobarde. Odio los enfrentamientos. Es algo que ha confirmado el trabajador social. Pero así al menos no me he ido de la lengua. Ya se enterará de dónde está Dream cuando vaya corriendo por ahí con su manada.

Sarah sonrió.

—Parece que lo hemos conseguido —dijo incrédula—. Jo, Lucas, ¡menuda historia! ¿Has traído también avena? Dream seguro que tiene hambre.

—¡Claro que sí!

Sarah y Lucas engulleron sus bocadillos y bebieron el té caliente que él había llevado en un termo mientras Dream comía su avena.

—Es la última —le advirtió pesarosa Sarah—. Así que disfrútala. A partir de hoy ya no tendrás más. Es el precio de la libertad.

Lucas siguió a Sarah y a Dream traqueteando, y los dejó solos en los últimos kilómetros para adelantarse y avisar a los Benotti de que el semental ya estaba llegando.

Sarah luchó un poco consigo misma. Tenía que cuidar al caballo, pero también aquella era la última vez que iba a ir ensillado, y quería volver a montarlo de nuevo. Subió a la silla, y se alegró cuando Dream enderezó las orejas y lo vio trotar y disfrutar de su galope suave y etéreo. Finalmente, entró al paso en la propiedad de los Benotti.

El *quad* ya estaba allí. Gino Benotti, su esposa Whina y Lucas los vieron llegar desde la ventana y salieron al patio a recibirlos.

—¡Es todavía más bonito que en el vídeo y en las fotos! —dijo contenta Whina, acercándose cuidadosamente a Dream para acariciarlo. El caballo se dejó hacer dócilmente y cogió de buen grado la zanahoria que le ofrecía con la mano.

Sarah sintió una profunda satisfacción. Esa mujer sabía cómo hacerse amiga de los caballos. Ninguno de los demás interesados había pensado que el amor se gana por el estómago.

—Creo que esta preciosidad tiene que refrescarse un poco mientras tú entras en calor —dijo Whina cariñosamente a Sarah—. Y luego... Todavía es temprano. Gino, ¿hay algo en contra de que hoy mismo lo subamos con los demás?

Su marido le dirigió un guiño cómplice.

—¿Antes de que posiblemente se escape por la noche? —preguntó.

Whina rio. Era una mujer bajita y robusta, probablemente de la misma edad que su marido, aunque su cabello oscuro todavía no estaba salpicado de hebras blancas.

Tenía los exóticos rasgos de los maoríes, una nariz ancha, labios carnosos y ojos redondos y castaños. También su rostro se hallaba surcado de arruguitas. Llevaba unos vaqueros y una gastada chaqueta encerada. Seguro que pasaba varias horas al día con los animales.

Lo primero que hizo fue comprobar si Dream todavía estaba mojado de sudor. Naturalmente, en la primera parte del recorrido había sudado, pero el paseo final no lo había cansado y tenía el pelaje seco. Solo se notaba algo de humedad debajo de la silla. Whina le puso cuidadosamente una manta encima y lo dejó en un cercado con heno y otra última ración de forraje. Mientras comía, ofreció a Sarah té y galletas en su acogedora cocina. Por todas partes colgaban imágenes de caballos, aunque eran fotos de aficionado.

—Lo que es auténtico arte se vende —dijo sonriendo Gino mientras Sarah las contemplaba maravillada—. Esto muestra cómo viven nuestros caballos.

—Cómo vivían —corrigió Whina con tristeza, y señaló la foto de un semental fuerte y castaño—. Este es Fairest Lad. Nuestro primer kaimanawa... Todavía lo veo paseando por la colina... con sus crines ondeando al viento...

—Los guardianes de los montes Kaimanawa —dijo con voz tenue Gino.

Demasiado sentimental para Lucas.

—Ahora tenéis a Dream —los consoló—. ¿Redactamos el contrato de compra para que nadie pueda aguarnos la fiesta?

A Sarah le gustaba ese nuevo hogar para Dream, pero

cuando los Benotti y Lucas firmaron el contrato se le partió el corazón. Aunque las condiciones eran las óptimas para él, ella había perdido a su caballo.

Whina notó su tristeza.

—No lo pierdes, lo dejas en libertad —le susurró cuando todos salieron—. Le das el mayor regalo, lo haces libre. Y eso tampoco significa que te separes para siempre de él. Puedes venir a verlo cuando te apetezca.

Desde Hamburgo no, pensó Sarah, y se acercó a Dream para acariciarlo por última vez. El pelo se le había secado y ella lo alisó con un cepillo.

—Para que estés guapo para tus chicas —le musitó.

Al final, le puso la cabezada azul y lo condujo detrás de los Benotti. Dejaron los terrenos que rodeaban la casa y siguieron por un sendero trillado hacia la colina. Al principio, Dream los acompañaba tranquilamente, pero luego dirigió la vista hacia un bosquecillo, olfateó y resopló.

—Ahí están las yeguas —señaló Whina—. En las estaciones frías les gusta acercarse a la casa con la esperanza de que les caiga un poco de heno.

Entretanto ya habían llegado a una cerca. Gino abrió la puerta y Dream hizo unos escarceos inquieto cuando Sarah lo condujo a través de ella.

—¿Lo dejo ya suelto? —preguntó con la voz ronca.

Whina negó con la cabeza.

—Llevadlo tranquilamente un poco más arriba. Siempre siguiendo el camino. —Sonrió animosa—. Hacedlo a solas. Tomaos vuestro tiempo para despediros de él.

Sarah dudó. Le apetecía mucho quedarse a solas con Dream y Lucas, pero...

—¿No quieren ver cómo el semental conoce a su manada? —preguntó.

Gino parecía tener ganas de acompañarlos, pero su esposa lo detuvo con un gesto imperceptible de la mano. Tenía un sexto sentido para personas y caballos. Sarah la miró agradecida.

—A partir de mañana lo veré cada día —dijo Whina amablemente.

Se quedó atrás con su marido, mientras Sarah y Lucas seguían avanzando por ese enorme territorio en que vivían los caballos. Se dejaban guiar por Dream, el semental sabía exactamente hacia dónde quería ir. Al final, relinchó y levantó la cabeza cuando otro caballo contestó.

Y entonces aparecieron las yeguas, una manada compuesta en su mayoría por caballitos castaños que escarbaban en la nieve intentando encontrar algo de hierba. Dream volvió a relinchar, no, más bien gritó inquieto cuando Sarah le quitó la cabezada. Sin dudarlo ni un segundo, se alejó de ellos al galope. Sus crines blancas flotaban al viento cuando se acercó a las yeguas, dispuesto a tomar posesión de un nuevo mundo.

—Ni siquiera se ha girado para mirarme —dijo triste Sarah, le corrían las lágrimas por las mejillas.

Sus sentimientos amenazaban con desgarrarla. Por una parte, compartía la felicidad del caballo, por fin libre de nuevo; por otra parte, ya sentía en ese momento un vacío en su corazón. Nunca más volvería a empezar el sábado o el domingo yendo a ver a Dream, nunca más volvería a escuchar su saludo ni él se acercaría a ella trotando cuando lo llamara, nunca más volvería a galopar por las colinas sobre su lomo.

—Tiene otras cosas que hacer —la consoló Lucas, cogiéndola de la mano.

Dream trotaba excitado de una yegua a otra, se levantaba de manos delante de ellas cuando estas chillaban a la defensiva, rodeaba la manada con su paso etéreo. Era un espectáculo precioso y Sarah se convenció de que estaba llorando lágrimas de alegría.

—¿Te darás tú media vuelta para mirarme? —La pregunta era tan inesperada que Sarah no la entendió al principio—. Me refiero a cuando... te vayas —añadió.

Ella se mordió el labio. No sabía qué decir. ¿Cuándo había advertido Lucas que su regreso a Alemania era un hecho consumado?

—Te marcharás ahora que él se ha ido... —Lucas señaló al semental.

Sarah negó con la cabeza. Lucas no debía creer que solo Dream la había retenido allí.

—Tengo que marcharme —no pudo evitar decir. Le contó precipitadamente el acuerdo al que había llegado con sus abuelos—. Lo he prometido. Pero no quiero hacerlo porque tú estás aquí. Y porque Carrie está aquí. Creo que... que necesitaría una hermana mayor. Tú no puedes hacerlo todo solo. Y los caballos. Los demás caballos en los montes Kaimanawa. ¿Quién irá contigo a los Musters el año que viene? ¿Quién te ayudará a pelear por ellos?

Lucas suspiró.

—A lo mejor mi madre decide irse de casa con nosotros —dijo. Aunque no era algo que sonara muy esperanzador—. A lo mejor el tribunal se decide pronto. A lo mejor falta poco para que no se celebren más Musters...

De repente, Sarah supo que quería estar presente cuando eso sucediera. Quería compartir la alegría de Lucas cuando los caballos por fin estuvieran seguros y, mientras eso no ocurriera, quería luchar con él. Quería apoyarlo en los momentos difíciles con su familia y quería compartir con él sus preocupaciones y pensamientos. Lo que la detenía era solo una promesa... No quería decepcionar a sus abuelos. Ya ahora sentía remordimientos. Pero entonces se acordó de los Benotti y del semental Fairest Lad. Tampoco ellos se habían atenido a su acuerdo con Peggy...

—¿Es posible que uno tenga que romper a veces su palabra cuando se trata de la libertad? —preguntó en voz baja.

—Las promesas solo deberían hacerse en libertad —contestó Lucas—. De lo contrario, no sirven. Quizá puedes volver a hablar con tus abuelos. Es probable que te entiendan.

Sarah así lo esperaba. Amaba a sus abuelos, pero también amaba a Lucas y a Dream.

—Pero ¿me creerás entonces cuando te prometa algo? —Sarah le miró a los ojos—. ¿Crees que voy a quedarme? Aquí, contigo. ¿Lo deseas?

Él la rodeó con el brazo y sus labios se buscaron. Inseguros, cautelosos, se besaron y vieron, con las manos unidas, cómo Dream y sus yeguas subían la colina con los últimos rayos de sol de ese maravilloso día. Antes de desaparecer en el bosquecillo y que el crepúsculo se impusiera, el semental se dio media vuelta. Su mirada se cruzó con la de Sarah y empezó una nueva historia.

Epílogo

Algo más de un año después...

Sarah aparcó su escúter color turquesa delante de la casa de los Benotti. Acababa de sacarse el carnet de conducir, y ya no dependía de que su padre prestara a Lucas un vehículo. Podía visitar a Dream cuando le apeteciera. Ahora, incluso mataba dos pájaros de un tiro, pues cuando iba a ver al semental, también veía a Lucas, que estaba haciendo el período de prácticas con Gino Benotti. En cuanto acabase bachillerato, iría a estudiar arte en la Universidad de Auckland. Sarah lo vería menos entonces, pero ya no tendría que preocuparse de tener que seguir cuidando a la pequeña Carrie.

Después de un estresante año en el que su madre había intentado repetidamente «por última vez» convivir con su marido, que empezaba una terapia tras otra para interrumpirlas después, por fin había puesto punto final. Ahora vivía con su hija en Wellington. Desde entonces, Carrie había florecido. Durante el año escolar, Lucas vivía de nuevo con Denise. Cambiar de escuela cuando faltaba tan poco para terminar no habría sido aconsejable, y la profesora le ofreció su hospitalidad de buen grado.

Sarah miró extrañada a su alrededor. ¿Era posible que no hubiera nadie en la casa de los Benotti? Lucas sabía que ella iba a pasar por allí. De hecho, había esperado una calurosa bienvenida.

Al final sí vio a alguien. Emily, una chica del pueblo que guardaba su caballo en casa de los Benotti, llegaba del picadero con un ejemplar castaño.

—Están todos arriba, con los caballos salvajes —le dijo a Sarah—. Antes ha bajado Whina muy nerviosa y luego han cogido el equipo de fotografía y se han marchado con el todoterreno. Los caballos están junto a la frontera oriental.

Sarah se sobresaltó.

—¿Ha ocurrido algo? —preguntó asustada—. ¿Le ha pasado alguna cosa... a Dream?

Emily hizo un gesto de ignorancia.

—No creo. Si hubiera sido así, seguro que habrían llamado al veterinario. No parecían preocupados, más bien contentos.

Extrañada, Sarah volvió a subir al escúter. Era en cierta medida un todoterreno, y emprendió el camino que rodeaba el territorio de los caballos. Las cercas debían controlarse continuamente. Sarah inspiró profundamente el aire de principios de verano cargado del aroma de flores. Diciembre era un mes precioso en Nueva Zelanda, en los árboles rata destacaban las flores rojas, y en los manukas, las blancas o rosas. A Sarah le encantaba pasear por allí con Lucas. A él no solo le interesaban los caballos, sino toda la naturaleza que crecía por los montes Kaimanawa.

Lucas luchaba con otros activistas contra la ampliación del campo de maniobras y contra los cebos venenosos que se arrojaban contra los mustélidos. En cuanto a la abolición de los Musters, no se había avanzado nada. Cada otoño, los caballos salvajes bajaban de las montañas perseguidos por helicópteros, con el fin de reducir el número de miembros de las manadas. Pese a ello, los proteccionistas tenían logros que celebrar. El año anterior no había acabado ni un solo caballo en el matadero. Todos habían ido a parar a buenas manos.

Después de recorrer dos o tres kilómetros, Sarah distinguió el jeep de los Benotti junto a la puerta de la reserva. Aparcó el escúter y abrió. No se permitían vehículos motorizados en el interior.

Sarah siguió un sendero trillado que transcurría a través de un romántico bosque de helechos. Los bosques lluviosos de Nueva Zelanda todavía se le antojaban como un mundo irreal, ahí era fácil creer en los espíritus. Un tema que le hizo recordar a su madre... La despedida no había resultado fácil, pero Gesa se estaba dedicando a los viajes mentales y afirmaba estar muy cerca de su hija. Sarah confiaba más en Skype, pero escuchaba pacientemente a su madre hablar entusiasmada de lo fácil que era para el cuerpo astral atravesar espacio y tiempo. En las vacaciones de invierno, cuando en Alemania fuera verano, volaría a Hamburgo para visitarla.

Ben pertenecía más a este mundo. Desde hacía poco tenía una amiga, una chica del club de motoristas que llevaba tantos tatuajes como él. Trabajaba en una agencia de viajes y por fin había puesto en marcha el negocio de los paseos en moto por los montes Kaimanawa. Ben no se estaba haciendo rico con el alquiler de motos, pero podían vivir de eso y, además, ya había resuelto todo el papeleo con inmigración. Seguía sin tener demasiado interés por su hija, pero vivían armoniosamente uno al lado del otro.

A Sarah no le molestaba. Su familia eran Lucas y, cada vez más, los Benotti, con quienes sus abuelos también habían desarrollado una buena relación. La abuela Inge y el abuelo Bill habían pasado las Navidades en Nueva Zelanda. Acababan de marcharse, pero al año siguiente ocuparían una habitación en el hostal de Whina. Naturalmente, se habían sentido decepcionados frente a la decisión de su nieta de quedarse en Nueva Zelanda, pero como siempre fueron muy comprensivos no se enfadaron. «Ante un caballo y un novio», había dicho el abuelo Bill con un extraño alzamiento de hombros cuando ella les dijo que tenía que romper su promesa, «no tenemos ninguna posibilidad».

Sarah oyó voces en ese momento. El camino subía por una pequeña colina desde la cual se podían observar bien los caballos. Y, en efecto, ahí estaban Lucas y los Benotti con su cámara y el teleobjetivo.

—¡Es un semental! —decía Whina, lo que Lucas negaba con vehemencia.

—No, una yegua. Seguro, por el teleobjetivo se aprecia mejor. Es una yegua.

—¡Esperad a que se levante! —intervino apaciguador Gino.

Y, de golpe, Sarah supo lo que había provocado tanta excitación.

—¿Ya ha nacido? —preguntó sin detenerse a saludar.

Subió a toda prisa la pendiente y contempló embelesada la llanura donde una yegua castaña, rodeada de los demás caballos de la manada, custodiaba a su potro recién nacido. El pequeño no tendría más de unas horas. Probablemente, había dado sus primeros pasos al amanecer y ahora yacía agotado sobre la hierba. ¡El primer potro de Dream! Al verlo, a Sarah se le cortó la respiración. El caballito, ya fuera yegua o semental, era digno hijo de su padre. De capa oscura y con la cola y las crines de un blanco resplandeciente.

—¡Tengo que bajar! —dijo después de saludar a los Benotti y abrazar y besar dichosa a Lucas—. ¿Creéis que dejarán que me acerque?

Whina negó con la cabeza.

—No —dijo abatida—. El amor no da para tanto. Todas las yeguas son salvajes. Es posible que deje que te aproximes hasta unos cincuenta metros, pero luego despertará a su hijo y se irá. Tendrás que esperar hasta el destete para domarlo. —Sonrió.

A pesar de ello, Sarah corrió pendiente abajo. Las yeguas eran prudentes. Pero algo apartado de su familia estaba Dream, que levantó la cabeza cuando ella pronunció su nombre. Se oyó entonces ese claro relincho que reservaba para el ser humano que para él era único en el mundo. Dream era libre, pero nunca la había olvidado.

También ahora se separó de la manada, se acercó a ella trotando y cogió contento de su mano la zanahoria de saludo. Contemplaron juntos las yeguas y el potro de crines blancas que se levantaba en ese momento.

—Un pequeño semental —susurró Sarah—. ¡Tienes un hijo! Y a mí que me hubiera gustado que fuera una yegua...

Dream le dio un golpecito. El nacimiento del primer potro no parecía entusiasmarlo especialmente. ¿Y por qué iba a hacerlo? Para él era lo más natural del mundo. Y además vendrían otros. Ya había dejado siete yeguas preñadas.

Deslizó la mirada con aire posesivo por encima de su manada. Él y Sarah compartían, para siempre, su sueño.

Posfacio

No solo en Nueva Zelanda, sino en muchas otras partes del mundo, viven caballos salvajes. Sin embargo, su espacio vital cada día se ve más y más limitado, prácticamente todos están amenazados por operaciones de captura como los Musters. Es sobre todo la agricultura industrial la que se disputa con ellos los pastizales, pues en lugar de caballos salvajes también podrían pastar animales útiles y la tierra fértil podría convertirse en campos de cultivo.

En cualquier caso, a los caballos se les deja las inhóspitas montañas... si es que el ejército no quiere realizar allí sus maniobras, como sucede en los montes Kaimanawa. Apenas si hay protestas contra las campañas de exterminio, pues para más inri los caballos salvajes tampoco cuentan con grupos de presión entre los protectores de la naturaleza. Las organizaciones que realizan una lucha leonina para la conservación del espacio vital de hámsteres autóctonos y aves, por ejemplo, apenas se interesan por los caballos. A fin de cuentas, no son auténticos «caballos salvajes», sino descendientes de caballos domésticos. En el peor de los casos, como ocurre en Nueva

Zelanda, las asociaciones para la protección de la naturaleza bailan al mismo compás que los granjeros, pues afirman que los caballos se disputan el espacio vital con animales y plantas a los que realmente merece la pena proteger.

El ejemplo más espeluznante de ello es la supuesta amenaza del tussok en los montes Kaimanawa. El tussok es una hierba que en Nueva Zelanda crece por doquier y que la agricultura industrial ha combatido desde la colonización del país, primero con fuego y hoy en día con química. Es incomprensible, pero el tussok se convierte en digno de ser protegido cuando se lo comen los caballos salvajes. Por lo tanto, es cierto lo que Lucas le cuenta a Sarah sobre la amenaza que pesa sobre los kaimanawas a causa de las políticas del Departamento de Conservación. También es cierto que los maoríes de la región Kaimanawa están a favor de su conservación. Sus argumentos son parecidos a los de otras organizaciones que únicamente son capaces de erigir los caballos salvajes en patrimonio nacional, como si fueran una especie de monumento. Todavía hoy los proteccionistas están esperando la decisión del Tribunal de Waitangi.

En lo que respecta a la descripción del proceso de los Musters, no dispuse, lamentablemente, de ningún material cinematográfico. Como confirma Sarah en la novela, solo se encuentran en internet unas imágenes que embellecen ese acontecimiento: caballos que corren en un paisaje hermosísimo, cercados sólidos; pero ninguna fotografía de la captura de los ejemplares. Otros países como Australia son menos reservados. Hace unos años corrieron por la prensa algunas imágenes de las operaciones de captura con helicópteros, ante las cuales a uno se le helaba la sangre en las venas. De ahí pasaron a matar directamente a los caballos desde los helicópteros. Hay además unas descripciones muy convincentes de la caza de los mustangos en Estados Unidos. En el libro *Mustang, Wild Spirit of the West,* aparecido en 1966, su autora, Marguerite Henry, pone en un pedestal a Velma Johnston, la infatigable protectora de caballos. Leí sus narraciones cuando era niña y me sensibilizaron con respecto a la protección de los caballos salvajes.

Naturalmente, en principio no hay nada que objetar a que se reduzca el número de los caballos que viven en libertad cuando son demasiados para la tierra que les ha quedado. A fin de cuentas, ninguno tiene por qué pasar hambre. Pero la captura y doma de los animales debería estar en manos de personas que amen a los caballos, no en la de organizaciones que ven en ellos una amenaza y que controlan su existencia con métodos dudosos.

Basándome en su mayor parte en datos reales, describo la labor de la asociación protectora de animales Kaimanawa Heritage Horses, que se ocupa de la adopción de los caballos capturados y hace con ello una tarea fantástica, facilitando la adquisición de un gran número de los caballos cazados en los Musters en los últimos años. Por el contrario, el Green Valley Center, en el que son atendidos muchos animales antes de ser entregados a sus nuevos propietarios, es ficticio, así como sus empleados. Hay un centro de formación comparable en Raglan, en la costa oeste de la isla Norte, pero los protagonistas de mi novela, Sarah y Lucas, no habrían podido llegar hasta allí.

El Challenge se celebra cada año más o menos como lo he descrito, aunque los sementales solo se confían a entrenadores escogidos que los tratan amablemente. Así pues, Tuma y su padre también son personajes ficticios, aunque por desgracia los métodos de entrenamiento que utilizan son una triste realidad. Los susurradores de caballos comercializan el llamado método *roundpen* o picadero redondo por todo el mundo como un método no violento. Los más diestros de ellos «doman» a los caballos delante de miles de fascinados e ingenuos espectadores. Al respecto, solo puedo aconsejar a mis lectores que cierren los oídos a las palabras del entrenador y que miren a los ojos de los caballos en cuestión.

O que los miren con el corazón.

El entrenamiento atado con el cual se deja inmovilizados durante horas a caballos jóvenes que pelean desesperados contra sus ataduras se realiza también en las hípicas alemanas de caballos islandeses. Solo aisladamente, espero, pero hay entrenadores que presumen de ello. Este método también se aplica en España sin que lo cuestionen los compradores alemanes, que lo encuentran muy auténtico. Después se sorprenden de que el semental que ha recibido ese trato explote en cuanto se da cuenta de que en su nuevo hogar lo tratan con más respeto.

Desde hace más de un siglo puede observarse cada año en Dülmen la brutalidad con que se pone la cabezada a los caballos sin domar ante la presencia de un montón de espectadores que gritan jocosos. Los sementales que con un año han alcanzado la madurez sexual se separan de la manada para evitar rivalidades entre ellos cuando su número es muy elevado. Las críticas son pocas, pues el espectáculo contribuye a la conservación de las últimas manadas de caballos salvajes. Gracias a las entradas, los ingresos son altos. Pero, a pesar de ello, lo encuentro cuestionable, y también la subasta final de los amedrantados sementales añales.

Al igual que en Merfelder Bruch, en Dülmen, en otros países también hay reservas para los últimos caballos salvajes que suelen estar organizadas y financiadas por entidades privadas. La más bonita es el Franz Weber Territory, en Australia, que da acogida a los tan perseguidos brumbies en un área de quinientos kilómetros cuadrados, y al mismo tiempo a otros muchos astutos animales que se refugian allí de sus cazadores.

Mi Santuario Wild River Kaimanawa se inspira en el Kaimanawa Hills Farm Pate, dirigido por Olivia Winbush y financiado por el fotógrafo José Gay-Cano. Se encuentra en Richmond, a doscientos cincuenta kilómetros de Waiouru, es decir, mucho más lejos que mi reserva ficticia.

La situación escolar de Waiouru que he descrito en este libro no se corresponde del todo a la realidad. La población, muy pequeña, solo dispone de una escuela de primaria, así que los estudiantes de secundaria deben ir en autobús a la ciudad vecina.

Hemos investigado meticulosamente el sistema escolar de Nueva Zelanda para confeccionar esta novela, de lo cual es responsable especialmente mi fantástica correctora de texto Margit von Cossart. Muchas gracias, Margit, por tu dedicación y tu paciencia con mis respuestas, que con frecuencia te llegaban algo retrasadas.

He disfrutado mucho al volver a escribir, tras un largo tiempo, una novela juvenil. Seguro que sabéis que Sarah Lark es un seudónimo. Anteriormente había escrito muchos libros juveniles sobre caballos con mi nombre auténtico, Christiane Gohl. He elaborado el borrador de este libro junto con mi editora Linde Müller-Siepen, quien aportó varias buenas ideas. Por ejemplo, el tema del manga, que en mi opinión es muy enriquecedor, fue idea suya. Naturalmente, me han ayudado muchas otras personas más a confeccionar este libro. Muchas gracias a todos los involucrados en Boje y en la Agencia Schlück.

Los métodos que Sarah emplea para domar a su caballo son realmente efectivos. Lo más importante para ganarse la confianza de un caballo es, como Saint-Exupéry tan bien lo expresa, la paciencia y el amor; pero también, claro está, conocer el comportamiento de estos animales y dominar las técnicas básicas para relacionarse con ellos.

Sin unos conocimientos sólidos sobre cómo montar y trabajar pie a tierra, es imposible. Una relación especial entre el ser humano y el caballo, como la que se establece entre Sarah y Dream, no sustituye estas técnicas. Pero sí puede completarlas, ¡y entonces surge realmente la magia!

Mientras escribía este libro, no he podido evitar pensar con frecuencia en los caballos que he domado en mi vida y que para mí fueron únicos. A ellos deseo dedicarles esta historia: Birdna, Charanga y Tuareg, que ya disfrutan de la libertad en los pastos eternos, y Lola y Cinderella, que todavía están conmigo.

SARAH LARK